Ruthie Knox
Wie für mich gemacht

RUTHIE KNOX

# Wie für mich gemacht

Roman

*Ins Deutsche übertragen von*
*Marion Herbert*

LYX
EGMONT

Die Originalausgabe erschien 2012
unter dem Titel *About Last Night*
bei Loveswept, an imprint of The Random House Publishing Group, a division of Random House, Inc., New York.

Deutschsprachige Erstausgabe Juli 2014 bei LYX
verlegt durch EGMONT Verlagsgesellschaften mbH,
Gertrudenstraße 30–36, 50667 Köln


1. Auflage
Redaktion: Christiane Wirtz
Satz: KCS GmbH, Stelle/Hamburg
Printed in Germany (670421)
ISBN 978-3-8025-9305-5

www.egmont-lyx.de

MIX
Papier
FSC® C083411

# 1

Der Taubenmann müsste eigentlich längst da sein. Cath blendete den egozentrischen Monolog ihrer Begleiterin einen Moment lang aus und sah noch einmal auf das LED-Display über dem Bahnsteig. Noch zehn Minuten bis zur Abfahrt des Zuges. In Gesellschaft dieser Frau würden sie sich anfühlen wie ein Jahrhundert.

Schicksalsergeben schlug Cath die Beine übereinander und lehnte sich auf der Bank zurück. Wenigstens konnte sie den ungewöhnlich kühlen Morgen genießen – zum ersten Mal in dieser Woche ließ die furchtbare Hitze etwas nach, unter der London in diesem Juli litt.

»… und sie sagten, das sei die allerbeste Möglichkeit, Protestaktionen ein taktiles Element hinzuzufügen, von der sie je gehört hätten. Ich habe beiläufig erwähnt, dass du das Ding in deiner Ausstellung zeigen willst, aber sie wussten nicht, wer du bist«, sagte Amanda, wobei ihr englischer Privatschulakzent die Aussage wie einen Vorwurf klingen ließ.

Cath plusterte sich auf. »Ich bin beim *V&A*. Das *V&A* werden sie ja wohl kennen?« Sie war zwar nur ein kleines Zahnrädchen, aber das gehörte zu einer großen Maschine. Ganz bestimmt hatten sogar Amandas Hardcore-Aktivisten-Freunde von der weltberühmten Sammlung des *Victoria & Albert Museums* gehört, auch wenn sie vermutlich nichts von der bevorstehenden Ausstellung zur Geschichte des Strickens wussten, für die Cath als Assistentin eingestellt worden war.

»Ach, was weiß ich«, sagte Amanda abweisend, während Cath sah, wie die Glatze des Taubenmanns die Sonne reflektierte, als er die Treppe heraufkam. Er nahm seinen üblichen Platz vor dem Kiosk ein und richtete den Blick auf den Boden. Heute war er also ruhig. Wenn der Taubenmann schwieg, konnte er als normal durchgehen. Erst wenn er ein angeregtes Gespräch mit einem Fremden begann, fing er an, den Kopf wie ein Vogel nach vorn zu schieben, und seine runden Augen und seine schnabelförmige Nase traten deutlicher hervor.

Er zog einen Schokoladenriegel aus der Tasche, und ihr fiel ein, dass Freitag war. Freitags kam er oft später, sehr wahrscheinlich, weil er dann am Zeitungsstand haltmachte, um sich eine Wochenendschokolade zu kaufen.

Sie erschrak angesichts ihrer Gedanken. Mist, kannte sie die Gewohnheiten der Pendler an diesem Bahnhof wirklich so gut? Sie sah sich schnell auf dem spärlich bevölkerten Bahnsteig um. Emo-Boy trug heute Morgen seine Lieblingsröhrenjeans, und Prinzessin hatte sich den Ansatz nachfärben lassen.

Traurig, aber wahr – ja, sie kannte sie sehr gut.

»Als Nächstes wird eine ältere Dame mit einer Handtasche so groß wie ein Bus und einer Bäckertüte mit einem Croissant darin die Treppe heraufkommen«, sagte Cath.

»Was?«

»Das ist eine Prophezeiung.«

»Kannst du jetzt hellsehen?«, fragte Amanda und streckte ihre spitze Nase in die Luft.

»Klar.« Cath kam eine Idee, wie sie sich ihr erbärmliches Wissen zunutze machen konnte. »Ich weiß, wer gleich die Treppe raufkommt, und ich weiß, dass du das Richtige tun und mir diese Zwangsjacke für die Ausstellung geben wirst.«

Als sie an die Ausstellung dachte, fiel ihr ein, dass sie und ihre Chefin Judith an dem Morgen die Pullis aus dem Fundus durchsehen wollten. Cath durchwühlte ihre Tasche nach den Allergietabletten, drückte zwei aus der Verpackung und schluckte sie mit etwas Wasser. Sie hatte gelernt, dass die Arbeit einer Kuratorin einen zum Niesen reizen konnte. Seither war sie vorbereitet.

Als sie die Wasserflasche wieder einsteckte, kam die Frau mit der Bus-Handtasche in Sicht, perfekt im Zeitplan.

Amanda legte die Stirn in Falten und streckte sich, um einen besseren Blick auf die Treppe zu bekommen. »Du kannst bis runter zur Hauptstraße sehen. Deshalb wusstest du, dass sie kommen würde.«

»Du bist näher dran als ich. Kannst du bis da runter sehen?«

Ihr Blick blieb skeptisch. »Tja, dann benutzt du eben einen Spiegel oder so. Du kannst ja nicht zaubern.«

»Wollen wir wetten?«, antwortete Cath und freute sich auf die Herausforderung.

Zaubern war noch nie ihr Spezialgebiet gewesen, aber sie wollte diese Zwangsjacke. Sie war bei einer viel beachteten Protestaktion zum Einsatz gekommen, die Amanda und ihre Clique vor ein paar Jahren vor dem Haus des Premierministers veranstaltet hatten, und sie würde fantastisch passen, die perfekte visuelle Ergänzung zu der Geschichte, die die Ausstellung des Museums erzählen wollte.

Leider gab Amanda das Ding nicht frei, und Cath kannte sie lange genug, um zu wissen, dass es ihr einen Heidenspaß machte, Leute zappeln zu lassen.

Andererseits liebte sie den Wettstreit und hatte eine narzisstische Ader, sodass sie selten eine Wette ablehnte.

»Ich mach dir einen Vorschlag«, sagte Cath. »Wenn ich die nächsten beiden Leute, die die Treppe raufkommen, korrekt vorhersage, gibst du mir die Jacke.« Es war möglich. Mit etwas Glück. Greenwich lag weit außerhalb in Zone vier des Londoner Verkehrsnetzes, gerade weit genug vom Stadtzentrum entfernt, dass es kein richtiger Pendlervorort mehr war. Der Bahnsteig wurde nie unangenehm voll, selbst zu den Hauptverkehrszeiten nicht. Die meisten Stammfahrgäste für diesen Zug waren bereits eingetroffen. Die Frage war nur: Wer fehlte?

Amandas Augen verengten sich. »Was kriege ich, wenn du falschliegst?«

»Dann höre ich auf, dich wegen der Zwangsjacke zu nerven.«

Das war eine Lüge, aber kein abtrünniger Katholik aus der South Side von Chicago wäre sich zu fein, für einen guten Zweck zu lügen, und Cath betrachtete ihre Karriere als einen guten Zweck.

Amanda, nun ganz aufgeregt, beugte sich vor und sagte: »Wenn du drei Leute vorhersagst, mach ich mit.«

Der Erste war leicht. Cath hörte das melodische Klingeln des Fahrkartenautomaten, der unten auf der Straße das Wechselgeld ausspuckte, und wusste, dass es der Typ mit dem Hund aus dem Park sein musste, denn er nahm freitags immer den Zug um 7.09 Uhr von Greenwich nach Bank, und er kaufte sein Einzelticket mit Bargeld am Automaten.

»Alter Mann mit Filzhut«, sagte sie.

Er kam die Treppe herauf und steuerte auf die leere Bank neben ihnen zu.

Amanda neigte den Kopf und erkannte den ersten Punkt an.

Der Nächste war schwierig. Normalerweise wäre es das Mädchen mit dem zweifarbigen Haar, aber es war Hochsommer, und viele Leute machten Urlaub. Das Mädchen war schon die ganze Woche nicht da gewesen. Cath vermutete, dass sie irgendwo in Spanien am Strand lag und in einem roten Bikini in der Sonne brutzelte. Und wenn sie schon zurück war?

Bills dröhnendes Lachen am Ticketschalter schallte die Treppe herauf. Also musste es die lustige Witwe sein. Bill war ein freundlicher Mensch, aber bei der Witwe zog er alle Register.

»Rothaarige mit sieben Zentimeter tiefem Dekolleté«, sagte Cath.

Die lustige Witwe kam mit stolz wogendem Busen die Treppe herauf.

Amanda stieß ein leises, anerkennendes Pfeifen aus.

Cath blickte zur Bahnhofsuhr und unterdrückte ein Lächeln. Ihr fehlte nur noch einer, um den Hattrick zu schaffen, und nach dem nächsten Typen konnte man die Uhr stellen.

»Großer, blonder Mann in teurem Anzug, *Financial Times* unterm Arm«, sagte sie und fügte dann hinzu: »Möglicherweise ein Cyborg.«

Dreißig Sekunden vergingen, dann kam City in Sicht, pünktlich wie immer und viel zu gut aussehend, um menschlich zu sein.

Cath hatte eine Schwäche für City. In dem Moment, als sie ihn letzten Winter zum ersten Mal auf den Zug nach Bank warten sah, hatte er ihr Interesse geweckt. Sie hatte ihm den Spitznamen als Anspielung auf seinen Beruf gegeben, denn alles an ihm deutete darauf hin, dass er in dem eine Quadratmeile großen Finanzzentrum arbeitete, das »City of London« genannt wurde: der feine Wollmantel mit dem Schal, den er den ganzen Winter getragen hatte, die polierten Schuhe, die niemals fehlende Zeitung. Er war ein vornehm zurückhaltender Märchenprinz in einem Anzug.

Amanda klatschte Beifall, ob für sie oder für City konnte Cath nicht sagen. Sie unterdrückte ein triumphierendes Grinsen und gestattete sich, ihn einen Moment lang anzusehen, während er vorbeiging. Er nickte ihr steif zu, wie üblich bei ihren beinahe regelmäßigen Begegnungen.

Sie hatte City noch nie reden hören oder lächeln sehen. Er zappelte niemals herum, sondern stand einfach reglos an seinem Platz, bis der Zug einfuhr, und wenn er im Wagen saß, starrte er geradeaus. Die Ruhe selbst und *very, very English*. Zumindest stellte sie ihn sich so vor, wenn sie ihn in ihrem Tagebuch erwähnte. Sie würde ihr nächstes lumpiges Gehalt darauf wetten, dass er einen vornehmen Akzent, eine teure Erziehung und einen langweiligen Job hatte, bei dem er haufenweise Geld hin- und herschob. Das absolute Gegenteil von ihr.

Trotzdem hielt sie immer nach ihm Ausschau. Sie sah City an zwei oder drei Morgen pro Woche, entweder hier oder im Greenwich Park, wo sie beide gerne joggten. In Bewegung war er wunderschön, ein skandinavischer Gott mit geröteten Wangen. Sie liebte das leuchtende Rot in seinem Gesicht – es war ein rührender Gegensatz zu seiner kühlen, perfekten Erscheinung. Wenn sie ihn so sah, bekam sie Lust, ihm durchs Haar zu wuscheln und seine Schnürsenkel zusammenzubinden, wenn er nicht hinschaute, einfach aus Neugier, was passieren würde.

Und jetzt hatte er ihr zum Sieg und damit zu dem Teil verholfen, das sie für die Ausstellung unbedingt haben wollte. Man musste ihn einfach lieben.

»Wann kann ich die Jacke abholen?«, fragte sie und wandte sich wieder zu Amanda.

»Hmm?« Amanda starrte immer noch City an. »Ach so.« Um ihren Mund lag ein harter Zug, und sie musterte Cath prüfend. »Das war ein guter Trick. Wie lange hast du dafür geübt?«

»Das hier war das erste Mal«, antwortete sie aufrichtig. Ihre Fähigkeit vorauszusagen, wer als Nächstes am Bahnsteig ankommen würde, war alles andere als beeindruckend, sondern vielmehr ein Beweis dafür, wie trostlos ihr Leben geworden war. Sie hatte schon immer gern Leute beobachtet, und nun, da ihre Welt in Ordnung war, hatte sie nichts Besseres zu tun, als sich Geschichten über die Fremden auszudenken, die morgens mit ihr zur Arbeit fuhren.

Das Traurigste daran war, dass sie nicht immer diesen Zug nahm. Auch wenn sie Amanda getroffen hätte, während sie auf den Zug um 6.43 Uhr oder 7.43 Uhr statt um 7.09 Uhr wartete, hätten Caths Chancen ebenso gut gestanden, dass ihr der Trick gelungen wäre und sie die Ankunft einer ganz anderen Gruppe von vertrauten Fremden vorausgesagt hätte.

Aber das musste Amanda ja nicht wissen.

»Du willst diese Jacke unbedingt haben«, sagte Amanda. »Sie ist dir wichtig.«

Cath starrte auf Citys breite Schultern unter seinem Jackett und zuckte gespielt gleichgültig die Achseln.

*Ich hätte wissen müssen, dass es nicht so leicht werden würde. Das ist es nie.*

»Wir sind doch Freundinnen, oder?«, fragte Amanda und legte einen Arm auf die Rückenlehne der Bank.

Sie waren keine Freundinnen. Sie hatten vor ein paar Jahren eine Handvoll gemeinsame Bekannte gehabt. Zurzeit mimte Cath Vertrautheit, wenn sie sich in Greenwich begegneten, damit sie Amanda guten Gewissens wegen der Zwangsjacke belästigen konnte.

Cath hatte keine Freunde. Sie hatte eine Mitbewohnerin, von der sie nicht gemocht wurde, eine sozial inkompetente Chefin, von der sie gemocht wurde, und ein inhaltsloses Leben, das sich nur um ihren Job drehte.

»Klar«, antwortete sie, denn Amanda erwartete das von ihr.

»Und du willst, dass ich dir einen Gefallen tue.«

*Einfach lächeln und nicken, Talarico.*

Sie unterdrückte ihren Ärger, verzichtete darauf zu erwähnen, dass sie ihren Gefallen soeben anständig und ehrlich gewonnen hatte, und tat, was die Vernunft ihr gebot.

»Ich schlag dir einen Deal vor.« Amanda grinste, ihr Lächeln verkündete: *Das ist die beste Idee aller Zeiten.* »Eric und ich gehen heute Abend mit seinem Cousin zu einem Konzert in einen Club. Er ist übers Wochenende aus Newcastle zu Besuch. Es wäre super, wenn wir zu viert wären.«

Aus dem Lautsprecher ertönte eine undeutliche Ankündigung für den einfahrenden Zug. Cath bemühte sich um einen neutralen Gesichtsausdruck, als sie aufstand und sich ihre Tasche über die Schulter hängte.

Du lieber Himmel. Jetzt hatte sie ein Blind Date am Hals.

Für jede normale Frau wäre das kein Problem gewesen. Natürlich wollte niemand mit irgendeinem x-beliebigen Typen aus Newcastle verkuppelt werden, aber einen Abend lang angebaggert, ignoriert oder zu Tode gelangweilt zu werden wäre eigentlich ein fairer Tausch dafür gewesen, dass sie bekam, was sie wollte.

Doch für Cath war Amandas Vorschlag mehr als ein Problem. Er war eine tickende Zeitbombe.

Sie hatte seit zwei Jahren kein Date mehr gehabt. Keine Konzerte, keine Bars, keine Männer. Das waren die Regeln, die die neue Cath von ihrer verantwortungslosen Vorgängerin unterschieden – die Beschränkungen, die sie davon abhielten, die Art von Fehlern zu machen, wegen denen die neue Cath überhaupt erst hatte erschaffen werden müssen.

Cath wollte die Regeln nicht brechen. Sie *brauchte* die Regeln.

Aber noch mehr brauchte sie die Zwangsjacke. Sie wäre ein

echter Coup für die Ausstellung, denn sie würde ihr Judiths Dankbarkeit einbringen, und Judiths Dankbarkeit war Caths Ticket zu einer festen Stelle als Kuratorin.

Sie musste es machen.

»Klingt super«, antwortete sie, wobei ihr fröhlicher Tonfall die erste von vielen Schwindeleien war, die der Abend zweifellos erfordern würde.

Sie konnte doch wohl einen Abend mit einem Typen in einem Club verbringen, ohne etwas zu tun, was sie später bereuen würde.

# 2

Zu hell. *Viel* zu hell. Stöhnend vergrub Cath ihr Gesicht im Kopfkissen, um sich vor dem Morgenlicht zu verstecken. Sie musste letzte Nacht vergessen haben, die Vorhänge zuzuziehen.

Mit brummendem Schädel streckte sie eine Hand nach dem Glas Wasser aus, das immer auf ihrem Nachttisch stand, doch ihre Finger griffen ins Leere.

Kein Wasser.

Weiteres Umhertasten mit der Hand ergab, dass da auch kein Nachttisch war. Hmm.

Stöhnend öffnete sie die Augen einen Spaltbreit und drehte den Kopf gerade so weit, dass sie das hölzerne Kopfteil des Bettes erkennen konnte. Ein sehr hübsches Kopfteil aus Hartholz. Vielleicht Kirsche. Aus der Zeit Eduards VII., würde sie schätzen.

Nicht ihres.

Shit.

Sie rollte sich auf den Rücken und sah sich im Zimmer um: weiße Wände, wenig Möbel – nur das Bett, ein massiver Kleiderschrank und ein antiker, mit Goldbrokat bezogener Polstersessel. Darüber hing ein riesiges Bild eines lächelnden Mädchens, das einen Arm um einen Hund gelegt hatte. Cath erkannte den Maler nicht, aber das Werk war großartig. Wer auch immer hier wohnte, hatte Geschmack. Und Geld, den Möbeln nach zu schließen.

Sie setzte sich auf und verzog das Gesicht, während sie darauf wartete, dass der Kater sein Urteil verkündete. Kopfschmerzen: vorhanden. Übelkeit: vorhanden. Aber beides hielt sich in Grenzen und würde ihr zweifellos weniger Ärger einbringen als die Tatsache, dass sie keine Ahnung hatte, in wessen Bett sie sich befand.

Als sie sich mit einer Hand durchs Haar fuhr, strich der weiche Baumwollstoff eines übergroßen weißen Männer-T-Shirts über ihre Wange. Sie zog den Kragen von ihrem Hals, warf einen Blick hinein und atmete dann erleichtert auf. Wenigstens trug sie noch ihren BH und ihr Höschen. Vielleicht war alles doch nicht so schlimm, wie es aussah.

*Aber schlimm genug, Mary Catherine. Schlimm genug.*

Da sie nicht die geringste Lust verspürte, sich eine Standpauke ihrer verstorbenen Mutter anzuhören, und auch noch nicht bereit war, sich der Tatsache zu stellen, was – oder noch wichtiger: wer – sich hinter der geschlossenen Tür befand, ließ Cath sich wieder in die Kissen sinken, kniff die Augen zusammen und richtete eine höfliche Bitte ans Universum, sie aus dieser Situation zu befreien und an einen anderen Ort zu bringen. Egal wohin. Aspen wäre schön.

Nichts geschah.

Verdammt, sie wollte das hier nicht. Das war ihr früher schon passiert, und sie hatte sich geschworen, dass sie nie wieder im falschen Bett aufwachen würde. Als ihre Mutter starb, hatte sie den Entschluss gefasst, ein besserer Mensch zu werden. Sie hatte sich vorgenommen, sich selbst und dem

Gespenst oder Geist – oder was auch immer von ihrer Mom übrig war – zu beweisen, dass sie eine anständige Frau sein konnte. Mary Catherine Talarico 2.0 bezahlte pünktlich ihre Rechnungen, trank wenig, schuftete sich krumm und vor allem mied sie Männer wie die Pest.

Und trotzdem war es passiert. Die neue Cath war offensichtlich in einem höchst tragischen Sturz vom Reformwagen gefallen. Die Frage war nur: Wieso?

Ihre Sinne drängten ihr eine Erinnerung an die vergangene Nacht auf: ihre Hand an einem Cocktailglas und die näselnde Stimme ihres Blind Dates, die »Prost« sagte.

*Oh Gott, das Blind Date.* Das Glas Wein beim Essen, aus dem zwei Gläser geworden waren, weil der Typ sterbenslangweilig war, irgendein Ingenieur, der bei der Stadtverwaltung von Newcastle arbeitete und zwanghaft alles ausrechnete. Er informierte sie darüber, wie viel ihr Essen ihn auf den Penny genau kosten würde, und nannte ihr die exakte Anzahl der Kalorien in ihrem Wein. Das dritte Glas hatte sie nur bestellt, um ihn zu ärgern.

Diese Grenze für den Abend hatte sie sich im Voraus gesetzt: drei Gläser Wein. Aber drei Gläser Wein hätten weder ihr Gedächtnis beeinträchtigt noch sie in dieses Bett befördert. Also was …?

Sie schlug sich mit der flachen Hand gegen die Stirn. Das Konzert. Amanda hatte sie nicht vorgewarnt, dass sie in einen Club am Ende der Northern Line gehen würden, um einen sehr talentierten Transvestiten Songs von Patsy Cline singen zu hören. Wenn sie das gewusst hätte, wäre Cath gegangen – völlig egal, wie sehr sie die Zwangsjacke auch haben wollte –, denn Patsy Cline brachte sie zum Weinen. Immer. Sie war die Lieblingssängerin ihrer Mutter gewesen, und Patsys rauchige Stimme der ewige Soundtrack verregneter Nachmittage in dem rotbraunen Sandsteinhaus in Chicago, in dem Cath aufgewachsen war.

Als der Patsy-Imitator »Crazy« anstimmte, hatte Amanda einen Blick auf Cath geworfen, die sich die nassen Wangen abwischte, und das Blind Date an die Bar geschickt, um Getränke zu holen. Er war mit irgendeinem Cocktail namens K-12 zurückgekommen, von dem Cath noch nie gehört hatte, und sie war zu verstört gewesen, um nach den Zutaten zu fragen, bis es bereits zu spät war und ihre Nasenspitze taub wurde.

Cath drückte das Gesicht ins Kissen, das nach Sommer und sauberer Baumwolle roch. Sie fragte sich, auf wie viele verschiedene Arten eine Frau sich dumm anstellen konnte. Offensichtlich gab es da sehr viele Möglichkeiten, sonst wäre sie nicht hier. Wo auch immer »hier« war.

Gott, sie war doch nicht etwa mit dem Blind Date nach Hause gegangen? Womöglich hatte er sie nach Newcastle mitgenommen und sie war zu betrunken gewesen, um sich an irgendwas zu erinnern?

*Bitte, bitte mach, dass das hier Amandas Gästezimmer ist.*

Sie zog sich die nach Sommer duftende Steppdecke über den Kopf und zwang ihr vernebeltes Hirn, Informationen darüber herauszugeben, was nach dem Drink der Verdammnis geschehen war.

Ihr Hirn lieferte Schnappschüsse von einem zwielichtigen, einsamen Weg zurück zur U-Bahn. Das hallende Klacken ihrer Absätze, die unterirdische Treppen hinunter- und betonierte Gänge entlanggingen. Das Summen der fluoreszierenden Lichter, das ihr Herz rasen ließ, als sie durch das Labyrinth auf die Northern Line zusteuerte. Das Warten auf den Docklands-Zug in der Bank Station, wobei sie auf ihre Schuhe starrte und versuchte, sich mit regelmäßigem Atmen zu beruhigen. Der heiße Schwall stickiger U-Bahn-Luft in ihrem Gesicht, als der Zug einfuhr. Sie war auf dem Nachhauseweg nach Greenwich gewesen, allein. Also wie …?

Oh. Canary Wharf. Der Abend lief in ihrem Kopf nun schneller weiter. Das schwere Jasminparfüm der Frau neben ihr hatte eine säuerliche, übel schmeckende Flüssigkeit in Caths Mund zusammenlaufen lassen. Sie war aus dem Zug gestürzt, kurz bevor die Türen zugingen. Später musste sie sich an der Kioskwand abstützen und hatte die Fremden am Bahnsteig beobachtet, bis ihr Magen sich beruhigt hatte.

Eine schwarze nagende Einsamkeit hatte sich in ihre Knochen gefressen, ihr das Mark ausgesaugt und einen Schmerz zurückgelassen, mit dem sie nicht umgehen konnte. Eine Million Meilen von Chicago entfernt, von allem, was einem echten Zuhause ähnelte, war sie in Tränen aufgelöst gewesen, verwirrt und müde und durcheinander, als sie Citys vertrautes Gesicht erblickte.

Dann seine Hand auf ihrem Rücken, die sie zum nächsten Zug führte. Sein Schlüssel im Schloss der Wohnung.

Von all den Typen, die in London lebten, war sie ausgerechnet mit City nach Hause gegangen.

Cath entspannte sich, erleichtert, dass sie jetzt wusste, in wessen Bett sie geschlafen hatte – und weil sie nun sicher war, dass sie wirklich nur geschlafen hatte. Selbst betrunken, einsam und völlig durch den Wind hätte sie sich nicht an City herangemacht. Er war überhaupt nicht ihr Typ. Wenn sie schwach wurde, dann bei den faulen Eiern, den dreisten Mistkerlen mit komischen Geschichten, drahtigen Körpern und ramponierten Gitarrenkoffern. Nicht bei Typen wie City. Nicht bei Männern, die *gut* waren.

Und sie hatte City lange genug beobachtet, um zu wissen, dass er definitiv einer der Guten war. Er war einer von denen, die Müttern halfen, ihre Buggys die Treppen im Bahnhof hinunterzutragen, und im Zug stand er für jeden auf, der weiblich, alt oder weniger fit war als er selbst.

Wenn sie so darüber nachdachte, saß er nicht oft.

Sie schlug die Steppdecke zurück, schwang die Beine über den Rand der Matratze und suchte den Fußboden nach den Klamotten ab, die sie letzte Nacht getragen hatte. Vergeblich. Aber der Anblick des roten Wollteppichs führte ihr plötzlich ein erschreckendes Bild von sich selbst vor Augen, wie sie mit gespreizten Beinen darauf saß und hilflos kicherte, während ihre Arme in ihrem Oberteil gefangen waren. Sie hatte nach City gerufen, und er kam ihr zu Hilfe. Sie spürte noch immer seine großen, warmen Hände an ihrem Brustkorb, als er ihr auf die Beine half, den Reißverschluss ihres Rocks öffnete und ihr sein T-Shirt über die Schultern streifte, so ungerührt, als würde er ein Kind anziehen.

Wie furchtbar demütigend. Wie typisch Cath.

Aber nein, das war die *alte* Cath. Die böse Cath. Die neue Cath hatte sich ganz gut geschlagen, bis der Cocktail sie letzte Nacht umgehauen hatte. Was hatte ihr Blind Date noch mal gesagt, was es war? Irgend so ein Energydrink mit Tequila und Gin und Triple Sec und wer weiß was sonst noch alles. Die Art Cocktail, die Erstsemesterstudentinnen mit mangelndem Selbstwertgefühl literweise beim Spring Break in Florida in sich reinschütteten. Wenn sie nicht schon vom Wein und dem Schmerz und Patsy Cline halb weggetreten gewesen wäre, hätte sie ihn niemals angenommen.

*Das hast du aber. Und wie viele Fehler macht das, Mary Catherine?*

Sie zählte, wobei sie einen Finger nach dem anderen in die Matratze drückte.

*Eins. Du hast dich auf das Blind Date eingelassen.*

*Zwei. Du hast zu viel Wein getrunken.*

*Drei. Du bist nicht augenblicklich geflohen, als du den Patsy-Cline-Transvestiten gesehen hast.*

*Vier. Du hast diesen Albtraum von einem Cocktail getrunken.*

*Fünf. Du bist mit öffentlichen Verkehrsmitteln anstatt mit einem Taxi nach Hause gefahren.*

*Sechs. Du bist mit City mitgegangen, und dann was? Ohnmächtig geworden?*

*Nach vier Drinks?*

*Nein, Volltrottel. Nach vier Drinks und zwei Allergietabletten.*

Oh Shit. Das Vierundzwanzigstunden-Antiallergikum, das sie gestern Morgen schlucken musste, hatte sich mit dem Alkohol wohl nicht gut vertragen. Nachdem City sie am Bahnsteig in Canary Wharf aufgelesen hatte, musste sie umgekippt sein.

Sie nahm es zurück. City war kein Fehler. Er war ihr Schutzengel.

Ein Schutzengel, der sie in Unterwäsche gesehen hatte.

Cath atmete tief ein und langsam wieder aus. Nun war es an der Zeit, das Bad zu suchen, ihre Klamotten wiederzufinden, City für die Rettung zu danken und schleunigst zu verschwinden.

Die Schlafzimmertür führte in den Flur einer bescheidenen Wohnung. Am einen Ende war der Eingang, und am anderen Ende musste die Küche sein. Übrig blieben noch zwei Räume mit offenen Türen und ein dritter direkt gegenüber dem Schlafzimmer, dessen Tür fast ganz geschlossen war. Cath drückte sich selbst die Daumen. *Mach, dass das das Bad ist.*

Es war das Bad. Sie pinkelte gefühlte neun Jahre lang und spritzte sich dann etwas kaltes Wasser ins Gesicht, während sie all ihren Mut zusammennahm, um in den Spiegel zu schauen. Ugh. Als sie noch ein böses Mädchen gewesen war, hatte sie wenigstens stacheliges, schwarz gefärbtes Haar gehabt, passend zu ihrer Kleidung, sodass sie an Katertagen einen auf Gothic machen konnte, indem sie ihre blasse Haut und die dunklen Ringe unter ihren Augen mit dickem Eyeliner und Lippenstift in der Farbe getrockneten Blutes betonte. Jetzt, da sie sich ordentlich kleidete, sah sie aus wie Tinker Bell nach einer Sauftour. Sie wusch sich die Wimperntusche, so gut es eben ging, mit kaltem Wasser ab und fuhr sich mit feuchten Fingern durch ihr kinnlanges, strähniges braunes Haar in dem vergeblichen Versuch, eine wenigstens halbwegs annehmbare Erscheinung abzugeben.

Da entdeckte sie eine neue Zahnbürste, die noch verpackt auf der Ablage des Waschbeckens lag, und beäugte sie gierig. Selbst nachdem sie Wasser getrunken hatte, schmeckte ihr Mund immer noch nach … Dafür gab es keine Worte. Und die Zahnbürste konnte nicht City gehören, denn seine steckte zusammen mit seiner Zahnpasta in einem Halter an der Wand. Wenn es nicht noch eine andere Frau gab, die hier irgendwo herumschlich, musste er sie für sie hier hingelegt haben.

Hatte irgendeiner der Typen, mit denen sie tatsächlich geschlafen hatte, jemals an so was gedacht?

Nein, definitiv nicht. Dass sie eine eigene Zahnbürste bekam, war ihr noch nie passiert. Sie griff danach und drückte etwas von seiner Zahnpasta auf die Borsten.

Wie seltsam, in Citys ordentlichem kleinen Bad zu sein und seine Toilettenartikel zu benutzen. Ihr Lieblingsfremder. So dumm es auch schien, erinnerte sie sich doch noch lebhaft an die Erleichterung, die sie in der letzten Nacht beim Anblick seines Gesichts auf dem Bahnsteig durchströmt hatte. Es hatte sich so angefühlt, als würde sie ihn schon ihr ganzes Leben lang kennen, auch wenn sie ihn nur knapp drei Jahreszeiten lang aus der Ferne beobachtet hatte. Ihre Intuition sagte ihr, dass sie ihm vertrauen konnte.

In Anbetracht ihrer schlechten Instinkte würde er sich vermutlich als Serienkiller entpuppen.

Sie spuckte aus, spülte sich den Mund und fühlte sich nun beinahe menschlich. Aber sie brauchte dringend eine heiße Dusche. Sehnsüchtig blickte sie zu der frei stehenden Badewanne mit Füßen und entdeckte auf dem Rand ein ordentlich gefaltetes Handtuch. Ein weiteres lag auf der Heizung. Sie berührte es mit dem Zeigefinger. Noch feucht, also musste es Citys sein. Das Handtuch auf der Badewanne war für sie.

Ein sauberes Handtuch und eine Zahnbürste, und dabei war er ihr nicht mal an die Wäsche gegangen. Was für ein Mann! Kein Wunder, dass sie nicht mit ihm geschlafen hatte.

Sie zögerte einen Augenblick, bevor sie sich das T-Shirt abstreifte. Die neue Cath zog sich nicht in den Wohnungen fremder Männer aus. Andererseits hatte die neue Cath seit dem gestrigen Abendessen sechs schwere Fehler begangen. Wie wahrscheinlich war es also, dass Fehler Nummer sieben derjenige wäre, der sie ins Verderben stürzen würde?

Cath schüttelte den Kopf. Wenn City vorgehabt hätte, über sie herzufallen, hätte er es letzte Nacht getan. Stattdessen hatte er sie ins Bett gebracht und eine Zahnbürste und ein Handtuch für sie bereitgelegt. Er war ehrenhaft wie ein Pfadfinder. Das hatte sie bereits gewusst.

Die Dusche war himmlisch, das Wasser beinahe kochend heiß – genau, wie sie es mochte. Sie blieb lange unter dem Wasserstrahl stehen und wünschte, sie könnte zusammen mit dem Schmutz auch ihr Schamgefühl abwaschen. Als sie mit Citys würziger, männlich duftender Seife über das Tattoo glitt, das sich von ihrem unteren Rücken in einem breiten Band bis zu der einen Seite ihres Bauches zog, erinnerte sie sich daran, dass sie schon Schlimmeres getan hatte und es ihr gelungen war, darüber hinwegzukommen.

Diese Sache, was immer es auch war – dieser Fauxpas, dieser Schnitzer, der sie unter Citys Dusche gebracht hatte –, musste nicht heißen, dass die neue Cath von der Spur abgekommen und im Straßengraben gelandet war. Es konnte ein Ausrutscher sein. Zwei Jahre ohne einen Ausrutscher waren ziemlich gut. Wenn sie ohne weitere Ausrutscher direkt zur neuen Cath zurückkehrte, würde es ihr vielleicht innerhalb von, sagen wir mal, sechs Monaten gelingen zu vergessen, dass das hier jemals geschehen war. Ausrutscher zählten nicht im offiziellen Strafregister.

Nachdem sie sich mit Citys flauschigem Handtuch abgetrocknet hatte, zog Cath ihre Unterwäsche und das T-Shirt wieder an. Fast kopfschmerzfrei und mit einem leichten Hungergefühl machte sie sich auf die Suche nach ihrem Gastgeber und hoffte, auch ihre Klamotten wiederzufinden.

Der unverkennbare Duft von Frühstücksspeck wehte durch die Wohnung, aber in der Küche war es still, also warf sie einen Blick hinter die Tür neben dem Bad. Ein leeres Arbeitszimmer. Sie ging auf die letzte Tür zu, hinter der sich das Wohnzimmer befinden musste.

Falsch. Es war ein Studio. Jeweils vier oder fünf Leinwände standen hintereinander an den Wänden und vor Regalen, in denen Farben, Papier und anderer Malerbedarf ordentlich sortiert waren. Der Künstler war zugegen, sein Körper größtenteils von ihr abgewandt, völlig versunken in das Gemälde auf seiner Staffelei.

Erstaunt lehnte Cath sich in den Türrahmen und sah ihm eine Weile zu. Sie wäre niemals auf die Idee gekommen, dass City eine künstlerische Seite besaß. Das Bild auf der Staffelei vor ihm war fast fertig; es zeigte eine Frau, die in einem Büro am Schreibtisch saß. Er musste auch das Bild in seinem

Schlafzimmer selbst gemalt haben. Der Stil war unverkennbar.

Er hatte Talent.

Verdammt, jetzt bekam sie schon eine Gänsehaut, und sie spürte dieses Kribbeln, wie immer, wenn sie einen Künstler anziehend fand. Was hatten Maler nur an sich? Das Spiel der schlanken Muskeln seiner Unterarme, die Präzision seiner Finger, wenn er den Pinsel über die Leinwand führte – die ganze Szene törnte sie einfach tierisch an.

Die Anziehung war natürlich rein situationsbedingt. Bedeutungslos. Das war *City*, verdammt noch mal. Ihr war noch nie seinetwegen schwindelig geworden. Aber in ausgebleichten Jeans und einem mit Farbe beschmierten roten T-Shirt, das seine Schultern betonte, sah er wie ein völlig anderer Mensch aus.

Sein Hintern half auch nicht. Der Mann hatte einen echt heißen Hintern.

Beschämt über den lüsternen Teenager, der in ihrem Hirn die Kontrolle übernommen hatte, löste Cath sich vom Türrahmen und durchquerte das Zimmer. »Du bist ziemlich gut.«

Er drehte sich um und sah sie einen Augenblick lang mit verwirrtem Gesichtsausdruck an. Sein kurzes blondes Haar war verstrubbelt, als wäre er mit der Hand durchgefahren, und auf seiner Wange war ein Strich rote Farbe.

Dann lächelte er, und Cath vergaß kurzzeitig zu atmen. City sah nicht aus wie City, wenn er lächelte. Es war noch immer sein Gesicht, aber mit schönen Zähnen und einem jungenhaften Grübchen auf einer Wange. Eine nette Überraschung, aber da war noch etwas anderes. Etwas, das *Ich verschlinge dich mit Haut und Haaren* sagte. Wenn er lächelte, wirkte City nicht mehr ganz so harmlos.

Sie stellte zu ihrem Entsetzen fest, dass sie sich wie ein blinkender, bimmelnder Flipperautomat fühlte.

# 3

Cath lehnte sich gegen einen Tisch, auf dem ausgedrückte Farbtuben und Gläser voller Pinsel verstreut waren, presste ihre feuchten Handflächen auf die Tischplatte und bemühte sich, ihr Herzklopfen unter Kontrolle zu bekommen. *Du fühlst dich nicht wirklich zu City hingezogen. Du suchst einfach nur deine Klamotten, und dann gehst du nach Hause. Ein Ausrutscher, schon vergessen? Dies ist ein Ausrutscher.*

Sie nahm wahr, dass er etwas sagte. »Sorry, was?«

Sein Mund zuckte, und das Grübchen tauchte wieder auf. »Ich habe nur ›Guten Morgen‹ gesagt. Geht's dir gut?«

Sie hätte getrost ihr Geld darauf setzen können, dass er einen vornehmen Akzent hatte. Vielleicht konnte sie ihre Reaktion auf sein Lächeln auf den Kater schieben. Sie musste dringend was essen. Oder vögeln.

Das letzte Mal war schon eine Weile her. Konnte man das auch dann noch sagen, wenn es bereits zwei Jahre waren? Es war schon eine *Weile* her.

»Kommt drauf an«, sagte sie.

»Worauf?«

»Darauf, was ich letzte Nacht gemacht habe.«

Er schürzte seine perfekten Lippen, und zwischen seinen Augenbrauen bildete sich eine Falte. »Erinnerst du dich an nichts?«

»An nicht viel.« Sie fuhr mit dem Zeigefinger über die Platte seines Arbeitstischs, als würde sie sie auf Staub prüfen.

»Erinnerst du dich, dass du dich geweigert hast, mir deinen Namen oder deine Adresse zu sagen?«

»Wir haben uns unterhalten?« Komisch, sie erinnerte sich überhaupt nicht daran, mit ihm gesprochen zu haben. Nur an seine Hand, die sie warm und fest geführt hatte. Nur daran, wie sie sich in seiner Gegenwart gefühlt hatte.

Wie sie sich *auch jetzt noch* in seiner Gegenwart fühlte, wenn sie es sich recht überlegte. Sie stand mit nackten Beinen in der Wohnung dieses fremden Mannes und bat ihn, ihr zu erzählen, was sie getan hatte, als sie letzte Nacht betrunken gewesen war. Die Situation hätte sie einschüchtern sollen. Sie hätte furchtbare Gewissensbisse haben müssen.

Hatte sie aber nicht, woraus sie nur schließen konnte, dass City der Grund dafür war. Er strahlte Ruhe aus.

»Du hast mich immer ›City‹ genannt«, sagte er.

Cath nickte. »Jep. So nenne ich dich.«

Er warf ihr ein schiefes Lächeln zu, und sie musste sich an der Tischkante festhalten. Vielleicht war »Ruhe« doch nicht ganz das richtige Wort. Zumindest nicht, wenn er lächelte.

»Genau das hast du letzte Nacht auch gesagt.«

Seine Stimme war überhaupt nicht so, wie sie sie sich vorgestellt hatte. Sie war tief und warm und angenehm und nahm seinem schicken Akzent die Härte.

»Habe ich gesagt, warum ich dir meinen Namen nicht verraten wollte?«

Das Lächeln wurde breiter, und sie fand, dass es als Straftat eingestuft werden sollte. Grinsen mit Verstörungsabsicht.

»Du hast gesagt, du seist traurig und ziemlich müde, aber du würdest meine Hilfe nicht brauchen. Das Einzige, was dir fehlte, wären eine Tasse Kaffee und etwas zu essen.«

»Und wie bin ich dann …?«

Er hob einen Finger, um sie davon abzuhalten, ihn zu unterbrechen, wobei seine Augen amüsiert funkelten. Ihr war noch nie aufgefallen, wie ungewöhnlich seine Augen waren. Sie waren grün mit braun, gleichzeitig exotisch und warm.

»Dann«, fuhr er fort, »als ich versucht habe, mich höflich vorzustellen, hast du mir mit einer Hand den Mund zugehalten und darauf bestanden, dass wir Fremde bleiben, weil du dir sicher seist, dass ich ein sehr netter Mann bin« – er sprach das Wort »nett« so aus, als wäre es eine Rasierklinge, die er vorsichtig ausspuckte – »und es viel besser für mich wäre, dich nicht zu kennen.«

Cath war beeindruckt. Ihr betrunkenes Selbst war vernünftiger, als sie es ihm zugetraut hätte.

»Das stimmt«, bestätigte sie. »Ich bin überhaupt nicht dein Typ.«

Er zog eine Augenbraue hoch, ließ die Aussage aber unkommentiert.

»Da ich hier bin, heißt das vermutlich, dass du deine Chance nicht genutzt hast, in den nächsten Zug zu springen und mich meinem Schicksal zu überlassen?«

»Es war fast Mitternacht«, verteidigte er sich. »Alle Läden waren zu, es gab weit und breit kein Taxi, du wolltest mir nicht sagen, wo du wohnst, und dich nicht von mir nach Hause bringen lassen, und du konntest kaum noch stehen. Also schien es mir das Beste, dich hierherzubringen.«

Ein Gedanke lenkte sie von der Frage ab, die sie eigentlich hatte stellen wollen. »Was wolltest du an einem Freitag um Mitternacht in Canary Wharf?«

»Ich war auf der Suche nach Prostituierten.«

Er sagte das in einem so trockenen, ungerührten Tonfall, dass sie eine Sekunde brauchte, bis sie verstand, dass es ein Witz war, aber dann konnte sie es sich nicht verkneifen, ihn zu necken: »Die Auswahl muss sehr enttäuschend gewesen sein.« Sie blickte hinunter auf ihren kleinen, keineswegs sinnlichen Körper in dem übergroßen T-Shirt.

»Das würde ich so nicht sagen, Süße.«

Das Grübchen kam wieder zum Vorschein. Sie verbrachte ein paar Sekunden damit, auf seinen Mund zu starren, dann kam sie wieder zu sich und ließ ihren Blick an seinem Oberkörper hinabgleiten bis zu seiner Hand, die noch immer einen Pinsel hielt.

Mit dem Lächeln hatte sie nicht gerechnet. Mit dem Pinsel auch nicht.

Und sie hatte definitiv nicht damit gerechnet, dass er mit ihr flirten würde.

»Ich war im Kino«, erklärte er.

»Ich bin ohnmächtig geworden«, sagte sie und versuchte, das Gespräch wieder auf den sichereren Boden ihrer Blamage zurückzusteuern, um zu erfahren, was noch passiert war, und schleunigst nach Hause verschwinden zu können.

»Wahrscheinlich schon. Du warst unheimlich müde. Ich habe Tee gekocht, und als ich fertig war, warst du schon auf meinem Küchentisch eingeschlafen. Ich hab versucht dich zu wecken, aber du hast gesagt: ›Lass mich in Ruhe‹, und dann etwas, was so ähnlich klang wie: ›Ermorde mich nicht.‹« Das alles berichtete er ganz sachlich, als würden jeden Freitagabend betrunkene Frauen auf seinem Küchentisch in Ohnmacht fallen.

*Möglicherweise war das ja der Fall.*

»Nett von dir, dass du's nicht getan hast.«

»Ich hab dich wohl davon überzeugt, dass ich ein netter Mann bin.«

Cath nickte zustimmend, obwohl er in dem Augenblick gar nicht so nett aussah. Das Funkeln in seinen grünbraunen Augen war eindeutig verwegen. Sie hätte nicht gedacht, dass City auch nur ein Fünkchen Verwegenheit in sich trug.

»Tut mir leid, dass ich mich vor dir ausgezogen habe«, murmelte sie, teils weil es ihr wirklich leidtat, aber vor allem weil sie neugierig war, was er sagen würde.

Von dem Lächeln, das er ihr daraufhin zuwarf, wurde ihr ganz flau im Magen, so verrucht war es. »Du erinnerst dich also«, sagte er mit diesem tiefen Grollen in der Stimme.

»Du hast sehr, ähm, gentlemanlike reagiert.«

»Du warst stark betrunken.« Er drehte sich weg, um den Pinsel auf dem Brett unter der Staffelei abzulegen.

»Ja.«

Sie starrte zu Boden, bis ihr Magen sich wieder beruhigt hatte. Jetzt war es an der Zeit zu fragen, was er mit ihren Sachen gemacht hatte, aber da fragte City: »Wie fühlst du dich?«, also musste sie sich weiter mit ihm unterhalten. Sie versuchte, sich darüber zu ärgern, aber es gelang ihr nicht. Der Mann stellte sich als ein anregender Gesprächspartner heraus, und dazu war er bemerkenswert angenehm anzuschauen.

»Ich fühl mich ganz gut, danke. Ich habe leichte Kopfschmerzen, aber die Dusche hat geholfen. Und die Zahnbürste.«

»Freut mich zu hören. Willst du frühstücken? Ich hab Speck gebraten.«

Die Erwähnung von Speck ließ ihren Magen knurren.

»Das klingt nach einem Ja.«

»Ich habe eine große Schwäche für die Specksandwich-Katerkur«, gab sie zu. »Aber das scheint mir unter deinem Niveau zu sein, City. Ich kann mir nicht vorstellen, dass du jemals betrunken bist, und erst recht nicht verkatert.«

Er kam ein paar Schritte näher und musterte sie, taxierte sie unverhohlen. Eigentlich war es unverschämt, wenn nicht sogar beängstigend, aber tatsächlich sorgte es nur dafür, dass sich eine sirupartige Hitze in ihrem Unterleib ausbreitete. »In Anbetracht der Tatsache, dass du nicht weißt, wie ich heiße, scheinst du ziemlich genaue Vorstellungen von mir zu haben.«

Oh, sie hatte eine Vorstellung. Sie hatte einen ganzen Haufen neue Vorstellungen von ihm und musste schnellstmöglich einen Ausweg finden, denn keine davon stand auf der Liste der Dinge, über die sie eigentlich nachdenken sollte. *Banker,* ermahnte sie sich. *Er ist ein Banker, ein todlangweiliger Banker. Es reicht jetzt. Also flirte bloß nicht mit ihm.*

»Ich muss nicht wissen, wie du heißt. Ich hab dich oft genug gesehen, und ich kenne Leute wie dich.«

Und sie flirtete mit ihm!

Er belohnte sie mit einem Grinsen. »Und wie bin ich?«

»Zunächst einmal kommst du aus einer reichen Familie. Du warst auf teuren Internaten, hast einen Abschluss aus Oxford oder Cambridge, und jetzt arbeitest du bei einer Bank in der City – daher der Name.«

Sein Blick verfinsterte sich, und er wischte sich mit einer Hand über den Mund. Was für ein Mund!

»Sag einfach Bescheid, wenn ich mich irre«, schlug sie vor.

»Mach ruhig weiter. Bisher liegst du goldrichtig.«

»Was war es, Oxford oder Cambridge?«

»Cambridge. Trinity College.«

Sie widerstand dem Drang zu grinsen. Grinsen war an diesem Morgen weit außerhalb des Spektrums akzeptablen Verhaltens City gegenüber.

Mit ihm zu flirten ebenfalls.

Stimmt. Aber es machte so viel Spaß. Sie hatte schon ewig nicht mehr geflirtet.

»Also gut«, sagte sie. »Ich weiß, dass du gern joggen gehst. Deinen Schultern und Armen nach zu urteilen, würde ich schätzen, du ruderst auch, oder?«

»Ein bisschen. Und ich spiele Rugby.« Er warf ihr ein schiefes Lächeln zu, und sie bemühte sich, das Bild von City, wie er in einem Rugby-Trikot und mit roten Wangen und dreckigen Knien um einen Ball kämpfte, aus ihrem Kopf zu verdrängen. Ein personifizierter Orgasmus.

Ihre Vernunft schrie nun offiziell: *Mayday!*

Cath ignorierte sie nun offiziell.

»Und was mache ich sonst in meiner Freizeit?« Er kam noch näher. Der Flirt beruhte nun auf Gegenseitigkeit. Sie musste eine Möglichkeit finden, das Gespräch wieder zurück zu Specksandwiches und, sagen wir mal, der Suche nach ihrem Rock zu bringen, denn es war wahrscheinlich nicht gut, dass sie ihn jetzt riechen konnte, und an diesem Mann war Leinöl ein Aphrodisiakum.

»Nun, du gehst in klassische Konzerte, verbringst die Wochenenden auf dem Land und verabredest dich mit Frauen, die Twinsets tragen und Namen haben wie …«

Ohne die leiseste Vorwarnung küsste er sie. Und es war auch kein vorsichtiger Kuss. Nein, er küsste sie *richtig* und legte dabei eine seiner großen Hände um ihren Nacken. Seine warmen, festen Lippen wussten genau, was sie tun mussten, um auch noch den letzten Gedanken aus ihrem Kopf zu verjagen. Nur der Mann blieb, der Mund, die Gefühle, die sie erfüllten und von innen erhitzten … *schnell* erhitzten. Konnten alle Banker so küssen?

Cath stellte sich auf die Zehenspitzen, neigte den Kopf und erwiderte den Kuss, aber da wich er ein paar Zentimeter zurück. Dann ein paar Schritte.

Sie wollte etwas sagen. Das einzige Wort, das ihr über die Lippen kam, war ein zittriges »Whoa«. Sie versuchte es noch mal. »Was war das eben, City?«

»Sag du's mir, Yankee.« Seine Lippen verzogen sich wieder zu diesem sexy Grinsen.

»Ich bin ziemlich sicher, dass du mich gerade geküsst hast.«

»Ja, das habe ich. Soll ich mich entschuldigen?«

»Wofür?«

»Es war furchtbar unhöflich. Ich habe dich nicht um Erlaubnis gefragt.«

Cath lehnte sich an den Tisch, verschränkte die Arme vor den harten Spitzen ihrer Brustwarzen und versuchte nicht zu grinsen wie ein Mädchen, das gerade um den Verstand geküsst worden war. Sie versagte. Sie versagte ziemlich oft bei diesem Typen. Es hätte sie beunruhigen oder ihr zumindest peinlich sein sollen, aber seine Lippen hatten ihr Gehirn aufgeweicht.

So war das wohl, wenn man zum ersten Mal nach zwei Jahren wieder geküsst worden war.

»Ich war viel unhöflicher als du. Weil ich in Ohnmacht gefallen bin und all das. Du bist sehr nett damit umgegangen.«

City rieb sich nachdenklich mit einer Hand übers Kinn. »Ich wäre dir sehr dankbar«, sagte er kurz darauf, »wenn du aufhören würdest, mich ›nett‹ zu nennen.«

Er kam wieder einen Schritt näher, und ihre Herzfrequenz beschleunigte sich.

»Du bist nett.« Ihre Stimme klang ganz schwach und bebend. So musste Rotkäppchen sich gefühlt haben, als sie herausfand, dass sich unter Großmutters Nachthaube der große böse Wolf verbarg.

»Nein«, antwortete er, »bin ich nicht.«

Ein weiterer Schritt, und sein Blick glitt über ihre Arme und an ihrem Bauch hinunter zu ihren Hüften. In dem hell erleuchteten Atelier konnte man durch das weiße T-Shirt ihre lila Unterwäsche erkennen. Sie wusste, dass City das bemerkt hatte und die Aussicht genoss.

Sie setzte sich auf die Tischkante. »Hast du mich etwa mit unlauteren Absichten hierher mitgenommen?« Der Gedanke löste bei ihr ein unheimliches Prickeln aus.

Er schüttelte den Kopf. »Nein. Die habe ich erst entwickelt, nachdem du schon hier warst.«

Cath spielte mit dem Saum des T-Shirts, das bis zur Mitte

ihrer Schenkel reichte. »So etwas solltest du nicht zugeben. Es ist pervers, auf halb nackte, betrunkene Mädchen scharf zu sein.«

»Es ist nicht pervers.« Er trat näher, bis seine Schenkel ihre Knie berührten. »Nur männlich. Und übrigens hast du mich nicht mit der Stripshow scharfgemacht. Obwohl sie sehr … interessant war.«

»Ach nein?« Es war ein Wunder, dass sie überhaupt sprechen konnte in Anbetracht der Tatsache, dass sich ihr gerade ein großer, durchtrainierter, heißer Mann näherte und ihren ganzen Sauerstoff verbrauchte. »Was habe ich denn sonst so unwiderstehlich Attraktives getan?«

Noch ein Schritt, und er war zwischen ihren Beinen. »Du hast geredet. Ziemlich viel.«

»Was denn?«

»Allen möglichen Blödsinn. Anscheinend magst du mein Land nicht besonders.«

Cath zuckte verlegen die Achseln. »Manchmal vermisse ich Chicago.«

»Ich hatte dich noch nie vorher reden hören. Du solltest das öfter tun. Es ist süß.«

»Leute, die am Bahnhof mit sich selbst reden, werden allgemein für verrückt gehalten. Besonders in deinem Land.«

»Du könntest mit mir reden.«

»Ich kenne dich fast gar nicht.«

»Ich bin toll«, sagte er. »Du wirst mich mögen.« Große, warme Hände legten sich auf ihre nackten Schenkel und ließen sie erschauern. »Obwohl ich wahrscheinlich wiederholen sollte, dass ich überhaupt nicht nett bin.«

»Ich schon«, flüsterte sie. »Ich bin ein sehr guter Mensch. Ich bin kein Mädchen, das sich betrinkt und in Bahnhöfen aufgelesen werden muss.«

»Ich weiß.« Er schob die Hände ein paar Zentimeter weiter nach oben zu der Stelle, wo ihr Schenkel in die Hüfte überging.

»Und ich knutsche auch nicht mit fremden Männern auf Tischen herum. Ich bin eine durch und durch anständige Frau.«

»Du küsst aber nicht wie eine.« Da war wieder dieses Haifischlächeln.

Die neue Cath hatte sich mental dank der letzten Reste ihrer Selbstbeherrschung eisern im Griff, aber die Kontrolle über ihren Körper hatte sie verloren. Ihre Handflächen strichen über die Muskeln seiner Unterarme, und ihr Hintern rutschte näher an die Tischkante. Nur zwei, drei Zentimeter. Oder zehn.

Wenigstens gehorchte ihr ihr Mund noch. »Ich habe mich verändert. Das Küssen ist eine Art Überbleibsel.«

»Ich will nicht, dass du dich veränderst. Ich mag böse Mädchen.«

»Ich will nicht böse sein.« Aber ihre Arme hatten sich wie von selbst gehoben und schlangen sich um seinen Hals, und die letzten Worte konnte sie nur noch an seinen Lippen murmeln.

»Ich schon«, sagte er und übernahm das Kommando.

Dieser Kuss war härter, heißer. Er zog sie eng an seine Brust und schob die Zunge in ihren Mund. Vielleicht war es irgendein krankes Der-Morgen-danach-Stockholmsyndrom, oder vielleicht lag es daran, dass sie in seinem Bett aufgewacht war. Vielleicht waren es die zwei Jahre ohne Sex. Was auch immer es war, Cath genoss den Überfall in vollen Zügen. City schmeckte köstlich nach Frühstücksspeck. Ihre Haut brannte, wo seine Hände ihre Hüften berührten, und ihre Nippel verhärteten sich schmerzlich an seiner Brust. Das Ziehen zwischen ihren Schenkeln zwang sie, ein Bein um ihn zu legen, was sie in direkten Kontakt mit der sich verhärtenden Beule in seiner Jeans brachte. Ganz genau dort wollte sie sein. Oh Gott, *genau* dort.

Stöhnend drückte er sie nach hinten, glitt mit den Händen unter das T-Shirt und erforschte die Konturen ihres fast nackten Körpers mit langsamen Bewegungen. Irgendein winziger Teil ihres Gehirns meckerte, dass das unverantwortlich sei, dass das falsch sei, dass dieses Verhalten *keineswegs* einem Ausrutscher entspreche, aber dann griffen Citys Finger durch den BH nach ihrer Brustwarze, und sie gab auf. Er machte sie wahnsinnig heiß. Wahnsinnig. Heiß.

Die Arme um seinen Oberkörper geschlungen, lehnte sie sich zurück und zog ihn mit nach unten.

»Warte«, sagte er, stützte sich mit einer Hand ab und schob mit der anderen etwas beiseite.

»Geht nicht«, keuchte sie, während ihre Beine ihn umklammerten und ihr Becken sich gegen seine Hitze drückte. Sie wollte genommen werden, nichts auf der Welt spüren als seine Hände auf ihren Brüsten, seinen Mund an ihrem Hals. Zwei Jahre hatte sie mit keinem Mann mehr geschlafen, und jetzt wollte sie diesen hier. Genau jetzt. Genau hier auf diesem verdammten Tisch.

Sie sehnte sich so sehr danach, alles zu vergessen, dass sie nicht hätte aufhören können, selbst wenn sie es versucht hätte.

Das Geräusch von zerschellendem Glas und der scharfe Geruch von Terpentin zwangen sie innezuhalten. City wich zurück, und Cath setzte sich widerwillig auf und spähte über die Tischkante, um den Schaden zu begutachten. Ein volles Glas eingeweichter Pinsel war heruntergefallen und zerbrochen, sodass sich nun eine dunkle Spirituspfütze auf Citys hübschem Holzboden ausbreitete.

»Scheiße«, sagte er.

Sie war ganz seiner Meinung.

# 4

Nev sah von dem Chaos auf dem Boden hoch zu der Frau auf seinem Tisch und bereute es augenblicklich. Ihre Beine waren noch immer gespreizt, sein Shirt auf ihren Schenkeln nach oben geschoben, ihre nackten Füße baumelten in der Luft. Geöffnete Lippen, verträumter Blick, steife Brustwarzen. Die Versuchung selbst.

Er kannte nicht einmal ihren Namen.

Er konzentrierte sich auf diesen Gedanken, denn er war das Einzige, was ihn davon abhielt, über das zerbrochene Glas zu treten und dort weiterzumachen, wo sie aufgehört hatten.

»Scheiße«, murmelte er noch einmal.

Er nahm ein paar Lappen vom Tisch, kniete sich hin und begann, das Terpentin aufzuwischen, die Pinsel einzusammeln und die Scherben zu einem Haufen zusammenzuschieben.

*Du kennst nicht mal ihren Namen.*

Natürlich wusste er, wer sie war. Sie war das Mädchen aus dem Park. Ein kleines Energiebündel, das immer Schwarz trug. Jede Woche lief sie an mehreren Tagen morgens an ihm vorbei den Hügel hinauf, mit einer Baseballkappe auf dem Kopf, dröhnender Musik in den Ohren und entschlossenem Gesichtsausdruck. Eigentlich ein bisschen einschüchternd, so viel Power in einem so kleinen Körper. Trotzdem hatte er begonnen, sie zu mögen, besonders nachdem er sie im Zug entdeckt hatte, wie sie in ein schwarzes Buch schrieb und dabei den Rest der Welt ausblendete. Normalerweise schrieb sie die ganze Zeit während der halbstündigen Fahrt von Greenwich nach Bank. Manchmal zeichnete sie auch mit einem Kohlestift. Er hatte sich mehr als einmal in ihre Richtung gebeugt, um einen Blick in das Notizbuch zu erhaschen, aber es war ihm nie geglückt.

Vermutlich sollte er etwas sagen. Das wollte er auch, aber sein Verstand hatte sich so vollständig verflüchtigt, dass ihm überhaupt nichts einfiel.

Bis letzte Nacht hatte er nicht gewusst, wie schön sie war. Sie hatte ihn auf dem schwach beleuchteten Bahnsteig durch ihre Tränen hindurch angelächelt – mit diesem breiten, offenherzigen Lächeln, das normalerweise für enge Freunde oder Liebespartner reserviert ist –, und er hatte für ein, zwei Augenblicke den Boden unter den Füßen verloren. Als er in ihre großen braunen Augen geschaut hatte, war sie ihm wie die hübscheste Frau erschienen, die er je gesehen hatte.

Außerdem war sie sturzbetrunken gewesen und hatte dringend eine Begleitung gebraucht. Im Zug hatte sie einen Arm um seine Taille gelegt, sich im Halbschlaf an ihn gekuschelt und dabei etwas von Patsy Cline und Zugfahrplänen und möglicherweise einer Zwangsjacke gemurmelt, und er hatte sich gefragt, was für eine Frau sich bei einem wildfremden Menschen so verhielt. Er fand es rührend und gleichzeitig seltsam angenehm.

Er warf die größeren Glasscherben zusammen mit dem

nassen Lappen in den Mülleimer. Als er aus dem Augenwinkel ihre nackten Füße sah, ging er ins Nebenzimmer, um Schaufel und Handfeger zu holen. »Keine Bewegung«, rief er ihr über die Schulter zu, als er den Raum verließ, und riskierte dabei einen Blick zu ihr.

Sie hatte ihre Schenkel bedeckt, aber sie wirkte noch immer verwirrt und ein wenig benommen davon, was sie gerade getan hatten. Er konnte es ihr nicht verdenken. Er war selbst ziemlich benommen.

Zunächst hatte er nicht vorgehabt, sie zu küssen, aber bei Gott, er hatte es tun wollen seit dem Augenblick, als sie das Zimmer betreten hatte. Der Gedanke, dass sie sich nackt in seinem Bad befand, war schon schlimm genug gewesen. Aber da war ihm wenigstens die Folter erspart geblieben, dass die Sonne direkt durch das dünne Baumwollshirt hindurchgeschienen und die dunklen Umrisse ihres BHs und Höschens sichtbar gemacht hatte.

Umrisse, die er nur zu gut kannte. Unter dem Shirt trug sie lila Satin mit schwarzer Spitze auf cremeweißer Haut, und es stand ihr gut. Er hatte letzte Nacht nicht die Absicht gehabt, sie halb nackt zu sehen, aber es war so gekommen, und der Anblick hatte ihn noch stundenlang wach gehalten. Er wollte sie. Unbedingt. Sein Verlangen nach ihr überraschte und verwirrte ihn.

Wer auch immer sie war, sie schien ein Talent dafür zu haben, ihn zu überraschen und zu verwirren.

Als er sie geküsst hatte, hatte er sich nicht viel dabei gedacht. Es sollte ein Experiment sein. Er wollte damit diese Unsicherheit aus ihren Augen vertreiben und ihr helfen, sich besser zu fühlen, da sie offensichtlich unglücklich war über den Zustand, in dem er sie letzte Nacht gefunden hatte.

Aber wenn er ehrlich war, hatte er sie eigentlich nicht hauptsächlich aus Gründen der Wohltätigkeit geküsst. Nev hatte gewollt, dass sie ihn *wahrnahm*, er wollte sie ebenso durcheinanderbringen, wie sie ihn durcheinanderbrachte.

Er hatte nicht darüber nachgedacht, ob sie den Kuss erwidern würde, noch hatte er die leiseste Ahnung gehabt, wie schnell sich die Atmosphäre zwischen ihnen aufheizen würde. Sie hatten sozusagen den Tisch in Flammen gesetzt.

Noch eine Überraschung.

Sie war so klein, nur ein Hauch von einer Frau, und so … ungestüm. Überhaupt nicht der Typ, der ihn normalerweise anzog. Aber er hatte beim Einschlafen an die Rundungen ihres Körpers denken müssen, ihre weiche Haut unter seinen Handflächen, als er sie hochgehoben hatte. Die Tattoos. Mitten auf ihrem Kreuz war ein Singvogel mit weit ausgebreiteten Flügeln. Verschlungene Linien umgaben ihn – manche dünn und verschnörkelt, andere dicker und gerader. Er hatte nicht genau hinsehen können, aber das Muster schien noch weitere Motive zu enthalten, die sich bis zu ihrem Bauch zogen. Er hatte das Verlangen verspürt, die Linien mit den Fingern und seiner Zunge nachzuziehen.

Das hatte er selbstverständlich nicht getan. So unverschämt war er nun auch wieder nicht. Aber der Wunsch war geblieben.

Als er wieder zu sich kam, stand er in seinem Arbeitszimmer und starrte mit leerem Blick auf den Schrank. Gütiger Himmel, was hatte diese Frau bloß mit ihm angestellt?

Nev schüttelte den Kopf, um wieder klar zu denken, nahm den Besen aus dem Schrank und ging zurück ins Studio. Er hielt den Blick auf den Fußboden gerichtet, während er die letzten noch übrigen Glassplitter wegfegte. Es war sicherer, die Frau nicht anzusehen.

Es war sicherer, weil er nur eine Haaresbreite davon entfernt gewesen war, sie auf dem Tisch in seinem Studio zu vögeln, ohne auch nur ihren Namen zu kennen, und er hätte es auch tatsächlich getan, wenn das Glas nicht heruntergefallen und zerbrochen wäre. Selbst jetzt war er nicht sicher, wie lange er es mit ihr in der Wohnung aushalten würde, ohne sie ins Bett zu zerren.

Das gehörte vermutlich nicht zu den Dingen, die »City« tun würde.

Bei dem Gedanken wollte er es erst recht tun.

Er leerte die Schaufel in den Mülleimer und schaute schließlich auf. Sie wollte sich eindeutig aus dem Staub machen, war zappelig und voller unbändiger Energie.

*Wenn sie jetzt geht, kannst du sie nie wieder küssen.*

Der Gedanke brachte ihn dazu, aus Verzweiflung das Erstbeste zu sagen, was ihm einfiel: »Wie wär's mit einer Tasse Tee?«

»Yeeeah«, antwortete sie, indem sie das Wort in ihrem leicht ordinären amerikanischen Akzent in die Länge zog. »Das wär toll.«

Vielleicht lag es an dem Kater, aber das hier war das beste Sandwich, das sie je gegessen hatte. Oder vielleicht lag es an City. Er bewegte sich in seiner winzigen Küche, als wüsste er, was er tat, und er hatte sich mit dem Sandwich viel Mühe gegeben.

Aber außer sie zu fragen, wie sie ihren Tee wollte, sagte er kein Wort, und das war Cath ganz recht. Sie war sich nicht sicher, wie ein sozial korrektes Verhalten aussah, wenn man in Gegenwart eines anderen Menschen in Ohnmacht gefallen, in dessen Bett aufgewacht und direkt danach sehr nah dran gewesen war, mit ihm auf einem Tisch Sex zu haben. Die beste Strategie wäre zweifellos Flucht gewesen, aber das Sandwich hatte sie gebraucht.

Das Essen versorgte sie mit der nötigen Kraft, und es gab ihr außerdem Zeit, sich zu sammeln. Die böse Cath und die gute Cath lieferten sich in ihrem Kopf eine Schlammschlacht, und sie hatte Mühe, den Überblick zu behalten.

Die gute Cath kreischte leicht hysterisch: *Was fällt dir ein? Sex auf einem Tisch, mit einem Fremden? So was machst du nicht mehr! Verdammt, so was hast du nicht mal früher gemacht. Beende das hier. Zieh dich an. Geh nach Hause. Noch ist es möglich, das Ganze in einen Ausrutscher zu verwandeln! Es ist noch nicht zu spät, Fräulein, aber du spielst mit dem Feuer.*

Im Gegensatz dazu schnurrte die böse Cath förmlich vor Lust: *Der Mann kann küssen, Mary Catherine. Würde es denn wehtun, das noch mal zu machen? Du bist sowieso schon hier. Du hast deinen Fehler schon begangen, da kann er auch noch ein bisschen größer sein. Und apropos größer, hast du gemerkt, wie City sich angefühlt hat, als er sich zwischen deine Beine schob? Ja, genau. Willst du dir das etwa entgehen lassen? Mach mir doch nichts vor, Schätzchen.*

Was blieb ihr da anderes übrig, als erst mal ihren Magen zu füllen und die Stimmen zu ignorieren?

Außerdem war es ja nicht so, als könnte sie einfach von der Bildfläche verschwinden. Sie war nur halb angezogen. Immerhin wusste sie inzwischen, wo ihre Klamotten waren. Sie trockneten auf einem Wäscheständer in einer Ecke der Küche. City musste sie für sie gewaschen haben, aber wie so viele seiner hinterwäldlerischen Landsleute besaß er keinen Trockner.

Er konnte den ganzen lieben, langen Tag abstreiten, nett zu sein, aber der Kerl war definitiv ein Pfadfinder. Ein Pfadfinder, der küsste wie ein Hells Angel. Nicht dass sie je einen Hells Angel geküsst hätte. Und nicht dass irgendjemand sie je so geküsst hätte, wie City das eben getan hatte. Von null auf hundertachtzig in 3,4 Sekunden. Der Mann wusste, wo ihr Anlasser war.

Aber die Sache war gelaufen, oder etwa nicht? Doch. Die neue Cath schlief nicht mit fremden Männern auf Studiotischen. Die neue Cath sagte: »Vielen Dank auch«, zog sich an und stapfte nach Hause.

*Tu das,* befahl die neue Cath. *Tu das auf der Stelle.*

»Hör mal, City«, sagte sie. »Wegen letzter Nacht. Danke, dass …«

*Dass du mich wieder in den Zug gesetzt hast? Dass du mich mit zu dir genommen, mich ausgezogen, mich in dein Bett gelegt, meine Sachen gewaschen, mir ein Handtuch und eine Zahnbürste rausgelegt und mir Frühstück gemacht hast? Oh, und nicht zu vergessen, dass du mich geküsst und berührt hast, bis ich verdammt nahe dran war, den Verstand zu verlieren.*

»… dass du dich um mich gekümmert hast«, beendete sie ihren Satz.

Etwas schwach, aber es musste reichen.

»Sehr gerne.« Er sah nicht zu ihr herüber, sondern wusch einfach weiter im Spülbecken Geschirr ab, als wäre dies ein ganz normaler Morgen und sie würden ein ganz alltägliches Gespräch führen. Er trug zum Spülen gelbe Gummihandschuhe. Sie hatte noch nie einen Mann getroffen, der gelbe Gummihandschuhe tragen konnte oder der auch nur bereit gewesen wäre, bei dem Versuch seine Männlichkeit zu riskieren, aber City standen sie ganz gut. Die Jeans, das T-Shirt, die Handschuhe: Er gefiel ihr einfach von Kopf bis Fuß.

Aber es war nicht nur sein Aussehen. Sie *mochte* ihn irgendwie. Da sie ihn nun kennengelernt hatte, merkte sie, dass die roten Wangen nicht das Einzige an City waren, was nicht mit dem Porträt in ihrem Tagebuch übereinstimmte. Kaum etwas an ihm stimmte damit überein. Sie hatte gedacht, er wäre steif, kalt und förmlich, aber der echte City war ein Maler. Er war geistreich und entspannt.

»Wie heißt du?«, fragte er.

Sein Tonfall war ungezwungen, aber sie hätte schwören können, dass sein Mund zuckte vor Anstrengung, ein Lächeln zu unterdrücken. Sie wartete. Das Grübchen zeigte sich, seine Mundwinkel hoben sich langsam, und ein breites Grinsen erschien auf seinen Lippen. Er drehte sich um und sah sie direkt an, wobei er mit einer Hüfte an der Arbeitsplatte lehnte.

Cath konnte nicht anders, als das Lächeln zu erwidern.

Es *war* schließlich irgendwie lustig.

Okay, es war *sehr* lustig. Diese ganze Episode mit City musste mit Abstand die seltsamste Erfahrung ihres Lebens sein, und sie hatte schon mehr als genug seltsame Erfahrungen gemacht.

Er zog die Gummihandschuhe aus, verschränkte die Arme und ließ sie über seinen Unterarm hängen. Cath begann zu kichern.

Die Handschuhe. Das Glas, das auf dem Boden zerschellt war, als sie wie Tiere übereinander hergefallen waren. Das Erwachen in seinem Schlafzimmer nach ihrem verhängnisvollen Ausflug zurück in die Barszene. Seine Liebenswürdigkeit und der deutliche Kontrast zwischen dem City, den sie sich vorgestellt hatte, und diesem Mann, diesem echten Mann mit dem Großer-böser-Wolf-Lächeln und der magischen Zunge. Das überwältigende Bedürfnis, das sie noch immer empfand, sich auf ihn zu stürzen, oder, falls sie das nicht tat, ihn dazu zu bringen, ihr noch eins von diesen unglaublichen Sandwiches zu machen.

Sie wusste nicht warum, aber plötzlich war alles unheimlich lustig. Das Kichern wurde zu einem schallenden Lachen, und dann konnte sie nicht mehr aufhören. Sie hielt sich den Bauch, bog sich und versuchte, sich wieder einzukriegen. Als City ebenfalls zu lachen begann, tief und sexy, gab es für sie kein Halten mehr. Tränen strömten ihr über die Wangen, aber das Lachen hörte einfach nicht auf. Sie keuchte, wischte sich über die Augen und beugte sich wieder mit einem hilflosen, atemlosen Schrei nach vorn.

Als sie schließlich wieder aufrecht sitzen konnte, wobei sie nach Luft schnappte wie ein Fisch auf dem Trockenen, war

City näher gekommen und beobachtete sie mit einem amüsierten Lächeln.

»Mein Name …« Sie holte tief Luft, setzte sich aufrecht auf den Stuhl und streckte die Hand aus, damit er sie schütteln konnte. So vornehm, wie sie nur konnte, sagte sie: »Mein Name ist Mary Catherine Talarico. Von den Talaricos aus Chicago.«

Als er ihre Hand ergriff und seine starken Finger ihre umschlossen, schoss ein Stromschlag geradewegs in ihren Unterleib. »Es freut mich, Sie kennenzulernen, Mary Catherine Talarico.«

»Die Freude ist ganz meinerseits.«

City half ihr aufzustehen und trat näher. Sie wich ihm aus, aber er folgte ihr, bis sie mit dem Hintern an der Arbeitsplatte stand und er sich über sie beugte. Er war groß. Jeder andere war groß, wenn man selbst einen Meter zweiundfünfzig maß, aber City war *richtig* groß. Wahrscheinlich über einen Meter achtzig und gut gebaut. Er hatte muskulöse Oberarme, und sie wusste aus dem Park, dass unter diesen Jeans bemerkenswerte Oberschenkelmuskeln versteckt waren. Die böse Cath verlangte, sich das genauer anzusehen.

Die Sanftmut in seinen Augen war verschwunden, und an ihre Stelle war eine leidenschaftliche Hitze getreten, bei deren Anblick ihr Herz aussetzte.

Die neue Cath konnte nur noch wimmern.

»Geht's deinem Kopf jetzt besser, Mary Catherine?« Er stützte die Hände auf die Arbeitsplatte hinter ihr, neigte den Kopf und berührte mit den Lippen ihren Hals. Sie schloss die Augen.

»Ja, danke.« Er arbeitete sich zum Ansatz ihrer Kehle vor, wobei jeder Kuss eine kleine Detonationswelle auslöste, die sich über ihren Oberkörper ausbreitete und zwischen ihren Beinen sammelte.

»Keine Nachwirkungen des Alkohols mehr, Mary Catherine?« Seine Stimme. Gegen seine Stimme war sie machtlos. Tief und hungrig, der überhebliche Akzent – solch ein köstlicher Kontrast zu seinem ungezogenen Mund!

»Fast keine, danke.« Er leckte über ihr Schlüsselbein, küsste sie hinterm Ohr, knabberte an ihrer Unterlippe. Sie musste sich gegen die Arbeitsplatte lehnen, weil ihre Knie weich wurden. »Nenn mich Cath.«

»Nein, ich denke, das werde ich nicht tun.« Er umfasste ihre Taille und hob sie hoch, und sie verschränkte die Knöchel hinter seinem Rücken. »Ich bringe dich jetzt ins Bett, Mary Catherine.«

»Ja«, flüsterte sie. »Das klingt gut.«

# 5

Er setzte sie am Rand der Matratze ab, ging dann zum Fenster und öffnete es, um frische Luft hereinzulassen. Es war stickig im Zimmer geworden, seit sie es verlassen hatte.

Auch das Bett hatte sich verändert. Vorher war es das Bett eines Fremden gewesen, und sie hatte ihm möglichst schnell entfliehen wollen. Jetzt war es das Bett *dieses* Fremden, und ihr gefiel der Gedanke, sich in den nächsten paar Stunden darin zu verausgaben.

City zog hauchdünne weiße Vorhänge vor das offene Fenster, um sie vor jedem abzuschirmen, der zufällig ein Fernglas oder Teleskop auf die zweite Etage dieses Gebäudes richten würde. »Sehr aufmerksam von dir«, kommentierte sie.

»Nicht wahr?«, antwortete er lächelnd.

War ein aufmerksamer Mann auch ein aufmerksamer Liebhaber? Das lag nahe, aber sie hatte die These noch nie überprüft. City war der erste aufmerksame Mann, mit dem sie je hatte schlafen wollen.

Er kam zurück, zog ihr das T-Shirt über den Kopf und drückte sie sanft auf die Matratze. Kein Zögern. Keine Spielchen. Er verhielt sich wie jemand, der gewohnt war zu bekommen, was er wollte. Es war berauschend, das zu sein, was er wollte, und sich von ihm erobern zu lassen.

Er betrachtete sie eine Weile, musterte sie von Kopf bis Fuß, wie sie da auf seiner weißen Steppdecke lag. Normalerweise wechselte sie in einem Moment wie diesem in den Sexbombenmodus – Rücken durchdrücken, sich auf Hände und Knie stützen und den Hintern rausstrecken –, um ihr kleines Selbst in etwas Begehrenswerteres zu verwandeln, als sie von Natur aus war. Aber sie tat es nicht. Sie sah in Citys Augen, dass sie ihm gefiel, und diese Tatsache ließ alle ihre Nervenenden kribbeln. Er wollte sie nicht im Sexbombenmodus. Er wollte sie einfach, wie sie war.

»Willst du deine Meinung ändern?«, fragte er.

»Nein.« Das Grübeln hob sie sich für später auf.

»Gut.« Mit einem schiefen Lächeln, das sein Grübchen betonte, zog er sich ebenfalls das Shirt aus und streifte seine Jeans ab, zusammen mit was auch immer er darunter getragen hatte. Vielleicht hatte er auch gar nichts darunter getragen.

Wow. Er hatte den makellosesten Körper, den sie je gesehen hatte, groß und muskulös, mit langen Gliedern. Den Körper eines Läufers, der ruderte und Rugby spielte – schlank, aber mit breiten Schultern, starken Armen und Rückenmuskeln. Überall hart. Lecker.

Seine Bewegungen waren so lässig und entspannt, als würde er noch immer in der Küche Geschirr spülen anstatt … na ja. Aber er war bereit, das sah sie. Wenn er nicht die Vorhänge zugezogen hätte, würde man das wahrscheinlich noch von der anderen Straßenseite aus sehen. Sie betrachtete Banker nun definitiv in einem neuen Licht.

Als er ins Bett kam und sich rittlings auf sie setzte, strich sie mit den Fingern sanft über seine Schenkel nach oben und umfing ihn mit einer Hand, woraufhin ein tiefes Stöhnen aus seiner Kehle drang. Jep. Überall hart.

Er ließ sich auf die Ellbogen nieder und beugte sich über sie, aber noch küsste er sie nicht. Stattdessen blickte er auf sie herab und studierte ihre Gesichtszüge, atmete ganz nah an ihrem Gesicht, rieb seine stoppelige Wange an ihrer weichen. Er berührte ihre Nasenspitze mit seiner, ihr Kinn mit seinen Lippen. Und die ganze Zeit über streichelte sie ihn langsam und leicht und genoss das Gefühl von weicher Haut über seiner Härte, wie er in ihrer Handfläche noch weiter anwuchs und City die Augen schloss, als sie ihn drückte.

Es war schon so lange her, dass sie einem anderen Menschen nahe gewesen war. In ihrem einsamen Leben gab es bis auf ein gelegentliches Händeschütteln oder ein Begrüßungsküsschen keinerlei körperlichen Kontakt. Sie wollte jeden Zentimeter ihres Körpers an ihn drücken, ihre Haut an seiner reiben und die Berührung auskosten.

Er roch wie seine Seife, würzig und exotisch, der Duft erinnerte an Pfefferkörner und Handelsreisen und die Geheimnisse des Orients. Aber unter alldem roch er wie ein Mann, wie er selbst, und sie vergrub die Nase in seiner Halsbeuge und atmete tief ein, wollte seinen Geruch auf ihrer Zunge schmecken und sich diese unauslöschliche Eigenschaft seiner Persönlichkeit einprägen.

Er strich ihr mit dem Fingerknöchel über die Wange, damit sie den Kopf hob. »Komm her, Darling«, sagte er, wobei er den Kosenamen von seiner Zunge rollen ließ, wie es nur ein Engländer konnte. »Ich will dich küssen.«

Sie war so viel Liebenswürdigkeit nicht gewohnt und wurde ein wenig schwach.

Der Kuss begann ganz leicht und sanft, aber sein Mund wurde schnell hungrig, und bald bewegte er seine Zunge zwischen ihren Zähnen in demselben Rhythmus, mit dem er gegen ihre Hand stieß. Die schmerzliche Sehnsucht in ihrem Inneren wuchs. Sie schienen die Kennenlern-Streicheleinheiten und die langen Gespräche beim Essen übersprungen zu haben. Das machte ihr nichts aus. Obwohl sein Körper so neu für sie war, fühlte er sich vertraut an, sodass ihren gegenseitigen Erkundungen die übliche Unsicherheit eines ersten Mals fehlte. Sie wollte ihn in sich aufsaugen, und mit jeder Sekunde, die sie in seiner Nähe verbrachte, wurde ihr Verlangen nach ihm stärker. Das letzte Mal war schon so lange her, und er war so sexy, so schön und atemberaubend. Und doch war da eine Mühelosigkeit in der Art, wie er sich bewegte und sie küsste, die es angenehm machte, mit ihm zusammen zu sein.

City beendete den Kuss und schob ihre Hand beiseite, wobei er seine Finger mit ihren verschränkte. »Wenn du so weitermachst, kann ich mich nicht mehr beherrschen. Wir wollen ja nicht, dass es gleich vorbei ist, oder?«

Sie antwortete nicht. Sein Mund wanderte nun in gemäßigtem Tempo an ihrem Körper nach unten, und sie versuchte sich zu erinnern, wann ein anderer Mann, überhaupt irgendein Mann, ihre Hand von seinem Schwanz weggeschoben hatte, damit er ihren Hals küssen konnte, bis sie erschauerte. Fehlanzeige. Er war wirklich aufmerksam.

Er nahm sich Zeit herauszufinden, was ihr gefiel, während

er ihren Oberkörper erforschte. Kehle, Schlüsselbeine, Brustbein, Rippen und endlich – endlich – ihre Brüste. Er verbrachte eine Ewigkeit damit, mit ihrem BH zu spielen und sie mit den Lippen am Rand des Spitzenbesatzes zu reizen. Mit den Zähnen. Mit der Zunge. Schließlich schob sie ungeduldig einen Satincup nach unten und drückte ihm ihre Brustwarze praktisch in den Mund, wobei sie ihn mit den Fingern in seinem Haar an der richtigen Stelle hielt. Sie spürte die Vibration seines Lachens im ganzen Körper, aber das war es wert, denn er brauchte nicht die geringste Hilfe, um herauszufinden, was er mit der Brustwarze tun musste, damit ihre Zehen sich krümmten und ihre Hüften sich hoben.

Schließlich zog er ihr den BH aus und bewegte sich langsam und geduldig weiter nach Süden, während sie immer mehr zu der Überzeugung kam, dass Geduld *keine* Tugend war.

Seine freie Hand blieb zurück, streichelte sie mit geübten Fingern dort, wo er sie geküsst und geleckt hatte, spielte mit ihren Brüsten und reizte ihre feuchten Nippel, während seine Lippen sich küssend einen Weg über ihren Brustkorb bahnten. Jedes Mal wenn er eine gute Stelle fand, drückte sie seine Hand, keuchte und stöhnte, trieb ihn an. Trieb ihn weiter nach unten. Aber City war derjenige, der die Fäden in der Hand hielt, als müsste ihr Körper ihm gehorchen.

Was er komischerweise auch tat.

Cath war es gewohnt, im Bett die Kontrolle zu übernehmen. Sie mochte Sex – verdammt, sie liebte Sex, schon immer –, aber sie hatte im Lauf der Jahre gelernt, dass die meisten Männer Führung und viel Ermutigung brauchten, wenn sie auch auf ihre Kosten kommen wollte.

City jedoch war ganz anders. Er benötigte keine Gebrauchsanweisung, um ihren Körper zum Klingen zu bringen. Er schaffte es gut, alles Wichtige ganz allein herauszufinden – so gut, dass sie atemlos und kribbelig wurde und sie sich ihm immer wieder in einem stummen Flehen entgegenhob, was er komplett ignorierte.

Er studierte das Tattoo auf ihrem Bauch und ließ ihre Hand los, damit er ihre Hüfte festhalten konnte, während er die verschlungenen Zeichnungen mit einem Finger nachzog, dann mit der Zunge. Das Tattoo, ein verworrenes Flechtwerk aus Linien und Schnörkeln in allen möglichen Stilen, sollte ein Labyrinth sein, was möglicherweise erklärte, weshalb sie unter dem sanften, warmen, feuchten Druck seines Mundes so hoffnungslos verloren und desorientiert war. Sein Daumen lag fest auf ihrem Hüftknochen, seine Finger sanken in das Fleisch ihres Pos, bis jeder Schlag seiner Zunge ein Pulsieren zwischen ihren Beinen erzeugte und sie bei jeder Berührung feuchter wurde und näher dran war zu betteln.

Das Tattoo ging auf ihrem Rücken weiter, und er folgte ihm schließlich, indem er sie sanft umdrehte, sie auf ihre Hände und Knie hochzog und mit den Lippen über ihr Steißbein glitt. Ihre Arme zitterten, aber sie wollte nicht, dass er aufhörte. Sie wollte nicht, dass er überhaupt jemals mehr aufhörte. Er kniete sich hinter sie und zog ihr das Höschen aus, dann strich er mit seinen warmen Händen mit großen Bewegungen über jeden Zentimeter ihres Körpers, von der Schulter bis zur Hüfte, über ihre Brüste, Brustbein, Bauch, Knie und Schenkel, legte die Finger um ihre Taille, zwischen ihre Beine, um ihren Po. Überallhin. Er nahm sie in Besitz, markierte sie mit seiner Berührung, aber sie fühlte sich weniger gefangen als vielmehr beschützt. Geschätzt. Begehrt. Diese ungewohnte Intimität machte sie zerbrechlich, verletzlich wie ein rohes Ei. Aber bei ihm war das irgendwie in Ordnung. Er würde es nicht ausnutzen. City gehörte zu den Guten.

Als er ihre Schenkel spreizte und seine Hand dazwischenlegte, ließ sie sich auf die Ellbogen nieder und drückte das Gesicht in die Steppdecke. Sie war erhitzt, überwältigt, und er machte es immer schlimmer und immer besser. Er strich mit einer Fingerspitze über ihr angeschwollenes Fleisch, erforschte es, erregte sie mit leichtem Druck und ihrer eigenen Feuchtigkeit. Er lag halb auf ihrem Rücken und atmete an ihrem Hals, als er zwei Finger in sie hineinschob, tief und fest. Mit einem erstickten Keuchen bog Cath sich seiner Hand entgegen, sie wollte mehr. Viel mehr.

»Gefällt dir das?«, fragte er.

»Ja.«

»Willst du mich, Mary Catherine?«

»Gott, ja. Bitte.«

Aber ihre Sinne waren schon zu sehr benebelt, um noch zu merken, ob die höfliche Bitte irgendeine Veränderung seiner langsamen, sorgfältigen, zärtlichen Angriffstaktik bewirkte. Er reizte ihre Knospe mit reibenden Bewegungen und leichtem Druck, dann fester, perfekt, ja, genau da, genau so – und dann glitten seine Finger weiter, um wieder in sie einzutauchen. Wieder und wieder, sein Mund an ihrem Nacken und hinter ihrem Ohr, während die Spannung sich langsam aufbaute und ihr Unterleib sich erwartungsvoll zusammenzog.

»Wenn du so weitermachst, komme ich«, sagte sie erregt

und zugleich schockiert darüber, wie leicht er sie so weit gebracht hatte. Er ging so selbstverständlich mit ihr um, als ob sie beide das schon tausendmal miteinander getan hätten, sodass er natürlich genau wusste, was sie brauchte, und es ihr natürlich auch geben wollte.

»Noch nicht«, murmelte er. »Ich will in dir sein.«

Ihre inneren Muskeln zogen sich um seine Finger herum zusammen, und sie stöhnte, aber er zog die Hand zurück und schob ein Kissen unter ihren Bauch, bevor er zurückwich. Sie hörte, wie er die Folie eines Päckchens aufriss, dann legte er einen Daumen hinter ihr Knie und hob es an, während er sie auf das Kissen drückte und ihren Körper weit für sich öffnete.

Er drang von hinten in sie ein, Zentimeter um Zentimeter, mit jedem sanften Stoß ein bisschen weiter. Er ließ sich Zeit, wartete, bis sie sich an seine Größe anpasste, an das herrliche Gefühl, gedehnt zu werden, ihn aufzunehmen. Unbeschreiblich. Einfach unbeschreiblich himmlisch, dieses Gefühl: City tief in ihr, die steife, heiße Länge seines Schwanzes und sein schweißnasser Bauch an ihrem Rücken. Sein Gewicht. Sein Duft. Alles an ihm. Sie glaubte, sie würde sterben. Jeder Teil ihres Körpers war angespannt und pulsierte, sie stand kurz vor der Explosion.

Er wiegte sich leicht, rein und raus, die Hüften an ihrem Po, dann schob er eine Hand unter sie und legte einen Finger auf ihre Klitoris. Mehr brauchte es nicht, zwei oder drei Berührungen mit seiner Fingerspitze, und sie kam plötzlich und heftig. Ihr ganzer Körper zog sich um ihn zusammen, ein Schrei drang aus ihrer Kehle, eine Mischung unzusammenhängender Worte und hilfloser Glückseligkeit.

Sie hörte ein grollendes, sexy Stöhnen hinter sich, aber er bewegte sich nicht. Als die Gefühlsschauer schließlich nachließen und sie sich entspannte, beugte er sich vor, um sie im Nacken zu küssen. Die zärtliche Geste zusammen mit dem Gefühl, ihn immer noch in sich zu spüren, war unheimlich erotisch.

Er zog sich zurück und drehte sie auf den Rücken, dann stützte er sich neben ihr auf einen Ellbogen, strich mit einer Hand langsam von ihrer Schulter bis zu ihrem Knie und musterte sie aus seinen gierigen, heißen grünbraunen Augen. »Alles in Ordnung, Liebes?«

»Ja.« Ihre Stimme klang schwach. Alles war mehr als in Ordnung. Sie fühlte sich bis auf die Knochen entblößt und gleichzeitig wie neugeboren. Sie bebte vor Genuss, von den kleinen Zehen bis in die Haarspitzen. Heilige Muttergottes, City hatte sie völlig umgehauen.

»Du bist wunderschön«, sagte er, strich ihr mit einer Hand über die Brust und ließ sie dort liegen, ein angenehmes warmes Gewicht.

Oh, er war perfekt. Ein Orgasmus – nur für sie – und ein Kompliment. Sie würde ihn in eine Flasche sperren und verkaufen und sich eine goldene Nase verdienen.

»Und du bist ein echt sexy Banker, City.« Sein Haar war an den Schläfen dunkel geworden, Schweiß glänzte in der Mulde unter seiner Kehle. Unwillkürlich setzte sie sich auf und leckte ihn ab. City schmeckte salzig und nass, sein Puls schlug langsam und regelmäßig unter ihrer Zunge. Sie hätte den Mann am liebsten mit Haut und Haaren verschlungen.

Eine Brise wehte durchs offene Fenster herein, als sie mit

den Nägeln leicht über seinen Bauch kratzte, sodass seine Muskeln sich anspannten.

»Hab Erbarmen«, sagte er lächelnd, aber es klang leicht verzweifelt.

»Gib mir etwa dreißig Sekunden, um mich zu erholen, dann kümmere ich mich um dich, okay?« Sie hatte überhaupt nichts gegen diese Aussicht. Sie würde es genießen, ihn in den Mund zu nehmen und ihm so viel Genuss zu schenken, wie er ihr beschert hatte.

Er griff nach ihrem Handgelenk und legte erst den einen Arm über ihrem Kopf ab, dann den anderen. Daraufhin schob er einen Schenkel über ihre Hüften und setzte sich zwischen ihre Beine.

»Danke für das Angebot, aber ich kümmere mich lieber um uns beide«, sagte er lächelnd.

Verdammt sollte sie sein, wenn ihr Herz nicht ein, zwei Schläge aussetzte, als sie ihn über sich sah und seine Härte an den empfindlichsten Stellen ihres Körpers spürte. Und ja, auch bei dem Gedanken, dass er eben einen Blowjob abgelehnt hatte, weil er es ihr noch mal besorgen wollte. Diese Tatsache löste bei ihr ebenfalls Herzrhythmusstörungen aus.

Aber es war hoffnungslos. Sie brauchte immer Stunden, um sich von einem Orgasmus zu erholen. Nicht dass ihr das etwas ausmachte. Es war ein unglaublicher Orgasmus gewesen. »Ich bin völlig erschlagen. Sorry.«

»Hmm.« Er streichelte mit einer Hand über ihren Schenkel und umfasste ihr Knie. »Das klingt nach einer Herausforderung.«

»Nein, es ist nur eine der tragischen Tatsachen des Lebens. Ich bin ein One-Orgasm-Wonder. Was kann man da machen?«

»Sich mehr anstrengen«, sagte er, dann küsste er sie und drang mit einem gleitenden Stoß in sie ein.

Sie schloss die Augen und schnappte nach Luft, denn er fühlte sich genau richtig an. Erstaunlich perfekt. Als sie die Augen wieder öffnete, blickte er auf sie herab, und sie hörte einen Moment lang auf zu atmen, ihre Kehle war wie zugeschnürt, weil sie all diese Gefühle nicht verstand. Es war, als hätten sie und dieser Mann in der Realität die Pause-Taste gedrückt, um alles zu vergessen und einfach … *zusammen zu sein*. Mehr zusammen als alle anderen Menschen. *Zusammen* zusammen.

Sie konnte sich nicht erklären, was sie empfand. Das hier war Sex. Heißer Sex mit einem fast völlig Fremden. Aber wenn sie ihm in die Augen sah, war es etwas anderes. Es waren sie beide. Es war etwas Größeres.

»Wie heißt du?«, fragte sie. Die Frage war ein atemloses Flüstern.

Er lachte. »Nev.«

Ein hübscher Name, ungewöhnlich. Eine Abkürzung, vermutete sie. Eine Abkürzung für …

Sie setzte sich abrupt auf und stützte sich mit den Ellbogen aufs Bett. »Ist das eine Abkürzung für Neville?«

Das Grübchen blitzte auf. »So nennt mich bloß meine Mutter.«

Entsetzt ließ sie sich wieder auf die Matratze fallen und bedeckte ihre Augen mit dem Handrücken. Es war der dämlichste Name der Welt. Fast so schlimm wie Rupert. Nein, vielleicht ein bisschen schlimmer als Rupert. Neville. Du lieber Himmel.

»Ich hätte nie gedacht, dass ich mal Sex mit einem Neville habe«, sagte sie erstaunt. »Vielleicht mit einem Colin oder einem Simon, aber …«

»Halt die Klappe.« Er zog ihr zweites Knie hoch und stieß stöhnend in sie hinein.

Sie wollte etwas Patziges erwidern, aber sie wurde abgelenkt von dem Schaudern, das ihren ganzen Körper erschütterte, als City sie für ihre Neckerei bestrafte, sowie von der plötzlichen Erkenntnis, dass sie möglicherweise doch kein One-Orgasm-Wonder war. Vielleicht hatte sie bislang nur nicht den richtigen Typen gefunden.

Heilige Scheiße. Das fühlte sich … Wow. »Okay.«

Dann küsste er sie wieder, hart und tief, und seine Finger fanden ihre Brustwarze und machten damit etwas Grausames und schrecklich elektrisierend Köstliches. Ehe sie sich's versah, blendete sie den Rest der Welt aus, und es gab nichts anderes mehr als ihre herrlichen gemeinsamen Bewegungen, die Spannung, die sich in ihrem Inneren aufbaute, das Geräusch ihrer aneinanderreibenden Bäuche, als er allmählich den Druck und die Geschwindigkeit steigerte. Am Ende grub sie die Finger in seinen Rücken und biss in seine Schulter, um sich an etwas festzuhalten, irgendwas, und selbst das bewahrte sie nicht davor, den Boden unter den Füßen zu verlieren. Aber diesmal hob er wenigstens mit ihr zusammen ab.

Als er wieder zu sich kam, rollte Nev sich sofort auf den Rücken aus Angst, sie zu erdrücken. Sie war so klein, gerade mal fünfundvierzig Kilo gegenüber seinen zweiundachtzig. Aber das hatte er schnell vergessen, als er in ihr war. In dem Moment hatte sie perfekt zu ihm gepasst.

Sie waren unglaublich zusammen. Er konnte sich das nicht mal ansatzweise erklären. Sie sah nicht aus wie die Frauen, auf die er normalerweise stand, und verhielt sich auch nicht so, aber etwas an ihr machte ihn vollkommen verrückt. Sie war so wach, so lebendig. So *da*.

Er hatte seit Monaten mit keiner Frau mehr geschlafen, nicht seit Grace. Sie hatte ihm die Lust daran genommen mit ihren manikürten Fingernägeln und ihrem theatralischen Stöhnen. Für Grace war Sex eine Performance und dadurch für ihn immer eher eine Pflichtübung gewesen.

Mit Cath war es ganz anders. Während er herausfand, was sie mochte, was sie zucken und stöhnen und Obszönitäten murmeln ließ, hatte er jegliches Gefühl für die Zeit verloren – und dafür, wo die Grenzen zwischen ihnen waren oder sein sollten. Ihr erster Orgasmus hatte ihn beflügelt, der zweite brachte ihn beinahe um, und sein eigener ließ ihn für ein paar lange ekstatische Sekunden ins All schweben.

Er hatte jetzt schon Lust, es noch mal zu machen.

Cath erhob sich auf einen Ellbogen und musterte ihn. Ihre Haut war gerötet, ihr Haar zerzaust. Sie sah elfenhaft aus, entzückend.

»Du bist einfallsreicher, als ich dachte«, sagte sie. »Ich hatte erwartet, dass du der reine Missionarsstellungstyp bist.«

Er würde liebend gern hören, wie sie alles aufzählte, was

sie über ihn dachte, um ihr in jedem einzelnen Punkt das Gegenteil zu beweisen. Der reine Missionarsstellungstyp. Wie furchtbar deprimierend das klang.

»Hast du gehofft, ich würde dich bitten, die Augen zu schließen und an England zu denken?«

»Nicht gehofft, eher gefürchtet.«

Ihre Schlagfertigkeit ließ ihn lächeln. »Ich dachte, ich strenge mich besser an. Ich wollte dich nicht enttäuschen, Mary Catherine. Soweit ich weiß, seid ihr katholischen Schulmädchen im Bett ziemlich abenteuerlustig.«

Er rollte sich auf die Seite, um ihre Brust zu berühren, und strich mit einem Daumen über ihren Nippel. Sie hatte hübsche Brüste, klein, aber perfekt, mit Brustwarzen, die sich aufrichteten und bettelten, dass man an ihnen saugte. Er war kein Mensch, der einen Bettler abwies, also erfüllte er ihnen den Wunsch, und sie belohnte ihn mit einem leisen Stöhnen, wobei ihre Augenlider sich sinnlich senkten.

»Ich hab nicht lang durchgehalten als katholisches Schulmädchen«, sagte sie nach einer Weile. »Bin rausgeflogen.«

»Kann ich mir vorstellen. Weshalb?« Er näherte sich mit der Zunge ihrer anderen Brustwarze und sog sie in seinen Mund. Cath ließ sich auf den Rücken fallen.

»Ich hab geklaut. Und den Messwein getrunken.«

Er hätte sie gern mit fünfzehn gesehen. Er stellte sie sich ungezogen und draufgängerisch vor, völlig unvernünftig und dafür voller Lebensfreude. Klauen und trinken – für ihre Mutter musste sie der reinste Albtraum gewesen sein. Der Gedanke gefiel ihm.

Nev ließ eine Hand zwischen ihre Beine gleiten und genoss, wie sie ihm entgegenkam. »Du solltest nicht trinken, Süße. Es bekommt dir nicht.«

»Halt die Klappe. Ich hatte letzte Nacht nur drei Gläser Wein. Und irgendwas mit Tequila und Red Bull.«

»Siehst du, genau das meine ich. Du bist eine miserable Trinkerin.«

Sie streckte ihm die Zunge heraus, aber er mochte ihre Zunge, also küsste er sie, damit sie sie ihm in den Mund stecken konnte.

Eine Weile sagten sie nichts.

Später legte sie sich auf den Bauch, und er streckte sich neben ihr aus. Er legte eine Hand auf ihren Po und untersuchte die Motive in ihrem Kreuz. »Erzähl mir von deinen Tattoos. Was bedeuten die Zahlen?«

Sie hatte vier Tattoos, die mit einer kleinen Nummer versehen waren. Zuerst kam der Singvogel, dann ein brennendes Streichholz, ein Buch und schließlich das verschlungene Gewirr auf ihrem Bauch. Alle vier Bilder waren durch ein Geflecht aus Linien und Schnörkeln miteinander verbunden.

»Das sind meine Fehler«, sagte sie. »Jedes Tattoo steht für einen meiner schlimmsten Fehler. Damit ich sie nicht vergesse.«

Er zeichnete den Umriss des Vogels nach und fragte sich, was sie wohl getan haben konnte, dass sie sich ein Memo auf den Körper schreiben musste. »Das ist eine sehr permanente Art der Erinnerung.«

Sie erhob sich ein Stückchen, fing seinen Blick auf und hielt ihn fest. »Es waren wirklich schlimme Fehler.«

Sie sagte zwar nicht: *Frag bloß nicht weiter*, aber die Message kam trotzdem an.

Er versuchte es auf eine andere Weise, wobei er sich fragte, wie weit er wohl gehen konnte, bis sie so verbissen aussah wie beim Laufen im Park. »Was ist mit dem Phönix?« Er strich mit einer Hand zu ihrer Schulter und deutete auf das Tattoo unter ihrem Schlüsselbein. »Er hat keine Nummer.«

Anscheinend war das eine zulässige Frage, denn sie entspannte sich ein wenig. »Der ist aus der Zeit, als ich mich entschlossen habe, noch mal neu anzufangen. Mit weißer Weste, du weißt schon. Keine Fehler mehr. Wie ein Phönix aus der Asche.« Sie warf ihm ein leicht resigniertes Lächeln zu. »Eine Weile hab ich mich ganz gut geschlagen.«

Nev runzelte die Stirn. Ihre Andeutung gefiel ihm nicht. »Dann bin ich also ein Fehler?«

»Das weiß ich noch nicht. Du musst zugeben, dass wir uns nicht unter den besten Voraussetzungen kennengelernt haben.«

»Das stimmt.«

Er musste es zugeben. Es musste ihm aber nicht gefallen. Und es musste keine Rolle spielen, wie sie sich kennengelernt hatten. Hauptsache, sie war hier, oder?

Cath fühlte sich für ihn nicht an wie ein Fehler. Sie fühlte sich an wie ein Anfang. Eine saubere Leinwand, die bereit war, bemalt zu werden. Eine großartige neue Idee.

Sie legte den Kopf wieder aufs Kissen. »Ich versuche, nicht darüber nachzudenken.«

»Soll ich dich noch mal ablenken?«

»Ja.«

Er drehte sie um, bahnte sich küssend einen Weg über ihren weichen Bauch nach unten und spreizte mit den Schultern ihre Beine weit auseinander. Er war in der Vergangenheit zweifellos jemandes Fehler gewesen. Vielleicht auch der Fehler mehrerer Frauen. Aber für sie war er kein Fehler.

Er würde es ihr nur noch beweisen müssen.

# 6

Cath döste auf Nevs Brust, seine Finger in ihrem Haar, als ein lautes Klopfen an der Eingangstür sie aufschrecken ließ. Er verspannte sich unter ihr.

»Erwartest du Besuch?«

»Nein.« Er schob sie sanft von seinem Körper herunter, setzte sich auf und griff nach seiner Jeans. »Bleib einen Moment hier, ich hol dir deine Sachen.«

Er verschwand halb angezogen im Flur, kehrte dann mit ihrem Oberteil, ihrem Rock und den Schuhen zurück und legte alles neben sie aufs Bett. Dann beugte er sich herunter und gab ihr einen schnellen Kuss, wobei er ihr Gesicht in beide Hände nahm. »Ich schau nur kurz nach, wer da ist.«

Cath seufzte und setzte sich auf, es gefiel ihr gar nicht, sich so plötzlich in der Realität wiederzufinden. Sie war wunschlos glücklich gewesen, als sie mit Nev so dagelegen hatte. Vielleicht war es ein trügerisches Glück gewesen, eine Seifenblase, die sich bereits dem Fußboden näherte, aber es war trotzdem ernüchternd, sie platzen zu sehen, denn nun drängten all die Gedanken, die sie in ihrem Kopf weit nach hinten geschoben hatte, an die Oberfläche, um sie zu bestürmen. Keiner von ihnen würde sie so selig machen, wie sie gewesen war, solange sie sie ignoriert hatte.

Sie zog sich an. Ihre Klamotten waren steif vom Trocknen

an der Luft, aber wenigstens sauber. Gegen die Falten konnte sie nicht viel tun – und für ihr sonstiges Aussehen auch nicht. Sie fuhr sich mit den Fingern durchs Haar und strich es glatt, so gut es eben ging.

An der Tür sprach Nev leise mit einem anderen Mann. Sie hörte, wie sie in den Flur kamen. Der Besucher, wer auch immer es war, schien nicht sofort wieder zu gehen, also zog Cath ihre hochhackigen Schuhe an und öffnete die Tür. Obwohl sie keine Ahnung hatte, wie der Mann auf ihre Anwesenheit reagieren würde, wollte sie sich nicht wie ein schmutziges kleines Geheimnis im Schlafzimmer verstecken.

Die beiden bemerkten sie nicht sofort, was ihr die Gelegenheit gab, den Typen zu mustern. Er war attraktiv, beinahe so groß wie Nev, aber deutlich älter, denn sein ordentlich gekämmtes dunkles Haar wurde bereits grau an den Schläfen. Er trug ein Poloshirt und eine Anzughose und strahlte damit eine lässige Eleganz aus, die in einem deutlichen Kontrast zu Nev stand, dessen nackte Brust und zerzaustes Haar ihm ein wildes Aussehen verliehen. Der Bissabdruck an seiner Schulter entschärfte diesen Eindruck nicht gerade.

Als der Besucher sie erblickte, versteifte er sich. Seine Augen tasteten sie langsam ab, und sein Mund – eine weniger freundliche Version von Nevs – verzog sich missbilligend. Der Kerl musste ein Verwandter sein, vielleicht Nevs älterer Bruder, und er sah sie an wie etwas, das an der Sohle seiner teuren Slipper kleben geblieben war.

Nev drehte sich ebenfalls zu ihr um, mit kühlem Blick und unergründlichem Gesichtsausdruck. Plötzlich war er wieder ein Fremder, nicht der Mann, der sie noch wenige Augenblicke zuvor geküsst hatte. Er war City, der ungerührt auf den Zug wartete.

Es folgte ein unangenehmes Schweigen, währenddessen Cath klar wurde, dass er sie nicht vorstellen würde.

Man hatte ihr schon vieles vorgeworfen, aber niemals, dass sie schwer von Begriff sei. Er wollte sie loswerden. Was auch immer zwischen ihnen geschehen war, die Ankunft dieses Mannes hatte es beendet, und jetzt war es an der Zeit, dass sie sich aus dem Staub machte.

Und das war in Ordnung. Genau das hätte sie auch erwartet, wenn sie sich die Mühe gemacht hätte, über ihre Erwartungen nachzudenken. Es überraschte sie trotzdem, was vermutlich der Grund dafür war, dass ihre Augen feucht wurden und ihre Brust sich irgendwie zugeschnürt und zusammengedrückt anfühlte, als würde ein großer Hund darauf sitzen. Aber ein paar Tränen und leichtes körperliches Unbehagen machten ihr nicht viel aus. Solche Symptome waren für einen Tag wie diesen vorprogrammiert, an dem sie sowieso schon aus dem Gleichgewicht war wegen der ganzen An-einem-fremden-Ort-Aufwachen-Sache. Der Nachts-betrunken-in-der-Stadt-Sache. Und der Unglaublicher-Sex-mit-Nev-Sache.

Kein Problem. Im Abhauen war sie Expertin. Sie hatte sozusagen einen Abschluss darin.

Als sie ihre Handtasche neben der Tür entdeckte, schlüpfte sie an den beiden Männern vorbei, ihre Absätze klapperten auf dem Parkett. »Ich bin dann mal weg. Danke noch mal für alles. Wir, äh, wir sehen uns.« Sie schnappte sich ihre Tasche, riss die Tür auf und verschwand, ohne sich noch einmal umzudrehen.

Während sie die Treppe zur Straße hinunterging, ermahnte sie sich, dass es so vermutlich am besten war. Sie und Nev passten nicht zusammen. Und wenn der Gedanke, ihn nie wieder zu küssen, das drückende Gefühl in ihrer Brust noch verstärkte und ihr die Tränen in die Augen trieb, nun, dann geschah ihr das gerade recht dafür, dass sie sich überhaupt in so eine missliche Lage gebracht hatte. Nach zwei Jahren Hausarrest hatte sie die böse Cath zum Spielen auf die Straße gelassen, und die böse Cath hatte alles nach Strich und Faden verbockt, genau wie immer.

Aber hey, wenn man in einer Großstadt wie London wohnte, hatte man den Vorteil, dass man wieder von vorn anfangen konnte, sooft man wollte. Sie musste Nev nicht wiedersehen. Sie konnte einen anderen Weg durch den Park laufen, einen anderen Zug nehmen, und er würde komplett von der Bildfläche verschwinden. Am Montag würde die neue Cath bei der Arbeit erscheinen, und früher oder später würde die ganze Episode zu einem Ausrutscher werden. Es konnte zwar ein paar Jahre dauern, die Sache vollkommen in einen Ausrutscher zu verwandeln, aber sie würde es schaffen.

Es war ja nicht so, als wäre der Sex mit ihm ein *riesiger* Fehler gewesen. Der Typ hätte nicht mal annähernd ein Tattoo verdient.

Bis die Tür hinter ihr ins Schloss fiel, hatte Nev nicht verstanden, dass Cath tatsächlich gehen wollte. Er war vielleicht etwas schwer von Begriff, aber für ihn trafen in dem Moment zwei unterschiedliche Welten aufeinander, und er brauchte ein paar Augenblicke, um das auf die Reihe zu bekommen.

Leider bekam er das nicht, und jetzt hatte er die Situation hoffnungslos vermasselt. Er hätte Cath seinem Bruder vorstellen sollen, herausfinden, was Winston wollte, und ihn aus der Wohnung hinauskomplimentieren. Er hatte vorgehabt, für Cath später ein Abendessen zu kochen und sie vielleicht zu überreden, für den Rest des Wochenendes zu bleiben.

Aber als sie aus dem Schlafzimmer getreten war, hatte Nev sie einen Moment lang durch Winstons Augen gesehen – ein verknittertes Wesen in einem kurzen Rock, mit zerzaustem Haar und Kratzspuren von seinem Bart am Kinn –, und er war erschrocken bei dem Gedanken, wonach das für seinen Bruder aussehen musste: ein One-Night-Stand zwischen einem offensichtlich viel zu ungleichen Paar.

So hatte es sich überhaupt nicht angefühlt.

Aber vielleicht hatte es sich für Cath so angefühlt. In ihre eigenen Sachen gekleidet und mit erhobenem Kinn hatte sie erschreckend distanziert gewirkt und sich nur flüchtig auf dem Weg zur Tür verabschiedet. Sie hatte ihm auch nicht ihre Nummer gegeben, was bedeutete, dass sie nicht plante, ihn wiederzusehen.

*Danke für alles?* Der Gedanke, dass sie ihn so leicht abservieren konnte, ohne sich noch mal umzudrehen, ärgerte ihn. Es tat sogar ganz schön weh.

Wie hatte es so weit kommen können? Wie hatte sie innerhalb weniger Stunden die Macht erlangen können, ihn zu verletzen?

»Wer war das?«

Als Nev sich umdrehte, sah er das hämische Grinsen seines Bruders, und sein unerwünschter Besuch – diese Anmaßung – verwandelte Nevs Schmerz in glühenden Zorn. Was zur Hölle fiel Winston überhaupt ein, an einem Samstag zum ersten Mal in seine Wohnung zu kommen, ohne wenigstens vorher anzurufen? Er und seine Mutter hatten es beide immer absichtlich vermieden, ihn in Greenwich zu besuchen, weil sie den Stadtteil für unter ihrer Würde hielten. Auch für Nev fanden sie ihn unangemessen, aber er hatte sich durchgesetzt und war trotzdem hierhergezogen. Er hatte den Willen seiner Mutter ignoriert, die gemeint hatte, wenn er schon in der Stadt wohnen wolle, müsse er in die Familienwohnung in Kensington einziehen. Denn Kensington sei ein passendes Viertel für einen Chamberlain.

Nev hatte überhaupt nicht nach etwas »Passendem« gesucht. Er hatte seine eigenen vier Wände haben wollen, einen Rückzugsort vor dem erstickenden Einfluss seiner Familie. Nachdem er mit einem Makler ein paar Wohnungen besichtigt hatte, entschied er sich für Greenwich, einen bescheidenen Vorort mit dörflichem Flair, der dennoch nicht allzu weit von seinem Arbeitsplatz entfernt war. Hier konnte er ein normaler Mensch mit einem normalen Leben sein. Er konnte zur Arbeit fahren, für sich selbst einkaufen, selbst kochen, malen und am Wochenende auf dem Sportplatz Rugby spielen. Im Vergleich zu der Aussicht, in Reichweite seiner Mutter zu wohnen, war es das Paradies.

»Es geht dich nichts an, wer das war. Was willst du?«

Winston lachte. »Wo sind deine Manieren, kleiner Bruder? Biete mir an, mich zu setzen, und ich hätte gern eine Tasse Tee. Dann werden wir uns unterhalten.« Er ging Richtung Küche, anscheinend hatte er beschlossen, keine Einladung zu brauchen. »Und zieh dir ein Hemd an, um Himmels willen. Du siehst aus wie ein Wilder.«

Nev folgte ihm in die Küche und setzte Wasser auf, aber er zog sich nichts über. Weshalb sollte ihm daran gelegen sein, dass Winston sich wohlfühlte? Er war bestimmt nur gekommen, um sich in seine Angelegenheiten einzumischen.

Sobald er seinen Tee in der Hand hielt, verkündete Winston ungerührt: »Du wirst in der Bank befördert. Du wirst Stellvertreter.« Er nahm einen winzigen Schluck, und Nev staunte über seine Fähigkeit zu trinken und gleichzeitig die Oberlippe zu kräuseln. Nev hatte den Tee direkt in der Tasse zubereitet, indem er kochendes Wasser auf einen Teebeutel goss, wohl wissend, dass Winston das Fehlen loser Blätter und einer vorgewärmten Teekanne für einen Skandal halten würde. Und ebenso gut wusste Nev, dass sein Bruder sich aufregen würde, weil der Tasse eine zugehörige Untertasse fehlte.

Nev genoss es, alles zu tun, damit sein Feind sich unwohl fühlte.

»Wie ungewöhnlich!«, kommentierte er die Beförderung. Er würde sich nicht erlauben, Triumph oder auch nur Befriedigung zu empfinden. Winston hatte gerade den ersten Bauern in einem zweifellos langen, schwierigen Schachspiel bewegt. Die Beförderung war längst überfällig, aber sein Bruder hatte sie herausgezögert und ihn damit gelockt, immer knapp außer seiner Reichweite, um ihn dazu zu bringen, verschiedene unangenehme oder schwierige Aufgaben zu übernehmen. Der neun Jahre ältere Winston hatte Nev einen Großteil seines Lebens abwechselnd gequält oder ignoriert. So war das nun mal mit älteren Brüdern, vermutete Nev.

Wenn Winston seine Meinung geändert hatte, dann nicht, weil er beeindruckt war von der Tatsache, dass Nev im Büro alles gegeben hatte, sondern weil er etwas von ihm wollte. »Werden Beförderungsangebote nicht normalerweise vom Vorstand ausgesprochen?«

»Das ist natürlich kein offizielles Angebot. Betrachte diesen Besuch eher als ein … Beratungsgespräch. Ich habe mit den Vorstandsmitgliedern gesprochen, und sie haben Bedenken bezüglich deiner persönlichen Situation geäußert. Sie finden, wenn du eine so verantwortungsvolle Stelle übernimmst, solltest du verheiratet sein, mit einer Frau, die dich dabei unterstützt, wichtige Kunden zu empfangen.«

Nev schnaubte bei dieser absurden Forderung. Ganz offensichtlich hatte seine Mutter da ihre Finger im Spiel. »Und hat der Vorstand mir auch schon eine bestimmte Frau vorgeschlagen, oder soll ich mir selbst eine aussuchen?«

»Sei nicht albern, natürlich kannst du dir selbst eine aussuchen. Solange du eine auswählst, die … geeignet ist.« Er blickte in Richtung Flur, die Botschaft war klar. *Solange du dir nicht so eine aussuchst.*

Nevs Augen verengten sich, forderten Winston heraus, es laut auszusprechen. Ein Wort über Cath, und Nev würde ihn rauswerfen. So einfach war das. Das war ein Vorteil daran, Wohnungsbesitzer zu sein, den er bisher gar nicht zu schätzen gewusst hatte.

Winston biss nicht an, sondern zwang Nev, sich mit dem Problem auseinanderzusetzen – er sollte heiraten. Aber man verlangte von ihm nicht einfach eine Heirat, sondern eine *angemessene* Heirat mit einer geeigneten Frau. Vermutlich mit einer Frau wie Winstons. Rosemary war vollkommen entzückend. Sie war immer hervorragend gekleidet, und wenn sie etwas sagte, dann war es nie unpassend. Nev hatte im Lauf der Jahre gelernt, ihr bei Familientreffen aus dem Weg zu gehen, denn jedes Mal wenn er sich mit Rosemary unterhielt, versuchte er unwillkürlich, sie mit einem Gambit nach dem anderen dazu zu bringen, eine Meinung zu äußern – irgendeine Meinung über irgendetwas. Und jedes Mal gelang es ihr, ihre Spitzenposition als langweiligste Frau der Welt zu verteidigen.

Sie hatte Winston eine Tochter geschenkt, Beatrice, die inzwischen dreizehn war, und weil keine weiteren Kinder folgten, wartete seine Mutter nun darauf, dass Nev seine eigene Rosemary mit nach Hause brachte.

Er hatte den Fehler begangen, ihr eines Tages in der Bank Grace vorzustellen, als er und Grace gerade unterwegs zum Mittagessen gewesen waren. Die beiden Frauen hatten sich die Hände geschüttelt, ganz businesslike – seine Mutter war im Vorstand, Grace in der Personalabteilung –, aber er hatte den Triumph im Blick seiner Mutter gesehen. *Das ist sie!*, stand ihr ins Gesicht geschrieben. *Das ist die Frau, die du heiraten sollst!*

Als er ihr sagte, dass sie sich nach nur wenigen Wochen getrennt hatten, hatte seine Mutter das gar nicht gut aufgenommen. Seither hatte sie schon mehrfach angedeutet, dass er wieder auf die Suche gehen solle.

Jetzt hatte sie offensichtlich beschlossen, die Sache selbst in die Hand zu nehmen.

»Und was ist, wenn ich nicht heiraten will?« Nev freute sich nicht besonders auf die Antwort auf diese Frage, aber angesichts der Wahrscheinlichkeit, dass Winston und seine Mutter in dieser Sache unter einer Decke steckten, war vermutlich eine mehrstufige Erpressungsstrategie geplant. Seine Mutter war jemand, der seine Opfer gern vergiftete *und* erstach, nur um sicherzugehen, dass der Auftrag korrekt ausgeführt worden war.

»Der Vorstand hat beschlossen, dass ein anderer Kandidat für deine jetzige Stelle besser geeignet ist. Wenn du nicht aufsteigen willst, können wir bestimmt eine Versetzung in eine Zweigniederlassung arrangieren.«

Aha. Wenn er also keine Braut auftrieb, würde er verbannt werden. Das klang nach seiner Mutter.

Und es klang illegal.

»Das kann nicht dein Ernst sein. Kein Unternehmen kann seine Angestellten zwingen zu heiraten. Dass der Vorstand überhaupt darüber diskutiert hat, ist ein ernster Verstoß gegen jeden ethischen Grundsatz.«

Winston lehnte sich grinsend auf seinem Stuhl zurück. »Keine Sorge, die Gespräche waren alle ganz informell. Ich denke, wenn du dir die Mühe machen möchtest, das zu überprüfen, wirst du sehen, dass unsere Position ganz legal und vollkommen sicher ist.«

Übersetzung: *Wenn du versuchst, uns zu verklagen, wirst du verlieren.* In den Kreisen, zu denen seine Familie gehörte, bedeuteten Einfluss und Konvention weit mehr als das Gesetz. Das Gesetz konnte man kaufen, und das sogar ziemlich billig.

Nev verschränkte die Arme vor der Brust. »Es wird vielleicht nicht nötig sein, mich nach Swansea zu schicken. Ich habe sowieso schon darüber nachgedacht, die Bank zu verlassen, um mich anderweitig zu orientieren.«

Das stimmte zwar nicht ganz, außer man zählte die Tagträume dazu, eine Galerie für seine Bilder zu finden, aber das musste sein Bruder ja nicht wissen.

Winston lächelte nur. »Was willst du machen – malen? Du bist zu alt dafür, den Künstler zu spielen.«

»Das ist meine Entscheidung.«

»Vermutlich ja. Aber lass dir eines gesagt sein: Wenn du die Bank verlässt, bist du auf dich allein gestellt. Mutter wird dich enterben, sodass du nicht einen einzigen Penny bekommst.«

Nev entspannte sich, als er hörte, welche Strafe hierfür also vorgesehen war. Wenn er nicht heiratete, würde er zurückgestuft werden. Wenn er die Bank verließ, würde er enterbt werden. Mutter liebte es, ihren bevorzugten Handlungsverlauf dadurch zu kennzeichnen, dass sie alle Alternativen so unattraktiv wie möglich gestaltete. Sie hatte keine hohe Meinung von seiner Intelligenz.

Natürlich konnte er immer bei einer der konkurrierenden Banken eine Stelle finden, aber das würde er nicht in Erwägung ziehen, und Mutter und Winston wussten das. Ihm fehlte ihr rachsüchtiger Zug – ebenso wie ihre Leidenschaft für das Familienunternehmen. Wenn er nicht mehr in der *Haverford Bank* arbeitete, würde er sich aus dem Bankgeschäft insgesamt verabschieden, davon gingen sie beide aus.

»Weiß Dad davon?«

»Ich habe nicht mit ihm gesprochen.«

Das hieß also sehr wahrscheinlich nein. Sein Vater würde

das nicht befürworten, aber er würde auch nichts dagegen tun. Er schloss sich Mutter immer an.

Winston stellte seine halb volle Teetasse auf den Tisch und stand auf, wobei er die Falten in seiner Hose glatt strich. »Du hast Zeit bis zum Feiertag. Dann solltest du eine Verlobte mit nach Hause bringen.«

Der nächste Feiertag war Ende August. Ihm blieb also ein Monat Zeit, um diesen absurden Plan mitzuspielen. »Das ist doch absurd. Selbst wenn ich mitmachen wollte, kannst du doch nicht allen Ernstes erwarten, dass ich innerhalb von ein paar Wochen eine Frau finde.«

Winston zuckte nur mit den Schultern. »Du kannst charmant sein, wenn du willst. Ich bin sicher, du wirst eine Möglichkeit finden.«

Nev begleitete seinen Bruder hinaus, widerstand der Versuchung, ihm mit einem Tritt in den Hintern die Treppe hinunterzuhelfen, und schloss dann mit einem erschöpften Seufzen die Tür.

Er hätte es ahnen müssen.

Aber es war doch krank, oder? Ganz objektiv betrachtet? Manchmal fiel es ihm schwer, sich da sicher zu sein. Seine Familie war so weit entfernt von der Normalität, dass sie es schaffte, seinen Sinn dafür, wie gewöhnliche Leute sich verhielten, völlig durcheinanderzubringen. Das war auch einer der Gründe dafür, weshalb er darauf bestanden hatte, auszuziehen.

Er konnte sich nicht erklären, weshalb Mutter und Winston so versessen darauf waren, ihn unter die Haube zu bringen. Es war wohl kaum eine Schande, mit achtundzwanzig Junggeselle zu sein, und es war auch nicht so, als bräuchte Mutter einen Erben oder wünschte sich noch mehr Enkelkinder, die sie knuddeln konnte. Die Vorstellung, dass sie überhaupt jemanden knuddelte, war offen gesagt beängstigend. Vielleicht hatte sie einfach Lust, ein großes gesellschaftliches Event zu planen.

Wahrscheinlicher war, dass sein Umzug nach Greenwich die Schlinge gelockert hatte, die sie um seinen Hals gelegt hatte, und sie sie nun wieder enger ziehen wollte, einfach um zu beweisen, dass sie das konnte.

Sie konnte es tatsächlich. Aber nur wenn er es ihr erlaubte.

Seine Mutter hatte noch nicht begriffen, dass er sich entschlossen hatte, ihr das nicht mehr zu erlauben. Er hatte es satt, das Leben eines anderen zu leben, im Haus der Familie aufzuwachen, zur Arbeit in der Bank der Familie zu fahren und dort unter der Fuchtel seines Bruders zu stehen. Der Umzug nach Greenwich war sein erster Schritt in Richtung Unabhängigkeit gewesen. Er würde sich nicht von seinem Weg abbringen lassen, indem er sich irgendeine aufgestylte Vorzeigefrau zum Heiraten suchte, nur weil seine Mutter und sein Bruder das für richtig hielten.

Er würde da nicht mehr mitspielen. Wenn sie versuchten, die Schlinge enger zu ziehen, würden sie bald feststellen, dass sie nicht mehr um seinen Hals lag.

# 7

Sie tat, was sie konnte, um City aus dem Weg zu gehen. Montagmorgen ließ sie das Joggen ausfallen und war so schon um halb sieben am Bahnhof, mehr als eine halbe Stunde bevor der Zug kam, den er gewöhnlich nahm. Sobald sie sich einen Platz im Waggon gesucht hatte, steckte sie sich die Stöpsel ihres iPods in die Ohren und kramte in ihrer Tasche nach ihrem Tagebuch und ihrem Lieblingsstift. Doch als sie aufschaute, um nach Inspiration zu suchen, starrte sie plötzlich in ein sehr vertrautes Paar grünbraune Augen.

»Guten Morgen, Mary Catherine.«

Er stand mit einer Hüfte lässig an eine Stange gelehnt vor ihr. Zur Arbeit trug City einen dunkelblauen Anzug und eine silbergraue Krawatte und war wieder ganz der Banker – bis auf die Tatsache, dass er sein Haifischlächeln lächelte und überhaupt nicht mehr unnahbar und kalt aussah.

Nein, alles an dem Mann war verdammt heiß.

Cath versuchte, die Woge des Verlangens zu ignorieren, die bei seinem Anblick in ihr aufstieg, aber es war schwer. Ein halbes Dutzend verschiedene Stellen ihres Körpers erinnerten sie daran, was er am Samstag mit ihnen gemacht hatte, und nicht eine hatte etwas Schlechtes über ihn zu sagen. Blöder Körper.

Sie schloss die Augen und nahm sich einen Moment Zeit,

um die Schutzwälle um ihr Herz zu errichten. Er spielte nicht fair – sie hatte nicht damit gerechnet, ihn an diesem Morgen wiederzusehen. Sie hatte überhaupt nicht damit gerechnet, ihn wiederzusehen. Außerdem hatte er die Taktik gewechselt. Wo war Citys ungerührter Blick von Samstagmorgen, der ihr gesagt hatte, sie solle verschwinden?

»Das hier ist nicht dein Zug«, sagte sie. Sie konnte eisig sein. Natürlich konnte sie eisig sein.

»Nein. Du warst heute Morgen nicht im Park.«

Er hatte nach ihr Ausschau gehalten. Mit einem fast hörbaren *Klonk* traf ein kleiner Freudenpfeil auf die Mauern, die sie soeben zu ihrem Schutz errichtet hatte, und sie biss sich auf die Lippe. Es war dumm, sich über sein Interesse zu freuen. Sie war fertig mit ihm. Sie war wieder die neue Cath.

Der Zug stoppte an der Haltestelle Cutty Sark, die Türen gingen mit dem üblichen schrillen Piepton auf, und sie überlegte zu fliehen. Denn sie freute sich *wirklich* über sein Interesse, und die neue Cath verfügte über nichts als provisorische, schwache und marode Verteidigungsvorrichtungen, um ihn auf Abstand zu halten. Von hier bis Bank waren es noch zehn Stationen. Die Mauern würden niemals standhalten.

Die Zugtüren schlossen sich.

Flucht hätte sowieso nicht funktioniert. City stand direkt vor ihr, und obwohl seine Augen amüsiert funkelten, drückten sie auch Entschlossenheit aus. Die Wahrscheinlichkeit, dass er einfach so zusehen würde, wie sie an ihm vorbeischlüpfte, war gering.

Sie entschied sich zu schweigen und hoffte, sie könnte ihn mit ihrem offensichtlichen Desinteresse verscheuchen. Vermutlich würde dieses Desinteresse überzeugender wirken, wenn es ihr gelänge, in ihr Tagebuch oder aus dem Fenster oder überhaupt irgendwohin zu schauen, außer direkt in dieses hübsche, glatt rasierte Gesicht.

Sie könnte wetten, dass er sich mit einem Rasiermesser rasierte. Sein Kinn glänzte förmlich.

Schweigen war noch nie ihre Stärke gewesen. Sie schaffte es nur etwa zehn Sekunden lang, bis sie herausplatzte: »Also, wer war er?«

»Mein Bruder.«

Wie sie vermutet hatte. »Er mochte mich nicht besonders.«

»Winston ist ein Vollidiot.«

Darüber musste Cath lächeln, aber sie konnte die plötzliche Veränderung in Nevs Gesichtsausdruck nicht vergessen. »Hast du mich ihm deshalb nicht vorgestellt?«

»Es tut mir leid. Das war sehr unhöflich von mir. Ich war einen Augenblick … abgelenkt, und bis ich wieder zu mir kam, warst du schon weg.«

Wie unpraktisch, ihm zu glauben. Es wäre so viel einfacher, wenn er ein Mistkerl oder ein Lügner wäre. So viel einfacher, wenn sie sich an das klammern könnte, was von ihrer Wut noch übrig war. Aber das konnte sie nicht. City gehörte letzten Endes doch zu den Guten. Also ließ sie los, und die Schutzwälle ächzten, denn ihre Wut war noch das stärkste ihrer dürftigen Hilfsmittel gewesen, das die Mauern aufrecht hielt.

»Ich würde das gern wiedergutmachen«, sagte er. »Darf ich dich zum Mittagessen einladen?«

Noch ein Pfeil, noch ein *Klonk*. Oh Mann, es war hoffnungslos.

Männer luden Cath nie zum Mittagessen ein. Sie fragten, ob sie mit ihnen abhängen wolle, einen Film schauen oder mit ihnen nach Hause gehen, aber sie luden sie nicht zum Mittagessen ein. Nicht bevor sie mit ihnen geschlafen hatte – und erst recht nicht danach.

»Warum solltest du das tun wollen?«

»Aus den üblichen Gründen, schätze ich«, sagte er mit nachdenklich gerunzelter Stirn. »Du interessierst mich. Ich mag dich. Ich will dich besser kennenlernen.«

*Klonk, klonk, klonk.*

Zwischen ihr und City war es längst vorbei, aber er schien die Botschaft nicht bekommen zu haben. Oder er hatte sie gelesen und gleich darauf geschreddert.

*Dann schick sie ihm noch mal.*

Sie wollte nicht. Sie wusste, dass sie es tun sollte, aber sie hatte *überhaupt* keine Lust dazu. »Du versuchst nur, mich wieder in dein Bett zu kriegen.«

Nevs Mundwinkel hoben sich, er senkte die Stimme und beugte sich zu ihr herunter. »Natürlich versuche ich, dich wieder in mein Bett zu kriegen. Es war super, dich in meinem Bett zu haben. Ich würde dich am liebsten dort anketten.« Er fuhr mit einem Finger ihren nackten Arm entlang und ließ eine Spur seufzender Nervenenden zurück. »Aber ich würde auch gern mit dir zu Mittag essen.«

*Klonk.*

In dem verzweifelten Versuch, ihren Entschluss aufrechtzuerhalten, deutete Cath auf eine Frau am anderen Ende des Waggons. »Ist die Portia da drüben nicht eher dein Typ?« Die große, blonde elegante Frau trug einen Bleistiftrock und eine teuer aussehende weiße Seidenbluse fürs Büro. Cath hingegen trug ein billiges ärmelloses schwarzes Oberteil und eine Hose von *Zara*. Ihre Fingernägel waren ganz abgekaut und ihre Haare hoffnungslos dünn. Er wollte sie nicht. Sie bedeutete Chaos.

Nev blickte zu der Frau hinüber, dann sah er wieder Cath an, und sein Lächeln wurde breiter, als sein Blick an ihrem Körper entlangglitt. »Ich weiß, was ich will, Mary Catherine.«

Ihre Brustwarzen zogen sich zusammen, und sie fühlte, wie ihr Höschen plötzlich feucht wurde. Dummer, verräterischer Körper.

»Ich kann nicht«, sagte sie nachdrücklich.

»Dann heute Abend.«

»Ich meine, ich kann nicht mit dir ausgehen.«

»Ach so.« Er runzelte besorgt die Stirn, und Cath versuchte, das nicht liebenswert zu finden. Ohne Erfolg. »Gibt es da jemand anderen?«

»Nein.«

»Gut.« Er lächelte wieder, und sie lächelte zurück, bevor sie es sich verkneifen konnte. Sie durfte nicht vergessen, dass sie mit Überraschungsangriffen rechnen musste. Nev legte den Kopf schief und sah sie prüfend an. »Was ist es dann? Gefalle ich dir nicht?«

*Sag ihm, dass er dir nicht gefällt. Sag ihm, dass er dir kein bisschen gefällt.*

Sie tastete ihn ebenso langsam mit ihren Blicken ab, wie er es gerade bei ihr getan hatte. »Was sollte mir an dir nicht gefallen?«

Die neue Cath schlug vor Entsetzen über die gesamte Situation die Hände über dem Kopf zusammen.

»Also gefalle ich dir, aber du willst dich nicht mit mir treffen.«

»Ich gehe nicht mit dir mittagessen.«

»Und abendessen auch nicht.«

»Richtig.«

»Gibt es irgendwelche anderen Umstände, unter denen es mir gestattet sein könnte, dich zu sehen?«, fragte er scherzhaft, doch sein Blick war ernst.

Sie sollte das nicht tun. Aber sie konnte nicht anders. »Sag mir eins, City. Bist du einfach zufällig in diesem Zug, oder bist du so früh zum Bahnhof gekommen, weil du gehofft hast, mich zu treffen?«

»Letzteres.«

Und das war der Pfeil, der das ganze wackelige Gerüst von Fort Cath zum Einsturz brachte. Sie ergab sich und schwenkte die weiße Fahne. »Ich nehme den Zug um 18.05 Uhr von Bank nach Hause.«

Judith stellte eine riesige Schachtel auf den Konferenztisch und runzelte die Stirn. Cath ließ sich davon nicht beunruhigen, denn eine gerunzelte Stirn war Judiths Standardgesichtsausdruck. Sie war ein Griesgram – korpulent, kurzhaarig, mit stets finsterem Blick, einem brillanten Verstand und durchdringenden dunklen Falkenaugen.

»Und, wie sind sie geworden?«, fragte Cath. Die Schachtel enthielt mehrere Pullover aus der Zeit des Zweiten Weltkriegs, die Cath in Judiths Auftrag aus dem Fundus des Museums ausgewählt hatte, um sie reinigen und restaurieren zu lassen. Cath wartete schon seit Tagen sehnsüchtig auf die Ankunft der wiederaufbereiteten Pullover und hoffte, sie würden ihr ganzes Potenzial entfalten, sobald die Falten vom langen Liegen und der Staub mehrerer Jahrzehnte sorgfältig von den Spezialisten herausgebügelt und -gewaschen worden waren.

»Sie sind okay.« Judith zog sich ein Paar Baumwollhandschuhe an, nahm die Pullover aus der Schachtel und legte sie auf den mit Reispapier bedeckten Tisch. »Schau sie dir selbst an.«

*Okay?* Okay würde nicht reichen. Die Pullis mussten atemberaubend sein. Makellos. Interessant und schön. Sie sollten perfekte Beispiele für das Handstricken um die Mitte des Jahrhunderts sein, sonst würden sie sich nicht für die Ausstellung eignen. Cath holte tief Luft und beugte sich vor, um sie genauer begutachten zu können.

Dann atmete sie erleichtert aus. »Mann, mir wäre eben fast das Herz stehen geblieben«, sagte sie und versetzte Judith einen spielerischen Schubs. »Sie sind wunderschön.«

Sie strich mit einem behandschuhten Finger über die perlenbesetzte Passe einer cremefarbenen Strickjacke und war begeistert, wie die Wiederaufbereitung den Glanz der Perlen und die stille Schönheit des Kleidungsstücks hervorgebracht hatte. Judith breitete weitere Pullover auf dem Tisch aus und zupfte sie mit einer Zärtlichkeit in Form, die ihren Gesichtsausdruck Lügen strafte. Bald lag ein halbes Dutzend vor ihnen, einschließlich eines Rautenpullovers mit V-Ausschnitt, der Cath schmerzlich an ihre Mutter erinnerte.

Wenn Mom nicht damit beschäftigt gewesen war, Musterstücke zu stricken oder an einem ihrer eigenen Strickmuster zu arbeiten, hatte sie ganze Abende damit verbracht, vor dem Fernseher Rautensocken für Dad zu stricken. Cath hatte oft neben ihr gesessen und selbst etwas Kleines gestrickt. Sie konnte sich nicht einmal daran erinnern, wie sie stricken gelernt hatte – für sie war es wie atmen, sie hatte es von Geburt an gekonnt. Es war bei Weitem das Einzige, was sie und ihre Mom jemals gemeinsam gehabt hatten.

Während sie eine Kinderjacke im Bohus-Stil hochhob, um sie sich genauer anzusehen, murmelte sie: »Von wegen ›okay‹.« Das Stück war ein Miniaturkunstwerk – bescheiden, aber perfekt.

Judith grinste, offensichtlich amüsierte sie sich. »Was hätte ich denn sagen sollen? ›Sie sind wunderschön, Darling? Du hast großartige Arbeit geleistet?‹«, fragte sie mit hoher Stimme und vornehmem Akzent, insgesamt eine überzeugende Imitation des Museumsdirektors Christopher Morrow.

»Dich törnt es an, mit Lob zu geizen«, sagte Cath nüchtern.

»Und dich törnt es an, so zu tun, als wäre es dir nicht wichtig.«

»Ich hab gestern Abend die Zwangsjacke abgeholt. Also lobe mich.«

Da wurde Judith aufmerksam. »Ich dachte, die würdest du nur über Amandas Leiche bekommen.«

»Nö. Ich musste nur ein Blind Date mit dem Cousin ihres Freundes über mich ergehen lassen.«

»Großartige Arbeit, Darling«, sagte Judith zwar noch immer in affektiertem Englisch, aber die Anerkennung war diesmal echt. »Die wird in der Ausstellung fantastisch wirken. Sie ist so ungewöhnlich, alle werden sich fragen, was sie davon halten sollen. Eine handgestrickte Zwangsjacke als Protestobjekt – Häuslichkeit trifft Politik. Das wird die Leute umhauen.«

»Pass bloß auf, dass Amanda das nicht zu Kopf steigt. Sie trägt die Nase ohnehin schon hoch genug.«

»Du könntest von ihr noch was lernen in puncto Selbstdarstellung«, bemerkte Judith. »Ich würde zwar nur ungern Zeit mit der Frau verbringen, aber sie weiß, wie man die Aufmerksamkeit der Presse auf sich zieht.«

Cath inspizierte den geflickten Saum der Bohus-Jacke und dachte dabei, wie typisch dieses Gespräch für ihre von Anfang an merkwürdige Beziehung zu ihrer Chefin war. Sie hatten sich bei einer Galerieeröffnung kennengelernt und sich über den neusten Trend unterhalten, städtische Objekte zu »taggen«, indem man ihnen gestrickte Hüllen überstreifte. Als Cath herausfand, dass die aus Kalifornien stammende Judith als Gastkuratorin für die Ausstellung des *Victoria & Albert Museums* zum Thema Stricken nach London gekommen war, lud sie sie auf ein Bier ein. Am Ende des Abends hatte sie Judith irgendwie dazu überredet, sie den zeitgenössischen Teil des Ausstellungskatalogs schreiben zu lassen.

Es war eigentlich nur eine befristete Stelle, aber als die Fördermittel ausliefen, kam Cath trotzdem weiterhin jeden Tag ins *V & A*, und schließlich hatte Judith Mitleid mit ihr und stellte sie als ihre Assistentin ein. Jetzt kümmerte sich Cath um die Recherche, schrieb Texte für den Katalog, organisierte Judiths Leben und half ihr dabei, Ausstellungsstücke zu besorgen und auszuwählen.

Es war der beste Job der Welt. Schade nur, dass er mit Beginn der Ausstellung zu Ende sein würde.

In geübtem Einklang, der längst keiner Worte mehr bedurfte, begannen sie und Judith, die Pullover wieder zusammenzufalten, damit sie ins Lager zurückgeschickt werden konnten.

»Apropos mit Lob geizen«, sagte Judith. »Du musst den Abschnitt über die Zeit zwischen den Kriegen noch mal schreiben. Christopher findet ihn nicht sexy genug.«

»Nichts ist sexy am Stricken im Großbritannien der Dreißigerjahre. Es war die Zeit der Wirtschaftskrise. Alle Bücher sind voll mit Ratschlägen, wie man Socken stopfen und alte Pullis auftrennen soll, um dasselbe Garn wieder und wieder zu verwenden.«

»Dir fällt schon was ein. Denk an gestrickte Unterwäsche. Fair-Isle-Weihnachtsstrümpfe.«

»Warme Gebärmutterkappen?«

»Das klingt schon besser.«

Cath seufzte. »Ich dachte, Kuratoren würden nicht unter dem Druck stehen, alles mit Sex verkaufen zu müssen.«

»Falsch gedacht. Wenn du Kuratorin werden willst, musst du kreativ werden.«

»Kreativ ist mein zweiter Vorname.«

»Dein zweiter Vorname ist Catherine«, sagte Judith, während sie die Pullis wieder in die Schachtel packte.

Cath lächelte. Es überraschte sie, dass Judith doch so viel über sie wusste. Sie waren zwar befreundet, aber nur innerhalb der Grenzen des Büros. In den sieben Monaten, die sie sich nun kannten, hatte Cath das Museum fast nur zum Schlafen verlassen. Sie arbeitete für einen Hungerlohn und lebte von dem kleinen Erbe, das ihre Mutter ihr hinterlassen hatte. Ihr einziges Ziel war es, mit ihrer Leidenschaft für Kunst und Geschichte eine Stelle als Kuratorin zu finden. Sie hatte das nötige Wissen, aber ihr fehlten Zeugnisse, um auf traditionelle Weise eingestellt zu werden. Sie musste einen Weg durch die Hintertür finden. Judith, eine Koryphäe auf dem Gebiet frühmoderner und moderner europäischer Textilien, war diese Hintertür.

»Schließlich unterschreibe ich deine Gehaltsabrechnungen«, erinnerte Judith sie. »Außerdem werde ich mich dafür einsetzen, deinen Namen in der Szene bekannter zu machen. Wenn ich Christopher morgen treffe, werde ich ihn fragen, ob wir dich im Katalog als Koautorin aufführen können. Sieh das als deine Belohnung für die Zwangsjacke. Du hast sowieso fast die Hälfte der Texte geschrieben, Das sollte auch gewürdigt werden.«

»Im Ernst?« Cath hörte auf zu packen, ihre Handflächen waren plötzlich klamm in den dünnen Baumwollhandschuhen. Ihren Namen auf dem Katalog zu sehen wäre ein Traum. Zusammen mit einer Empfehlung von Judith könnte das sogar ausreichen, um einen anständigen Job zu bekommen. Das war genau der Durchbruch, auf den sie gewartet hatte. Sie versuchte gleichgültig zu wirken, aber es war schwer, denn sie war so aufgeregt, dass sie fürchtete, in Ohnmacht zu fallen. »Das wäre wundervoll.«

»Bis jetzt ist es noch nicht spruchreif«, warnte Judith. »Ich muss erst Christopher überzeugen.«

Wenn es um die Ausstellung ging, folgte Christopher in der Regel Judiths Rat. Cath hatte gewonnen.

Judith stülpte den Deckel über die Schachtel und verschwand, angeblich um die Pullover zurück ins Lager zu bringen, aber in Wirklichkeit wollte sie wahrscheinlich eher vor der Möglichkeit fliehen, dass Cath sie umarmen oder auf andere Weise mehr Gefühle zeigen würde, als Judith aushalten konnte, und darunter fiel jede Gefühlsregung, die nicht mit einer gehörigen Portion Sarkasmus versehen war.

Cath setzte sich auf ihren Drehstuhl und versuchte sich zu erinnern, wie die Yoga-Atemtechnik ging, die sie vor Jahren mit John – oder war es Jake? – in diesem spirituellen Zentrum in New Mexico gelernt hatte. *Atme mit dem Bauch*, hatte es geheißen. Oder nein, *atme in deinen Bauch und mit deinem Zwerchfell?* Sie wusste weder, wo ihr Zwerchfell sich befand, noch, wie sie es kontrollieren sollte.

Aber sie war zu unruhig und aufgedreht, um klar denken zu können, also gab sie es auf und stieß sich mit den Füßen fest vom Boden ab, sodass der Stuhl sich wild im Kreis drehte, während ein sechsjähriges Mädchen mit Zöpfen in ihrem Kopf auf und ab sprang und schrie: *Koautorin! Mein Name auf einem V-&-A-Katalog! Jaaaa!*

Sie wünschte, sie könnte es ihrer Mom erzählen. Wäre sie stolz auf sie gewesen? Es war schwer, sich einen Ausdruck von Stolz im Gesicht ihrer Mutter vorzustellen, denn stattdessen hatte sie dort immer nur Sorge gesehen. Verurteilung. Zorn.

Aber Cath hatte das verdient. Sie war eine schlimme Tochter gewesen, zumindest etwa ab ihrem vierzehnten Lebensjahr. Nachdem Daddy gestorben war, war sie ein böses Mädchen geworden und bis ans Lebensende ihrer Mutter auch geblieben.

Aber es war schön, sich auszumalen, wie es aussähe, wenn Mom stolz auf sie wäre und sie in ihrem kantigen englischen Arbeiterklasseakzent sagen würde: *Das hast du gut gemacht, Liebes.*

Nebenbei bemerkt war es schön, überhaupt an irgendjemanden zu denken, der stolz auf sie wäre. Sie stellte sich vor, wie es sich anfühlen würde, jemandem ihre Neuigkeiten zu erzählen.

*Du könntest es Nev erzählen.*

Während der Stuhl sich weiterdrehte, schloss sie eine Sekunde lang die Augen und erlaubte sich davon zu träumen, ihm so etwas zu erzählen. Sie konnte sein gelassenes Lächeln vor sich sehen. Er würde sie Mary Catherine nennen und sie küssen. Sie würden irgendwo schick essen gehen, wo es zu viele Gabeln gab und wo sie nach dem Entree einen Salat essen und nach dem Dessert einen Cognac trinken würden. Danach würde er sie im Bett verwöhnen, als wäre sie etwas ganz Besonderes, und sie würde seine Bewunderung genießen.

Der Stuhl kam langsam zum Stehen, und als sie die Augen wieder öffnete, fiel ihr Blick auf ihren Schreibtisch, der an den Kopierer gequetscht war, der wiederum an den Konferenztisch gequetscht war, der wiederum an Judiths winziges, nur zweieinhalb Meter entferntes Bürokabuff gequetscht war. Cath hatte keine eigene Tür oder eine Stellenbezeichnung oder irgendeine Perspektive für die Zeit nach dem Beginn der Ausstellung in acht Wochen.

Sie hatte es weit gebracht, aber es gab auch noch viel zu tun, und Judiths Ankündigung bestätigte, was sie bereits gewusst hatte. Die neue Cath befand sich exakt auf dem richtigen Weg. Was mit City geschehen war, war eine Drehung um hundertachtzig Grad in die falsche Richtung gewesen.

Und in diese Richtung durfte sie nicht noch mal gehen. Wenn sie überhaupt irgendwas gelernt hatte, seit Mom an Krebs erkrankt war, dann, dass alle ihre Instinkte falsch waren. Sie musste ihre Strategie sorgfältig planen, jeden einzelnen Schritt, und ihren Impulsen misstrauen, denn ihre Impulse führten sie immer in die Irre. Wenn sie einen Mann wollte, war das ein eindeutiger Beweis dafür, dass sie sich so weit wie möglich von ihm fernhalten sollte.

Besonders wenn sie ihn so sehr wollte wie Nev.

# 8

Er wartete am Bahnsteig auf sie. Cath musterte ihn, während sie auf ihn zuging, nahm alle Veränderungen auf, die der Tag an ihm hinterlassen hatte. Ganz kleine Dinge, die sie früher wahrscheinlich nicht bemerkt hätte, als er einfach nur City gewesen war. Die Falte zwischen seinen Augenbrauen und die Anspannung in seinen Schultern sagten ihr, dass er müde war. Sein Bart war gewachsen – nicht viel, aber genug, dass der Umriss seines Kiefers nun weicher wirkte und der Unterschied ihr auffiel. Am Morgen hätte er für die *GQ* modeln können. Am späten Nachmittag erinnerte er sie eher an einen überarbeiteten Prinzen, der sich um das Wohlergehen seiner Untertanen sorgte. Er weckte in ihr den Wunsch, ihm mit den Händen über die Schläfen zu streichen und ihn zu küssen.

Sie hätte einen früheren Zug nehmen sollen.

Unsicher, welches Verhalten bei diesem arrangierten zufälligen Treffen korrekt wäre, grüßte sie ihn mit einem angedeuteten Lächeln und einem kurzen Wink, dann trat sie durch die offene Tür in den Waggon. Der Zug würde erst in ein paar Minuten abfahren, und es gab noch freie Sitze. Cath setzte sich auf ihren Lieblingsplatz – erste Reihe in Fahrtrichtung, Fenster –, und er setzte sich neben sie.

»Ich dachte, du sitzt nie«, sagte sie.

Das Grübchen erschien. »Soweit ich das verstanden habe, wird es kein weiteres Treffen zwischen uns geben, das einem ersten Date näher kommt als das hier. Bei einem Date sitze ich.«

»Das hier ist kein Date. Es ist eine Pendlerfahrt.«

»Na gut«, sagte er friedfertig. »Dann genieße ich eben einfach den Sitzplatz.« Er stellte die Aktentasche zwischen seine Füße, faltete die Hände im Schoß, lehnte sich zurück und schloss die Augen.

Cath schielte misstrauisch zu ihm hinüber, beunruhigt, weil der Sieg viel zu leicht gewesen war, doch City rührte sich nicht, und nach einer Weile kam es ihr unhöflich vor, ihn länger anzustarren. Sie holte ihr Tagebuch aus der Tasche. Aber sosehr sie auch wühlte, sie konnte keinen Stift finden.

»Was suchst du?«, fragte er.

»Nichts.«

Er beugte sich vor, öffnete den Reißverschluss seiner Aktentasche und holte einen *Mont-Blanc*-Füllhalter heraus. »Kann ich dir damit behilflich sein?«

*Ja.* »Nein danke.«

Er zog eine Augenbraue hoch, dann zuckte er mit den Schultern und steckte den Füllhalter wieder ein. Die Zugtüren schlossen sich, während die undeutliche Ansage aus dem Lautsprecher ertönte. »Dieser Zug endet in Lewisham.« Sie gab die Suche nach dem Stift auf und sah aus dem Fenster.

Sie ratterten durch unterirdische Tunnel, ihr nackter Arm an Citys Anzugärmel, ihre Beine von den Hüften bis zu den Knien in Kontakt mit seinen. Ab und zu wurden sie von den schaukelnden Bewegungen des Waggons aneinandergedrückt. Sie konnte nicht ignorieren, wie groß City auf dem Sitz neben ihr aufragte. Es fiel ihr schwer, nicht daran zu denken, wie sein kräftiger Oberschenkel unter dem Anzug aussah – der lockige blonde Flaum, die Muskeln so hart und definiert, dass sie sich unter seiner Haut wie Eisenplatten anfühlten. Sie hatte mit der Hand über die Länge dieses Schenkels gestrichen und gespürt, wie der Muskel hervortrat, wenn er in sie stieß.

Die Erinnerung erhitzte ihre Wangen, und sie drehte das Gesicht weg und drückte es gegen das kühle Glas. *Merke: Vermeide es, ihn anzusehen.*

City griff in seine Aktentasche und holte zwei Tüten Chips und drei Schokoladenriegel heraus. »Ich hab dir was mitgebracht. Ich dachte, du hast wahrscheinlich Hunger. Willst du lieber« – er blickte auf die Tüten – »Shrimps- oder Salz-und-Essig-Chips? Oder wenn du gar keine Chips willst, habe ich auch noch die hier.« Er legte die Schokoladenriegel fächerförmig auf seine breite Handfläche. »Ich weiß noch nicht, was du magst«, erklärte er mit entschuldigendem Tonfall.

Cath hob die Augen zum Himmel und versuchte, sich nichts anmerken zu lassen, aber mal ehrlich, wie sollte sie einem Mann widerstehen, der mit Junkfood um sie warb?

*Widersteh dem Mann. Schnapp dir das Junkfood.*

Sie griff nach den Shrimps-Chips und einem Schokoriegel. »Das ist ja ein fürstliches Mahl. Bist du immer so charmant?«

»Nur wenn ich etwas unbedingt haben will.« Er lächelte.

Sie versuchte, den Kommentar zu ignorieren, aber er rutschte hinunter zwischen ihre Brüste, schlängelte sich über ihren Bauch und wärmte sie dort, wo ihre Schenkel sich trafen. Sie hatte nicht viel Erfahrung damit, begehrt zu werden – oder gar umworben. Ihr wurde schwindelig.

City nahm seine Krawatte ab, wie richtige Männer das taten, indem er den Kopf in den Nacken legte, dabei am Knoten zog und den obersten Knopf seines Kragens öffnete. Als sie seine entblößte Kehle sah, konnte sie nicht anders und musste an den Puls denken, der dort pochte. Sie dachte daran, wie sie die Lippen auf seine warme Haut gedrückt hatte, und an den Ausdruck in seinem Gesicht, wenn er kam.

Er faltete die Krawatte ordentlich zusammen und steckte sie in seine Jackentasche, dann öffnete er die Tüte Salz-und-Essig-Chips. Sie fragte sich, ob es ihr wohl möglich wäre, sich heimlich Luft zuzufächeln, ohne dass er es merkte.

Der Zug rauschte ins Sonnenlicht. Cath aß ihre Chips und fragte sich, weshalb City leicht nach Zedernholz roch. Hatte er Kleiderbügel aus Zedernholz in seinem Schrank zu Hause? Einen Zedernkleiderständer im Büro? War es seine Jacke oder etwas darunter? Sie könnte es herausfinden, wenn sie sich ein paar Zentimeter zu ihm neigte und das Gesicht an seine Schulter legte. Sie konnte sich gerade noch beherrschen, indem sie sich eine Handvoll Chips in den Mund steckte.

Der Zug hielt in Heron Quays, fuhr dann weiter.

»Die sind total eklig«, bemerkte sie.

Nev beugte sich herüber und fischte ein paar Chips aus ihrer Tüte. Seine Finger streiften ihre, und sie genoss die Berührung. »Du musst sie ja nicht essen.«

»Ich weiß, aber sie sind unwiderstehlich. Eklig und unwiderstehlich ist eine perfekte Kombination bei Junkfood. Hast du schon mal *Oreos* gegessen?« Sie griff in seine Chipstüte. Eigentlich mochte sie Salz-und-Essig gar nicht, aber sie brauchte einen Vorwand, um ihn noch mal zu berühren. Jetzt war sie schon so tief gesunken, dass sie flirtete wie eine Dreizehnjährige.

»Ich glaube, ich hatte noch nicht das Vergnügen.«

»Ich kann sie hier nirgends finden. Das sind diese harten Schoko-Sandwich-Cookies … Kekse«, verbesserte sie sich.

»Ich weiß, was Cookies sind, Mary Catherine.«

Sie hasste ihren Namen, aber sie liebte die Art, wie er ihn aussprach. Wie einen Kosenamen. Oh, es hatte sie schlimm erwischt.

»Und dazwischen ist eine Schicht weißer … Zuckerguss, schätze ich, obwohl man es kaum so nennen kann. Es ist eine Art gesüßte, aufgeschlagene, gehärtete Fettpaste … wenn dir das hilft, dir vorzustellen, was ich meine. Egal, sie sind echt widerlich. Ich liebe sie.«

Nev lächelte. Er streckte die Hand aus, strich ihr eine lose Haarsträhne hinters Ohr und ließ ihr Gesicht dabei nicht aus den Augen. »Komm zum Abendessen zu mir.«

»Nein.«

»Dann lass mich dich nach Hause bringen.«

»Nein.«

»Gibst du mir deine Nummer?«

Sie lächelte und blickte auf ihren Schoß. »Sorry. Nein. Das wäre ein Fehler.«

»Würde es helfen, wenn ich verspreche, keiner zu sein?«

Verblüfft sah sie ihm daraufhin direkt ins Gesicht. Sein Blick war ernst, und sie fragte sich, was für ein Leben er wohl geführt hatte, dass er so was tatsächlich sagen konnte. Wie wäre es wohl, wenn man sich seiner selbst so sicher wäre, dass man versprechen konnte, kein Fehler zu sein? Sie wusste es nicht und konnte sich an keine Zeit erinnern, zu der sie sich dessen sicher gewesen wäre. »Das kannst du nicht.«

»Doch«, sagte er, ohne zu blinzeln. »Das kann ich. Ich verspreche es dir, Cath, du wirst mich nicht bereuen.«

»Aber das tue ich schon.« Oder zumindest sollte sie das. Sie versuchte es. Ihr Gewissen bereute ihn, aber nicht ihr Körper. Und ihr Herz … Na ja, was wusste ihr Herz schon? Ihr Herz brachte ihr immer nur Ärger ein.

»Bereust du, was am Samstag passiert ist?« Bei dem Gedanken wurde die Falte zwischen seinen Augenbrauen tiefer.

»Klar. Natürlich. Du etwa nicht?«

»Überhaupt nicht.«

Ihr Herz schlug schneller vor Freude über seine Antwort, und Cath stellte zu ihrem Entsetzen fest, dass zumindest ihr Herz sich schon für ihn entschieden hatte. So viel zum Thema Festungen. So viel zum Thema Distanz. Ab jetzt hieß es Verstand gegen Körper. Geist über Materie. Vernunft versus Gefühl.

Die Vernunft sagte, sie sollte bereuen, was sie getan hatte – jeden Moment davon, vom Konzert bis zum Aufwachen in seinem Bett, und vor allem, dass sie später dorthin zurückgekehrt war und den Rest des Morgens Haut an Haut mit ihm verbracht hatte. Wie konnte sie das nicht bereuen? Warum bereute er es nicht?

»Aber was geschehen ist … das war …« Die Stimme ihrer Mutter schlug ihr ein paar Wörter zur Auswahl vor: *Falsch. Schmutzig. Unmoralisch.*

Allerdings hatte es sich nicht wie irgendwas davon angefühlt.

»Unglaublich?«, schlug er vor.

Sie blickte auf ihren Schoß. Ja, es war unglaublich gewesen.

»Erotisch?«

Das auch. Die erotischste Erfahrung ihres Lebens – und die intimste.

Eine warme Hand legte sich unter ihr Kinn und hob es an, sodass sie ihn ansehen musste. »Intensiv?«

Unheimlich intensiv. Alles zwischen ihnen beiden war unheimlich intensiv.

Er strich mit dem Daumen über ihre Wange.

»Wie kannst du nett zu mir sein, nachdem ich das getan habe?«, platzte sie heraus. »Denkst du denn jetzt nicht schlecht von mir?«

»Weshalb?«

»Erstens weil ich betrunken war, und zweitens weil ich mit dir geschlafen habe.«

Ein Lächeln zuckte in seinem Mundwinkel. »Und ich habe mit dir geschlafen, Liebes. Denkst du denn jetzt schlecht von mir?«

Sie seufzte. Es war zwecklos, sich um eine Erklärung zu bemühen. Warum sie es getan hatte, warum sie es nicht hätte tun sollen. Warum sie es nicht noch mal tun konnte. Ihr Leben und ihre Mutter und das Reformprojekt »Neue Cath«. Es ging hier nicht um Moral. Es ging um Urteilsvermögen. Genauer gesagt um ihren Mangel daran. Aber wie sollte man das jemandem klarmachen, der dem seinen blind zu vertrauen schien?

Sie versuchte es gar nicht. »Bei dir ist das was anderes«, sagte sie. »Du bist ein Mann.«

»Ich hatte schon befürchtet, du hättest das nicht bemerkt.«

Sie schnaubte. »Ich habe es bemerkt. Ich merke es andauernd. Genau das ist mein Problem.«

Er lächelte gerade genug, dass sein Grübchen zum Vorschein kam, und dann beugte er sich zu ihr und küsste sie. Zuerst berührten seine Lippen ihre nur ganz leicht, aber er wich nicht zurück, und sie auch nicht. Er vertiefte den Kuss, wobei seine Zunge ihre Unterlippe ertastete. Er roch nach Essig und schmeckte nach Salz. Als sie ausatmete, die Lippen öffnete und sich ihm leicht entgegenstreckte, kam ein tiefes, grollendes Stöhnen aus seiner Kehle, das in ihr den Wunsch weckte, direkt auf seinen Schoß zu klettern. Aber dann brach er den Kuss ab.

Er beugte sich ganz nah an ihr Ohr und flüsterte: »Ich verspreche dir, was auch immer wir zusammen sind, es ist kein Fehler. Es ist zu gut, um ein Fehler zu sein.«

Er zog sich zurück, und dabei streiften seine Lippen ihre Wange.

Vermutlich war es besser so, denn sie befanden sich in einem vollen Zug, und sie würde nicht noch mal mit ihm schlafen. Aber trotzdem hatte sie nicht gewollt, dass der Kuss endete.

Er holte einen der anderen Schokoriegel aus seiner Aktentasche, machte ihn auf und biss ein Stück ab. Er ließ ihr Freiraum. Oder vielleicht brauchte er jetzt Schokolade. Sie wusste nicht, wo sie hinschauen und was sie denken sollte, und manchmal half Schokolade in so einer Situation. Nachdem der Zug Mudchute passiert hatte, machte sie ihren eigenen Schokoriegel auf, aß ihn mechanisch und starrte dabei aus dem Fenster.

Als sie fertig war, nahm er die Verpackung, steckte sie in seine Tasche und legte seine Hand auf ihre. Den restlichen Weg nach Greenwich schwiegen sie. Aber seine Hand sprach an seiner Stelle und bekräftigte das Versprechen. Nev wusste, was er wollte. Nur sie schien das Krankheitsbild einer gespaltenen Persönlichkeit entwickelt zu haben.

Schließlich erreichten sie ihre Station. Cath stieg vor ihm aus dem Zug aus, ihre Füße trugen sie über den Bahnsteig und die Treppe zur Hauptstraße hinunter. Vielleicht konnte sie einfach nach Hause gehen, ohne ihn ansehen und eine Entscheidung treffen zu müssen. Dann müsste sie sich nicht der Unmöglichkeit stellen, ihn abzuweisen oder Nein zu sagen, wenn sie eigentlich nur Ja sagen wollte. Sie könnte einfach nach Hause gehen.

Er zerstörte diesen Traum, indem er sie am Handgelenk packte und sie zu sich herumdrehte. Er zog sie an sich, glitt mit den Fingern in ihr Haar und küsste sie wieder, diesmal lange und leidenschaftlich, wobei er ihren Verstand gar nicht erst zu Wort kommen ließ. Ihre Lippen teilten sich. Ihre Augen fielen zu. Sie lehnte sich an ihn, ließ ihn sich nehmen, was er wollte. Was sie wollte. Was sie beide so sehr wollten, dass schon der Versuch, es zu leugnen, absurd war.

Als der Kuss endete, konnte sie weder atmen noch denken. Sie konnte kaum aufrecht stehen. Nev sah auch nicht viel gefasster aus. Er wirkte, als wollte er sie direkt an der Backsteinmauer des nächsten Hauses nehmen.

*Na dann los,* dachte sie.

»Was soll das?«, fragte sie.

»Ich wollte sehen, ob es noch da ist«, antwortete er. »Was am Wochenende zwischen uns war.«

»Oh.«

»Es ist noch da.« Der heisere Klang seiner Stimme passte gar nicht zu seinem zivilisierten Tonfall.

»Ja.«

Nev seufzte. »Ich schätze, es ist hoffnungslos, dich jetzt in meine Wohnung einzuladen.«

»Hoffnungslos«, wiederholte sie. Die ganze Situation war hoffnungslos.

»Okay.« Er trat einen Schritt zurück. »Du weißt, wo ich wohne. Komm vorbei, wann immer du willst.« Er warf ihr ein etwas gequältes Lächeln zu. »Und damit meine ich wirklich *wann immer*.«

»Warte nicht auf mich, City.« Ihre Stimme klang ganz zitterig.

»Wenn du nicht kommst, werde ich an dich denken«, sagte er und strich ihr mit der Handfläche über die Wange. »Aber es wäre mir lieber, wenn du kommen würdest.«

Er zwinkerte ihr zu und ging.

Um halb eins klingelte es an der Tür. Er erwachte aus einem unangenehmen Traum von Geschworenen und langen hallenden Gängen. Er brauchte einen Augenblick, um das Geräusch einzuordnen, aber dann wusste er, dass es nur Cath sein konnte.

*Warte nicht auf mich,* hatte sie gesagt. Er hatte sie beim

Wort genommen, aber gehofft, dass sie trotzdem kommen würde. Und jetzt war sie hier.

Nachdem er den Türöffner gedrückt hatte, ließ er die Wohnungstür angelehnt und suchte sich etwas zum Anziehen. Es war vermutlich besser, Cath nicht splitternackt zu begrüßen. Er fand eine alte Jogginghose, und als er in den Flur zurückkam, stand sie im Eingang, nervös und kleiner, als er sie in Erinnerung hatte.

Sie trug ein schwarzes T-Shirt und schwarze Shorts. Immer schwarz. Aber inzwischen kannte er sie gut genug, dass er sich bereits fragte, welche Farbe ihr BH und ihr Höschen wohl hatten.

»Ich habe dich geweckt«, sagte sie leicht überrascht, als hätte sie erwartet, dass er noch wach gewesen wäre und etwas im Haushalt erledigt hätte.

»Das macht nichts.« Sollte er ihr eine Tasse Tee anbieten? Es langsam und vorsichtig angehen, wie es sich für eine heikle Situation gehörte?

Nein. Er konnte ebenso gut die Karten auf den Tisch legen. Er hatte sowieso kein besonders gutes Blatt. »Willst du zu mir ins Bett kommen?«

Sie lächelte kurz, dann blickte sie hinunter auf ihre Füße. »Ich kann nicht mit dir ausgehen. Es tut mir leid. Ich bin einfach zu … Es ist kompliziert.«

»Okay.« Das waren schlechte Nachrichten, aber er war nicht blöd. Cath hatte offensichtlich Bindungsängste. Aber ebenso offensichtlich war sie nicht mitten in der Nacht hergekommen, um ihm zu sagen, dass er sich von ihr fernhalten solle. »Also willst du zu mir ins Bett kommen?«

»Ja.«

Er griff um sie herum, um die Tür zuzustoßen, nahm sie an der Hand und führte sie ins Schlafzimmer.

Er zog sie aus und deckte sie beide mit dem Laken zu. Die Farbe ihres BHs und ihres Höschens stellte sich als Rosa heraus, ihre Haut war bereits erhitzt und feucht vom Weg hierher. Sie roch nach Orangen und Lakritze – süß, scharf und dunkel. Als sie ankam, war sie verschlossen gewesen, doch als er sie küsste, öffnete sie sich so sanft und ruhig, dass er beinahe vergessen hätte, dass sie je anders gewesen war. Diese Frau war ein Rätsel. Schlagfertig und zurückhaltend, leidenschaftlich und distanziert. Offen und verschlossen. Vollkommen faszinierend.

»Was hat dich bewogen, deine Meinung zu ändern?«, fragte er, während er die Form ihrer Schulter mit dem Zeigefinger nachzeichnete.

Sie lächelte, und ihm wurde ein wenig schwindelig davon, wie jedes Mal. »Meine Mitbewohnerin.«

Er hatte gedacht, sie würde allein leben. »Ach ja?«

»Sie hat einen Freund, der öfter vorbeikommt. Dann verschwinden sie stundenlang in ihrem Zimmer. Ich kann nur vermuten, dass sie da drin Sex haben – manchmal kommen sie ganz verstrubbelt in Bademänteln heraus –, aber es geschieht vollkommen lautlos. Das heißt, ihre Matratze quietscht, und vielleicht stößt auch ihr Bett gegen die Wand direkt an meinem Kopf. Wenn ich dann versuche einzuschlafen, liege ich da und kann nichts anderes tun, als zu lauschen, und sie machen beide *keinen einzigen* Ton.«

»Verstehe.« Er verstand nichts, aber er liebte es, ihr zuzuhören. Die Worte strömten mit rasender Geschwindigkeit aus ihr heraus. Sie hatte so viel Energie, dass sie in Wellen von ihr abzustrahlen schien. Es törnte ihn an.

»Ich weiß nicht, ob du das verstehst. Ich liege da und denke: *Sind sie so still, weil der Sex so schlecht ist?* Aber wenn ja, warum machen sie es dann so oft? Einmal pro Nacht würde doch reichen, oder? Wenn es so schlecht ist? Und wenn es echt toller Sex ist, beißen sie vielleicht in die Kissen oder irgendwas? Knebeln sie sich? Versuchen sie, Rücksicht zu nehmen? Glauben sie, ich wüsste nicht, was sie da drin treiben, auch wenn sie still sind? Denn es ist nicht rücksichtsvoll, es ist eher unheimlich.«

»Mmm-hmm.«

»Und dann bin ich wütend geworden, denn warum soll ich auf Schlaf verzichten, weil ich über das Sexleben meiner Mitbewohnerin nachdenke? Ihr Sexleben ist eine Schande. Wenn irgendwas daran gut wäre, würde sie mehr Lärm machen, ob sie nun ins Kissen beißt oder nicht.«

Dann küsste er sie, unfähig, diesem flinken Mund noch eine Sekunde länger zu widerstehen. Sie schmeckte nach Minze, als hätte sie sich die Zähne geputzt, bevor sie zu ihm gekommen war. »Also hast du dir gedacht: Ich könnte jetzt fantastischen Sex haben«, sagte er an ihren Lippen. »Wirklich fantastischen, wirklich lauten, richtigen Sex.«

Sie seufzte resigniert. »Genau. Und danach war es hoffnungslos, weiter zu widerstehen.«

»Du musst etwas beweisen.«

»Das muss ich.«

»Du brauchst meine Hilfe.«

»Ja.«

»Ich werde dir helfen, meine Liebe.«

Das tat er auch.

Sie war nicht still. Er auch nicht. Solange es andauerte, waren sie sich so nah, wie zwei Menschen nur sein konnten. Aber danach blieb sie nicht für den Rest der Nacht.

# 9

Cath stieg in Canary Wharf aus dem Zug aus. Kurz bevor die Türen zugingen, hatte sie beschlossen, dass sie Kekse brauchte. Bei *Marks & Spencer* im Einkaufszentrum am Bahnhof gab es diese Schoko-Orangen-Kekse, die sie so mochte, und es war definitiv ein Cookies-zum-Abendbrot-Tag.

Es war alles Citys Schuld. Sie bekam ihn nicht aus ihrem Kopf. Es war schon schlimm genug, dass sie letzte Nacht zu ihm gegangen war. Heute Morgen hatte sie beim Joggen im Park nach ihm Ausschau gehalten und war enttäuscht gewesen, als sie ihm nicht begegnet war. Sie hatte in der Dusche an ihn gedacht, und dabei war ihr sofort so heiß geworden, dass sie sich selbst Erleichterung verschaffen musste.

Sie hatte beim Frühstück getrödelt und sich eingeredet, sie bräuchte eine Extraportion Cornflakes und Orangensaft für den langen Tag, der sie erwartete, aber eigentlich hatte sie es nur hinausgezögert, damit sie den Zug nehmen musste, mit dem City immer fuhr.

Und dann war er nicht am Bahnhof aufgetaucht.

Bei der Arbeit war sie den ganzen Tag abgelenkt gewesen, weil sie ständig an seine Lachfältchen denken musste und an das Gefühl seiner Hände auf ihren Hüften, die sie festhielten, während er sich zwischen ihren Schenkeln bewegte.

Sie kannte die Symptome. Dies war klassisches Cath-

Schmacht-Verhalten, und sie wusste, dass sie früher oder später leiden würde, wie jedes Mal. Klar, jetzt schien Nev wundervoll zu sein, aber es würde sich herausstellen, dass er ein Idiot war oder langweilig oder dumm oder gemein. Es würde sich herausstellen, dass er heimlich Drogen nahm oder schnell einen Kredit brauchte, dass er auf vollbusige Blondinen stand oder auf zwei Frauen gleichzeitig. Es würde sich herausstellen, dass er auf Männer stand.

Es würde sich herausstellen, dass er *nicht* auf sie stand.

Das war ihr schon so oft passiert, immer und immer wieder. Sie konnte Männer nicht einschätzen. Mom hatte sie für ein ziemliches Flittchen gehalten, aber in Wahrheit öffnete Cath immer ihr Herz, wenn sie ihre Beine öffnete. Sie hatte eben diesen unglücklichen Hang, sich zu schnell in jemanden zu verlieben – lange bevor sie seine heimlichen Macken kannte oder ihm wirklich vertrauen konnte. Bestimmt hatten manche Frauen One-Night-Stands, einfach weil sie Sex liebten. Cath hatte sie, weil sie Männer liebte. Zwei Bier und zwei Stunden mit irgendeinem dunkeläugigen, geheimnisvollen Fremden, und sie war bereit, für immer seine Partymaus zu sein. Bis sie am nächsten Morgen aufwachte und feststellte, dass seine Wohnung wie altes Katzenstreu roch und am Kühlschrank ein Zettel von seiner Mutter hing, um ihn daran zu erinnern, einkaufen zu gehen.

Deshalb hatte sie sich eingeredet, froh zu sein, als sie Nevs Wohnung am Samstagmorgen verließ. Sie hatte sich dazu beglückwünscht, dass sie sein Angebot abgelehnt hatte, sie zum Mittag- oder Abendessen einzuladen oder sie gestern Nachmittag nach Hause zu begleiten, und dass sie ihm auch nicht ihre Nummer gegeben hatte. Endlich hatte sie aus ihren Fehlern gelernt.

Aber nicht viel.

Denn obwohl sie es besser wusste, hatte sie sich vorgemacht, sie könnte problemlos noch mal mit ihm schlafen. In den frühen Morgenstunden hatte sie sich schließlich eingeredet, Sex sei Sex, und sie könne natürlich mit City Sex haben, ohne dass das einen Einfluss auf irgendeinen anderen Teil ihres Lebens hätte. Sie würde ihm einen Bereich zuweisen. Arbeit wäre Arbeit, City wäre City, und diese Bereiche sollten für immer voneinander getrennt sein. Sie würde nicht mit ihm ausgehen. Sie würden nicht über Gefühle sprechen. Sie würden einfach nur jede Menge fabelhaften Sex haben.

Den Sex zu rechtfertigen war Phase zwei des klassischen Cath-Schmacht-Verhaltens. Was sie jedes Mal vergaß, war, dass Phase drei unmittelbar folgte: Schwärmerei. Und jetzt war sie in Phase drei, und zwar mittendrin.

Cath fand die Kekse und nahm seufzend ein Päckchen aus dem Regal. Vielleicht war es einfach ihr Schicksal, bei Männern schlechte Entscheidungen zu treffen. Sie wollte anders sein. Sie versuchte es. Aber es stand in den Sternen.

Oder auch nicht. Wie auch immer, sie schaffte es nicht einmal mehr, sich einzureden, dass sie die Nacht allein verbringen würde. Keine zehn Pferde könnten sie davon abhalten, in ein paar Stunden an Nevs Tür zu klopfen.

Sie stand an der Kasse und versuchte sich zu entscheiden, ob das *Hello!*- oder das *OK!*-Magazin bis dahin die bessere Unterhaltung zu den Keksen wäre, als sie ihn hinter sich hörte.

»Sag, dass das nicht dein Abendessen ist, Mary Catherine.«

Beim Klang seiner Stimme bekam sie Gänsehaut an den Armen. Richtige Gänsehaut. Sie war süchtig nach dem Typen. Es war demütigend.

»Willst du etwa, dass ich dich anlüge, City?«

Gerade weil sie sich so danach sehnte, ihn anzusehen, zwang sie sich zu warten. Sie legte ihre Kekse aufs Kassenband und kramte in ihrem Portemonnaie nach ein paar Münzen. Aus dem Augenwinkel schielte sie in seinen Korb. Er kaufte Gemüse, Eier, Brot, Tomaten. Er würde etwas Gesundes kochen.

Sie fragte sich, ob er wohl immer hier einkaufte. Es war die praktischste Lösung für Pendler – nur kurz aus dem Zug raus und dann gleich weiterfahren –, aber zu teuer für Cath. Sie holte hier nur Kekse und fuhr einmal pro Woche zu dem etwas heruntergekommenen *Tesco* in Lewisham, um richtig einzukaufen.

»Nein, ich will, dass du was Vernünftiges isst.«

»Keine Sorge, ich trinke noch ein Glas Milch dazu.« Dann sah sie ihn an, nur ein kurzer Blick über die Schulter. Es reichte, um das Grübchen zu sehen, die grünen Augen, den anthrazitfarbenen Nadelstreifenanzug mit der roten Krawatte. Ihr Lieblingsbanker.

Sie fing an zu plappern, damit sie sich nicht mit ihren unkontrollierbaren Gefühlen beschäftigen musste. »Das Beste ist, dass sie mich nicht mal dick machen werden.« Sie reichte der Kassiererin das Geld. »Wir Talaricos sind ein kleines, mageres Völkchen, das genetisch unfähig ist, zuzunehmen. Mein Dad war winzig, aber es stand ihm gut. Er sah aus wie ein junger Frank Sinatra mit seinen großen blauen Augen und einem Lächeln, das den Damen keine andere Wahl ließ, als ihm ihre Höschen zuzuwerfen. Zumindest sagte Mom das immer. Es ist ziemlich schwierig, sich vorzustellen, wie jemand dem eigenen Vater Höschen zuwirft.« Nachdem sie das Wechselgeld entgegengenommen hatte, steckte sie ihren Einkauf in eine Tüte, drehte sich endlich um und sah ihn an.

Es war einfach nicht fair. Er musste der einzige Mann auf der Welt sein, der in Wirklichkeit immer besser aussah als in ihrer Fantasie, und nun schaute er sie auch noch auf diese Art an. Diesen Blick hatte sie schon mal gesehen. Zu dem Zeitpunkt waren sie beide nackt gewesen, und er hatte … mmm. Ihre Gänsehaut bekam eine Gänsehaut.

»Lass mich ein Abendessen für dich machen.«

Wie oft in ihrem Leben hatte ein Mann ihr angeboten, ein Abendessen für sie zu kochen? Sogar mit Gemüse? Nicht ein einziges Mal, um genau zu sein.

*Keine Dates,* ermahnte sie sich. *Keine Gefühle. Nur Sex.* Aber es war schwer, sich zu erinnern, warum sie sich das vorgenommen hatte, wenn er vor ihr stand und so unglaublich sexy und liebenswürdig und sexy war.

Die beste Lösung war, ihn einfach nicht anzusehen. Sie hielt den Blick starr auf den Boden gerichtet, während er seinen Einkauf in eine Tüte packte und sich bedankte.

Dann berührte er sie, ein leichtes Streicheln seiner Hand über ihre Taille, das ihren AN-Schalter umlegte und ihren ganzen Körpern vibrieren ließ. »Mary Catherine?«

»Nein.« *Schau einfach nicht hoch.* »Ich kann nicht. Nein.«

Er hob ihr Kinn mit einem Finger an und zwang sie, ihm

in die Augen zu sehen. Langsam breitete sich ein Lächeln auf seinem Gesicht aus, das jegliche Gegenwehr unmöglich machte. »Wenn ich es nicht besser wüsste, würde ich allmählich denken, du magst mich nicht.«

»Wer sagt denn, dass ich dich mag?« Aber die Frage klang nicht so herausfordernd, wie sie gewollt hatte, denn er stand nun so dicht vor ihr, dass ihre Haut kribbelte.

Er lachte. »Wie oft bist du letzte Nacht gekommen?«, fragte er leise.

*Drei Mal.* »Diese Frage beantworte ich nicht.«

»Das musst du auch nicht. Ich erinnere mich an jedes einzelne Mal. Du magst mich.«

Sie drehte sich um und ging wieder hinaus zum Bahnsteig. City folgte ihr. Wie lange würde sie ihn noch abweisen müssen, bis er aufhörte zu fragen? Nicht mehr lange, hoffte sie, denn es wurde nicht leichter mit der Zeit.

Der Zug fuhr ein, als sie ankamen. Er war voll wie immer zur Feierabendzeit, und sie wurde gegen die Plastikwand vor der ersten Sitzreihe gedrückt, City direkt vor ihr. Großartig.

Er war so nah, dass sie ihn riechen konnte, diese köstliche Mischung aus Pfeffer und Zedernholz und Mann, die etwas ziemlich Verrücktes in ihrem Körper auslöste, eine Art Dschungeltrommelpochen in ihrem Blut, das schwer zu ignorieren war. Sie hielt die Augen auf seine Brust gerichtet, was nicht wirklich half, denn es war eine sehr schöne Brust in einem sehr schönen Anzug, und sie wusste genau, wie sie sich unter ihren Fingerspitzen anfühlen würde.

Zeit, woandershin zu schauen.

Sie hob den Blick zu der Mulde unter seiner Kehle, den

Stoppeln an seinem Kinn, die einen Ton dunkler waren als sein blondes Haar. Von den Stoppeln hatte sie Kratzer an den Innenseiten ihrer Schenkel.

*Schau woandershin.*

Sein Mund. Schlechte Wahl. Oh, was er mit diesem Mund alles machen konnte. Sie wollte so sehr, dass er sie küsste, dass sie kaum noch denken konnte. Verdammt, sie wollte, dass er sie gleich hier im Zug flachlegte.

Das war keine Schwärmerei mehr. Das war Besessenheit.

Der Zug fuhr über einen holprigen Gleisabschnitt, und Nev wurde einen Moment lang mit voller Länge an sie gedrückt – nicht ganz zufällig, wie sie vermutete. Es dauerte nicht lange, aber lange genug, dass sie merkte, dass er steinhart und bereit war loszulegen.

Er stützte sich mit den Armen links und rechts von ihrem Kopf ab. »Cath, sieh mich an.«

Das tat sie, und seine Augen sagten ihr, dass er sie ebenso sehr wollte wie sie ihn. Er beugte sich näher zu ihr. »Frau, du machst mich ganz verrückt. Ich hab den ganzen Tag an dich gedacht. Sag, dass du mit zu mir kommst.«

Das sollte sie nicht tun. Das sollte sie definitiv nicht tun.

»Okay. Aber ich esse die Kekse heute Abend.«

Sobald sie durch die Haustür getreten waren, drückte er sie an die Wand des Treppenhauses und küsste sie besinnungslos. Mit seiner hungrigen Zunge und dem Druck seiner Erektion an ihrem Bauch steigerte er ihre Lust in etwa fünf Sekunden zu einem verzweifelten Verlangen.

»Gehen wir rauf«, brachte sie gerade noch keuchend hervor.

Noch in derselben Sekunde, in der sie über die Schwelle seiner Wohnung trat, begann sie, sich auszuziehen, indem sie sich das Shirt über den Kopf zog. Dann drehte sie sich um, damit sie ihn anschauen konnte, und ging rückwärts zum Schlafzimmer. Nev hielt den Blick auf sie gerichtet, während er seine Jacke abstreifte, seine Krawatte löste, sich die Schuhe aufband. Sie schleuderte ihre hohen Schuhe fort und wand sich in der Schlafzimmertür stehend aus ihrem Rock. Er knöpfte sich das Hemd auf und ließ die Hose auf den Boden fallen.

Dann lagen sie auf dem Bett, und seine Zunge war wieder in ihrem Mund, während ihre Hüften sich aufbäumten und wild zuckten, bis das, was sie wollte, durch den Stoff ihres Slips fest gegen ihr warmes Fleisch drückte und sie noch feuchter wurde, obwohl das kaum möglich schien.

»Mach schon, City. Um Himmels w…«

Sein Mund legte sich wieder auf ihren, rau, ungeduldig. Er zog ihr mit einer Hand den Slip aus, während er sie küsste – was sie sicherlich beeindruckt hätte, wenn sie irgendwie in der Lage gewesen wäre, von etwas beeindruckt zu sein. Aber sie war zu gar nichts mehr in der Lage, außer die Beine weit zu spreizen und ihn an sich zu ziehen. Er verstand die Botschaft.

Als er in sie eindrang, öffnete Cath die Augen und traf seinen Blick. Der Moment war intensiv, elektrisch aufgeladen vom Sex und noch etwas, von einer Verbindung zwischen ihnen, die sie jetzt nicht, vielleicht auch niemals, ergründen würde. Was auch immer es war, es fühlte sich einfach bombastisch an.

»Gott, ist das gut.«

Er grinste. »Siehst du, ich wusste, dass du mich magst.«

Als sie sich auf die Ellbogen aufstützte und die Hüften anhob, um ihn so tief wie möglich in sich aufzunehmen, hielt er plötzlich inne, dann runzelte er die Stirn und sagte: »Shit. Ich hab das verdammte Kondom vergessen.«

Er zog sich nicht zurück, sondern verstärkte stattdessen den Ganzkörperkontakt, während er seinen Arm zum Nachttisch ausstreckte, wo er die Kondome aufbewahrte. Sie hob die Hand, um ihn aufzuhalten. »Warte. Das brauchen wir nicht unbedingt.«

»Nimmst du die Pille?«

»Nein. Aber ich kann nicht schwanger werden.«

Sein Blick huschte an die Stelle, wo ihre Körper sich an den Hüften trafen, und kehrte dann ebenso schnell zu ihrem zurück, und sie wusste, dass er irgendwann die blasse Narbe bemerkt haben musste, die über ihren Unterleib verlief. In gewisser Weise war das ihr erstes Tattoo gewesen. Ihre erste Erinnerung daran, wie grausam das Leben eine leichtsinnige Liebe bestrafen konnte.

»Frag nicht, warum.«

Er sah ihr in die Augen und schüttelte leicht den Kopf. Er würde nicht fragen. Nicht jetzt.

»Vor dir hatte ich zwei Jahre lang keinen Sex«, sagte sie, »und dein toller National Health Service sagt, dass ich körperlich in ausgezeichneter Verfassung bin. Wenn du also nicht irgendwas Fieses hast – womit du mich dann wahrscheinlich schon angesteckt hast, du mieser Dreckskerl –, dann können wir gut auf Kondome verzichten.«

Sein Lächeln war niedlich und ein wenig schüchtern. »So was würde ich nie tun.«

»Ich weiß.« Er würde ihr nicht wehtun. Niemals mit Absicht. Nev würde ihr aus Versehen wehtun, und wenn es dazu kommen würde, dann wäre sie selbst schuld. Offenbar war es ebenso leicht, einen Fehler zu machen, wenn man die Augen offen hielt, wie ihn aus Unwissenheit zu begehen. Das war ihr vorher nicht klar gewesen. Das hatte sie erst von ihm gelernt.

»Also ist alles okay?«, fragte sie.

»Alles ist absolut großartig«, antwortete er, während er so tief in sie eindrang, dass sie sich auf die Lippe beißen musste.

»Dann beweg dich.« Sie hob drängend die Hüften.

»Willst du mich rumkommandieren?« Er rollte sich auf den Rücken und zog sie mit, sodass sie schließlich oben lag. »Ich hatte einen langen Tag, Süße. Übernimm du doch, wenn du so versessen darauf bist, Befehle zu erteilen.«

»Kein Problem.«

Cath erhob sich auf die Knie und genoss das Gefühl seiner harten heißen Länge in ihr. Nevs Hände glitten zu ihren Brüsten und schoben die Spitzenkörbchen ihres BHs beiseite. Er setzte sich so weit auf, dass er einen Nippel in den Mund nehmen konnte, und saugte dann fest daran. Sie ließ den Kopf nach hinten fallen und schloss die Augen. Normalerweise war er ein sehr aufmerksamer Liebhaber, aber heute war er gröber. Obwohl sie sich nur neckten, zeigte sich etwas Ungebändigtes in ihnen beiden.

Sie wollte ihn ganz unzivilisiert. Roh und gierig.

Sie zerknüllte das Laken in ihren Fäusten und ritt ihn. Sie

konzentrierte sich ganz auf das angespannte Ziehen zwischen ihrer Brust und ihrer Klitoris, das langsame Reiben seines Schwanzes, das genug Genuss erzeugte, um ihr Nervensystem zu überfluten. Als er in ihre Brustwarze biss, schrie sie auf und bewegte sich schneller – ritt ihn, bis ihre Schenkel zitterten und sie einen Arm am Kopfteil abstützen und seinen Mund wegschieben musste, weil ihr Orgasmus heranrollte, sie durchzuckte, sie zerriss.

Da umfasste Nev ihre Hüften und stieß hemmungslos in sie, es fehlten nicht mehr als ein halbes Dutzend Stöße, bis auch er zum Höhepunkt kam.

Sie waren laut und wild zusammen. Schweißnass und überirdisch. Erschreckend, wundervoll außer Kontrolle.

Sie waren so perfekt, wie Cath es noch nie erlebt hatte.

Fantastischer Sex schwächte ihre Entschlusskraft. Hinzu kam noch der Anblick von Nev, der eine Nadelstreifenhose und sonst nichts trug, während er ihr ein Abendessen zubereitete. Das alles war einfach viel zu gut, um darauf zu verzichten. Während er Knoblauch und Paprika und Tomaten klein schnitt, spannten sich die Muskeln seiner Unterarme an, und sie konnte den Blick nicht von den präzisen, geübten Bewegungen seiner Finger und Hände mit dem Messer abwenden. Es war unheimlich sexy.

*Schwärmerei* konnte das Gefühl nicht mal annähernd beschreiben.

Sie nahm noch einen Keks aus der Packung. Wenn sie schon mit ihm zu Abend essen musste, dann würde sie sich wenigstens vorher den Appetit verderben. Sozusagen aus Prinzip.

Obwohl sie um nichts in der Welt hätte sagen können, worin dieses Prinzip bestand.

Nev warf das Gemüse mit etwas Olivenöl in eine Pfanne und briet es an, während er Brot aufschnitt und frisch geriebenen Parmesan mit weicher Butter vermischte.

Im Ernst, gab es denn nichts, was dieser Mann nicht konnte? Er hatte einen festen Job, war attraktiv, intelligent, witzig, gut im Bett, und er konnte kochen. Er musste irgendeine furchtbare versteckte Macke haben, aber bisher hatte sie noch nichts davon bemerkt.

»Bist du verheiratet?«, fragte sie, weil sie dachte, sie hätte vielleicht das Offensichtlichste übersehen. Er trug keinen Ring, aber das musste nichts heißen.

Er lächelte und bestrich das Brot mit der Parmesanbutter. »Sieht es so aus, als wäre ich verheiratet?«

Er hatte recht. Die Wohnung war klein, ordentlich und vollkommen frei von irgendwelchen Anzeichen eines weiblichen Wesens.

»Nein, aber ich dachte, das hier könnte deine Zweitwohnung sein. Du weißt schon, damit du deine Geliebte hier unterbringen kannst, während deine Frau in einem schickeren Haus wohnt.«

»Sorry, aber mehr gibt's nicht. Ich habe keine Frau. Und auch keine Geliebte, wo wir schon mal dabei sind.«

»Was ist mit einer Freundin?«

Er zog eine Augenbraue hoch und sah zu ihr.

»Ich bin nicht deine Freundin.«

»Du hältst wohl nicht sehr viel von mir, oder?«

»Doch, und genau das ist mein Problem. Ich versuche herauszufinden, was deine furchtbare Macke ist, aber es gelingt mir nicht. Allem Anschein nach bist du perfekt.«

»Warum muss ich eine furchtbare Macke haben?«

»Alle Typen, mit denen ich schlafe, haben furchtbare Macken.«

»Vielleicht bin ich die Ausnahme von der Regel.«

»Nein, so viel Glück hab ich nicht.«

Er nahm das Gemüse vom Herd und begann, Eier in eine Schüssel zu schlagen.

»Vielleicht hast du ein Drogenproblem?«, schlug sie vor.

»Zählt Whiskey?«

»Kommt drauf an, wie viel du trinkst.«

»Ein paar Gläser pro Woche.«

»Nein, das reicht nicht. Lutschst du am Daumen?«

Er warf ihr einen amüsierten Blick zu. »Nein.«

»Wie ist deine Beziehung zu Männern?«

»Wenn es mir bisher nicht gelungen ist, dich davon zu überzeugen, dass ich hetero bin, meine Liebe, dann würde ich es gerne noch mal versuchen.«

Sie machte eine wegwerfende Handbewegung in seine Richtung. »Lenk mich nicht ab. Ich bin gerade richtig in Fahrt.«

Er vermischte das Gemüse mit den Eiern und schüttete alles mit noch mehr Olivenöl in die Pfanne. Sie nahm sich einen weiteren Keks. Als sie wieder zu ihm aufschaute, lehnte er an der Arbeitsplatte und beobachtete sie, die Arme vor der nackten Brust verschränkt. Sie fragte sich, ob er die leiseste Ahnung hatte, wie sehr sie ihn in genau diesem Augenblick lecken wollte.

»Was ist?«, fragte sie ungeduldig wie immer.

»Hattest du schon jemals besseren Sex?«

Überrascht platzte sie mit der offensichtlichen Antwort heraus. »Nicht mal annähernd.«

»Ich auch nicht. Nicht mal annähernd, Cath.« Er drehte sich zur Pfanne um und hob den Rand an, damit das noch rohe Ei sich verteilen konnte.

Was war das denn? Er konnte ihr doch nicht einfach eine solche Frage stellen und das Thema dann in der Luft hängen lassen, oder?

»Und?«

»Und ich finde, wenn ich eine Frau treffe, zu der ich eine phänomenale körperliche Verbindung habe und an die ich so viel denke, dass ich meine Arbeit nicht mehr machen kann, geschweige denn schlafen, und die ich attraktiv und interessant und witzig finde und mit der ich gern Zeit verbringe, dann ist es vielleicht keine schlechte Idee, sie besser kennenzulernen. Weshalb ich es ehrlich gesagt etwas verwirrend finde, dass du so entschlossen bist, mich auf Abstand zu halten.«

Soweit sie sich erinnern konnte, hatte noch nie jemand so viele nette Dinge auf einmal über sie gesagt. Die ganzen Komplimente lösten ein warmes, duseliges Gefühl in ihr aus, mit dem sie irgendwie nicht umgehen konnte. Sie entschied sich für einen weiteren Keks.

Da war schon was dran, dachte sie kauend. Sie ging die Sache mit City nicht gerade auf die konventionelle Art an. Aber er kannte ihre Vergangenheit nicht. Sie war auch kein konventionelles Mädchen.

»Jedenfalls gelingt es mir nicht sehr gut, dich auf Abstand

zu halten«, sagte sie schließlich. »Nachdem ich am Samstag hier rausgegangen bin, hatte ich beschlossen, dich nie wiederzusehen.«

Er schob die Frittata unter den Grill, weshalb sie City nur im Profil sehen konnte, aber sie wollte verdammt sein, wenn das nicht aussah wie ein triumphierendes Grinsen.

»Das weiß ich, Liebling. Es verletzt meinen Stolz, dass du nicht mit mir ausgehen willst, aber ich kann mich mit dem Wissen trösten, dass du dein Höschen keine zehn Minuten am Stück anbehalten kannst, wenn wir uns dann doch sehen.«

Sie warf in gespielter Entrüstung mit einem Keks nach ihm. »Du Mistkerl! Willst du damit sagen, ich wäre sexsüchtig?«

»Ich mag dich sexsüchtig. Außerdem kannst du nichts dafür. Wer trägt schon gern feuchte Höschen?«

Sie holte mit einem weiteren Keks aus, aber er fasste sie am Handgelenk und zog sie auf die Füße, um sie zu küssen. Es war ein langer, langsamer, ausgiebiger Kuss, als hätte er nichts dagegen, ihn die ganze Nacht lang fortzusetzen. Ihr Unterleib wurde ganz warm und kribbelig, und sie war schon so weit, dass sie City auf den Küchentisch herunterziehen wollte, als er sie losließ, um seine kochzeitschriftenwürdige Frittata aus dem Ofen zu holen und das Blech mit dem Parmesanbrot zum Rösten unter den Grill zu schieben.

»Du bist widerlich perfekt«, sagte sie glücklich.

»Lass mich dich morgen zum Mittagessen einladen.«

Sie sagte Nein, aber sie wusste, dass ihre Augen Ja sagten.

# 10

Er sah sie schon, als er durchs Parktor kam, aber er musste mindestens eine halbe Meile weit laufen, bis er sie eingeholt hatte. Für eine so kleine Frau war sie sehr schnell, und er war sich ziemlich sicher, dass er sie nur deshalb einholte, weil sie beschlossen hatte, sich einholen zu lassen.

Das war eigentlich eine ganz passende Metapher für ihre Beziehung. Seit zwei Wochen war sie fast jede Nacht in sein Bett gekommen. Sie hatten so gut wie alles miteinander gemacht, was zwei Menschen miteinander machen konnten, und trotzdem wollte er sie noch immer, jeden Tag, rund um die Uhr. Und noch immer zwang sie ihn, ihr hinterherzulaufen.

Cath bestimmte die Regeln. Sie schien sich so wohlerzufühlen, also hatte Nev sich vorgenommen, sie nicht zu drängen. Nicht sehr. Stattdessen suchte er sich Schlupflöcher und nutzte sie.

Er sollte nicht wissen, welchen Zug sie nahm, aber wenn er sie zufällig am Bahnhof traf, durfte er ihr Kaffee und Gebäck kaufen. Sie wollte ihm nicht verraten, ob und wann sie im Park laufen ging, aber sie ließ sich begleiten, wenn ihre Wege sich kreuzten. Sie weigerte sich, ihm zu sagen, wo sie arbeitete, aber sie gab ihm ein Zeichen, wenn er falsch riet.

Sie wollte ihm auch nicht ihre Nummer geben, obwohl sie

seine in ihrem Handy gespeichert hatte. Er hatte ihr gesagt, wo sein Büro war, und eine offene Einladung zum Mittagessen ausgesprochen. Er dachte, wenn er weiter fragte, würde sie früher oder später nachgeben und ihn die Schranken passieren lassen. Oder er würde die Geduld verlieren und anfangen zu betteln.

»Guten Morgen, City«, sagte sie, als er schließlich auf ihrer Höhe war.

Sie hatte ihn noch kein einziges Mal Nev genannt. Der Spitzname war eine weitere Möglichkeit für sie auszublenden, wer er wirklich war und was zwischen ihnen entstand. Eine weitere Mauer, die sie errichtet hatte. Er versetzte ihr einen Stoß. »Was hast du gegen meinen Namen?«

»Nichts Spezielles. Mir gefällt City einfach besser. Außerdem nennst du mich immer Mary Catherine, das muss ich dir heimzahlen.«

»Aber Mary Catherine ist dein Name.«

»Na und, willst du etwa, dass ich dich Neville nenne?«

»Bloß nicht.«

»Siehst du?«

»Aber es gefällt dir, wenn ich dich Mary Catherine nenne.«

»Das stimmt nicht.«

Es gefiel ihr. Sie liebte es. »Jedes Mal wenn ich dich Mary Catherine nenne, gehen deine Mundwinkel ein kleines bisschen nach oben und deine Augen bekommen diesen träumerischen Ausdruck. Wenn ich's mir recht überlege, ist das der gleiche Ausdruck, den du bekommst, wenn ich …«

»Halt die Klappe, oder ich lass dich dreimal den Hügel hochlaufen.«

Der Hügel war hoch und steil. Nev reichte es normalerweise, ihn einmal hochzulaufen, so wie alle anderen, aber Cath lief bis zur Spitze hoch, bog rechts ab, sprang eine steile Treppe hinunter, bog noch einmal ab und lief ein zweites Mal hoch, einfach um pervers zu sein. Er machte mit, wenn sie zusammen joggten, aber zweimal war ihm mehr als genug. Er entschied sich dafür, den Gedanken nicht zu Ende zu führen.

»Willst du wirklich, dass ich aufhöre, dich Mary Catherine zu nennen?«, fragte er, als sie durch das Tor in den Rosengarten liefen. Er hoffte nicht. Der Name passte zu ihr, und er mochte es, ihn auszusprechen. Er gab ihm das Gefühl, als hätte er Zugang zu ihrem geheimen Selbst. Sie hatte ihm den Schlüssel nicht bewusst gegeben, ihn ihm aber auch nicht verwehrt.

Sie kamen an einem älteren Mann mit einem Pudel vorbei, der sich immer in diesem Teil des Parks aufzuhalten schien. »Guten Morgen, Arthur«, sagte Nev.

Arthur nickte ihm kurz zu. »Morgen.«

»Kennst du den Typen?«, fragte Cath, als sie den Garten verließen und den steilsten Hügel des Parks hinunterliefen.

»Nicht wirklich. Nur von hier. Ich hab mich ihm einmal vorgestellt.«

»Warum?«, fragte sie erstaunt.

»Ich habe ihn ständig gesehen und dachte, es wäre nett, ihn grüßen zu können.«

Cath hielt den Blick beim Laufen normalerweise auf ihre abgetragenen Turnschuhe gerichtet, aber jetzt drehte sie sich zu ihm und sah ihn mit einem verblüfften, leicht empörten

Ausdruck an. »Du hast mich auch ständig gesehen und dich mir nie vorgestellt.«

»Stimmt«, sagte er amüsiert und heimlich erfreut, dass es ihr etwas ausmachte. »Aber du bist auch viel Angst einflößender als Arthur.«

»Ach ja?«

Er grinste. »Du hast mir gefallen, Süße, aber ich war mir ziemlich sicher, wenn ich dir zum Gruß die Hand entgegenstrecke, würdest du sie abbeißen.«

Sie richtete ihre Aufmerksamkeit wieder auf ihre Füße, und ihr Lächeln blieb auf ihren Mund beschränkt. Aber er sah es. Er liebte es, sie zum Lächeln zu bringen.

Sie schwieg, während sie an der Vorderseite des Parks entlangliefen, doch als sie sich die Steigung des Hügels hinaufarbeiteten, sagte sie: »Mein Dad nannte mich Mary Catherine. Er ist gestorben, als ich vierzehn war. Danach konnte ich es nicht mehr ertragen, den Namen zu hören.«

Er ließ diese Information sacken. Sie erreichten die Spitze des Hügels, bogen ab und liefen die Treppe hinunter.

»Mochtest du es, wenn er dich so genannt hat?«

»Ich mochte alles an meinem Dad.«

Rechtskurve. Zurück auf den Asphalt. Wieder rauf.

»Du kannst mich Mary Catherine nennen, wenn du willst«, sagte sie, als sie fast oben waren. »Es macht mir nicht wirklich was aus. Bei dir.« Und dann ging es bergab, und sie zog plötzlich das Tempo an, sodass er sich anstrengen musste, um Schritt zu halten.

Annäherung gefolgt von Distanz. Anders kam sie mit Intimität nicht klar. Etwas preisgeben, sich dann zurückziehen.

Ihn herankommen lassen, dann die Schutzwälle verstärken. Er musste geduldig sein. Er konnte vorstoßen, aber nicht zu weit.

»Möchtest du heute Abend mit mir einen Film schauen?«, fragte er, als er sie wieder eingeholt hatte.

Sie zögerte nicht einmal. »Nein.«

»Willst du nicht mal wissen, welchen Film, bevor du dich entscheidest?«

»Nein. Wann hörst du auf zu fragen, ob ich mit dir ausgehe?«

»Nie. Früher oder später wirst du mich mit einem Ja belohnen.«

»Du bist ein hoffnungsloser Fall, City.«

Wenn sie wüsste!

Nev war seiner Mutter mehrere Tage lang erfolgreich ausgewichen, indem er ihre Anrufe ignorierte, aber schließlich hatte sie seine persönliche Assistentin angerufen und sie so lange schikaniert, bis sie ein Mittagessen arrangierte. Jetzt konnte er sie vor seinem Büro hören, wie sie die arme Angela mit einem Schwall kaum verhohlener Kritik an ihrer Frisur, ihrem Gewicht und ihrem Kleid überschüttete.

Er seufzte und stand vom Schreibtisch auf. Lieber sollte seine Mutter ihre Bösartigkeit an ihm auslassen. Seit er denken konnte, musste er sich die Liste seiner Fehler anhören.

»Mutter«, sagte er, als er in den Vorraum trat, wo Angela arbeitete. »Schön, dich zu sehen. Du siehst wunderbar aus.«

Evita Chamberlain war in der Tat mit vierundsechzig noch

immer eine schöne Frau mit ausdrucksvollen Gesichtszügen, stechenden grünen Augen – das Einzige, was sie ihm vererbt hatte – und glattem, vollem weißem Haar, das zu einem strengen Bob geschnitten war. Sie trug einen makellosen weißen Leinenanzug, dazu Perlen und eine schwarze Bluse. Sie sah wie immer aus wie aus dem Ei gepellt.

»Hallo Liebling. Ist das ein neuer Anzug? Den Designer kenne ich gar nicht.« Das war die Art seiner Mutter zu fragen, ob es ein Anzug von der Stange war. Er reagierte wie üblich, indem er sie ignorierte. »Ich dachte, wir könnten im Club zu Mittag essen. Winston kommt auch. Es ist schon so lange her, seit ich euch Jungen zum letzten Mal gesehen habe. Du kommst uns nie besuchen.«

»Ich komme am Feiertag.«

Sie zog eine Augenbraue hoch. Sie wussten beide, dass Winston wegen des Feiertags mit ihm gesprochen hatte. Und sie wussten beide, wer hinter dem Plan steckte. Aber keiner von beiden würde das Thema ansprechen. »Natürlich, aber es hätte mich gefreut, wenn du im Juli gekommen wärst. Wir haben ein wunderbares Wochenende mit den Richardsons verbracht. Du erinnerst dich sicher noch an ihre Tochter June. Ein hübsches Mädchen, sehr intelligent.«

Sie ging bereits los, während sie diese letzten Worte sagte, in der Erwartung, dass Nev ihr folgen würde. Das tat er auch. Die ganze Zeit über erzählte sie weiter von June Richardson, die Nev seines Wissens noch nie gesehen hatte, bis sie in der Lobby Grace Dawson trafen.

»Grace, wie schön, Sie wiederzusehen«, sagte seine Mutter in einem Ton, den Nev vollkommen gekünstelt fand. Seine

Mutter fasste Grace an den Ellbogen und hauchte ihr neben beide Wangen einen Kuss in die Luft.

»Mrs Chamberlain, welch eine Überraschung!«, erwiderte Grace, die die Begrüßung gefasst über sich ergehen ließ.

»Neville und ich sind gerade unterwegs zum Mittagessen mit seinem Bruder. Möchten Sie mitkommen? Ich würde sehr gerne mit Ihnen über die Kampagne sprechen. Grace und ich sind zusammen im Komitee gegen Kindesmissbrauch«, erklärte sie Nev.

»Es wäre mir ein Vergnügen«, sagte Grace, »aber ich möchte nicht stören.« Sie war eine bessere Lügnerin als Mutter. Oder vielleicht hatte er einfach nur mehr Erfahrung mit den Lügen seiner Mutter. Wie auch immer, Nev ließ sich nicht täuschen. Sie hatten alles vorher abgesprochen. Er fragte sich, ob sie ihn überhaupt brauchten oder ob sie ebenso gern mit einer Marionette, die seine Gesichtszüge trug, zum Mittagessen gehen würden.

»Du störst überhaupt nicht«, sagte Nev und spielte seinen Part in der Farce. Er bot Grace seinen Arm an. »Es wäre uns ein Vergnügen.«

Winston und Mutter fanden das ganze Essen über genügend Gesprächsstoff, um sich vorwiegend miteinander zu unterhalten, sodass Nev gezwungen war, sich um eine höfliche Unterhaltung mit Grace zu bemühen. Sie war eine attraktive Frau mit glattem dunkelbraunem Haar und einem eleganten Kleidungsstil. Ziemlich intelligent. Außerdem war sie unsicher, anhänglich und erschreckend egoistisch. Seit Nev nicht mehr mit ihr zusammen war, hatte er versucht, höflich zu ihr zu sein, sich zu rechtfertigen und sie sogar direkt abzuweisen, aber nichts schien sie von ihm abbringen zu können. Wenn es nicht so beunruhigend wäre, würde er beinahe bewundern, wie geschickt sie darin war, Gelegenheiten zu finden, ihn auf dem Gang im Vorbeigehen leicht zu berühren oder sich zu ihm zu beugen, um ihm etwas ins Ohr zu flüstern, als wären sie noch immer ein Paar.

Es ging ihr nicht um ihn. Eigentlich kannte sie ihn kaum. Aber Grace hatte sich anscheinend ernsthaft in seine Garderobe und seinen Familiennamen verliebt. Mutter war ebenso vernarrt in Grace' Stammbaum und ihre Designerschuhe. Sie waren wie füreinander geschaffen. Wenn sie ihn nur aus der Sache raushalten würden!

Nev versuchte freundlich zu sein, aber es fiel ihm schwer, sich auf das Gespräch zu konzentrieren. Er konnte nicht anders, als Grace mit Cath zu vergleichen. Obwohl sie im klassischen Sinn weniger hübsch war, hatte Cath schönere Augen. Ein strahlenderes Lächeln. Einen Körper, an den er nicht denken konnte, ohne einen Ständer zu bekommen. Er mochte ihre schwarze Kleidung und die knallbunte Unterwäsche. Er liebte ihr feines, weiches Haar, das sie zur Verzweiflung brachte, und die Art, wie sie sich mit ihren leicht unregelmäßigen Zähnen auf die Lippe biss, wenn sie beeindruckt oder erregt war.

»Neville?« Seine Mutter unterbrach seine Träumerei mit schneidender Stimme. »Ist es nicht interessant, was Grace gerade über den Feiertag gesagt hat? Du solltest sie mitbringen zu uns nach Leyton. Es würde ihr bestimmt gefallen, das Haus und das Grundstück zu sehen.«

Mist. Jetzt hatte er einen Moment nicht aufgepasst, und

schon hatte Mutter zum Todesstoß angesetzt. »Ich würde mich freuen, Grace einmal in Leyton zu sehen«, antwortete er und hoffte damit auszudrücken, dass ein solches Ereignis nur auf Veranlassung seiner Mutter hin eintreten würde, »aber für den Feiertag bin ich leider schon vergeben.« Winston und seiner Mutter zuliebe sprach er das Wort »vergeben« mit besonderer Betonung aus.

Mutter verzog verärgert die Lippen, aber anscheinend fiel ihr keine Möglichkeit ein, ihn auszufragen, ohne offenkundig unhöflich zu sein, also wechselte sie das Thema.

Als Grace sich entschuldigte, um auf die Toilette zu gehen, stürzte Mutter sich auf ihn. »Du hast gar nicht erwähnt, dass du für das Wochenende schon jemanden eingeladen hast, Neville. Du hättest es mir sagen sollen. Wer ist sie?«

Er zuckte mit den Schultern. »Kennst du nicht.«

»Und ist das zwischen dir und dieser Frau … etwas Ernstes?« Ihre Augen verengten sich. Sie wussten beide, worauf sie anspielte.

Er sollte Nein sagen, aber wenn er Ja sagte, würde er es sich ersparen, ein weiteres Mittagessen wie dieses über sich ergehen lassen zu müssen. Außerdem *war* das zwischen ihm und Cath etwas Ernstes. Auch wenn Cath es noch nicht wusste.

»Ja, ziemlich. Ich glaube, du wirst sie mögen, Mutter. Sie hat deine Lebensfreude.«

Grace kehrte zurück, und seine Mutter lenkte das Gespräch in eine andere Richtung. Aber er ertappte Winston mehrmals dabei, wie er ihn musterte, bis das Mittagessen endlich zu Ende war. Nev hatte sich eine kurze Gnadenfrist erkauft, aber um welchen Preis? Er konnte Cath schlecht zu seinen Eltern nach Leyton mitnehmen. Mutter würde sie hassen. Winston tat es jetzt schon.

Und Cath – sie würde da nicht hinpassen. Sie würde die falschen Klamotten tragen und die falschen Dinge sagen, und sie würde sehen, woher er stammte und ihn darum weniger mögen. Sie zog ihn jetzt schon wegen seines Akzents auf. Seine Herkunft war ihr unheimlich – oder zumindest sein Geld.

Einmal hatte er sie dabei überrascht, wie sie ihre ordentlich gefalteten Kleider in seinem Schlafzimmer auf den Boden legte. Er hatte ihr vorgeschlagen, sie stattdessen auf den Stuhl zu legen. Sie hatte sich geweigert und gesagt, der Stuhl sei mehr wert als drei Monatsgehälter von ihr.

»Es ist nur ein Stuhl, Süße«, hatte er gesagt.

Sie hatte ihm einen merkwürdigen Blick zugeworfen. »Nein, ist es nicht«, hatte sie geantwortet und ihre Sachen auf dem Boden liegen lassen.

Als Nev zu Grace sah, die bezüglich einer Unterhaltung mit ihm das Handtuch geworfen und angefangen hatte, mit seiner Mutter über Wohltätigkeitsarbeit zu sprechen, musste er ein Seufzen unterdrücken. Bei der Vorstellung, eine Frau wie sie zu heiraten – den Rest seiner Tage mit jemandem zu verbringen, der so besessen war von Äußerlichkeiten, Rang und Geld –, lief es ihm kalt den Rücken herunter. Aber er musste zugeben, dass es leichter wäre, als sich in eine Frau zu verlieben, die so gar nicht in sein Leben passte – und sich so wenig dafür interessierte, ein Teil davon zu werden.

Bankenregulierungen. Kapitalreserven. Weltweite Zinsraten. Er hörte dem Redeschwall aus dem Telefonlautsprecher jetzt schon geschlagene zwei Stunden zu, und der Notizblock auf seinem Schreibtisch war voll mit geistesabwesenden Kritzeleien. Hauptsächlich Kugelschreiberskizzen verschiedener Körperteile von Cath: die Kurve ihres Ohrs, das Tattoo um ihre Taille, ihr Mund. Es war halb fünf, und es gab keine Anzeichen dafür, dass die Vorstandstelefonkonferenz bald ein Ende finden würde. Vielleicht sollte er Angela bitten, etwas zum Essen für ihn zu bestellen, bevor sie nach Hause ging.

Er versicherte sich, dass sein Mikrofon auf lautlos gestellt war, und ging zur Tür seines Büros, die einen Spaltbreit offen stand. »… gerade in einem Telefongespräch, und ich darf ihn leider nicht stören«, sagte Angela. »Erwartet er Sie?«

»Nein. Tut mir leid. Er hat gesagt, ich könnte … Na ja, egal. Ich will ihn nicht unterbrechen.«

Caths Stimme. Er riss die Tür auf, und da stand sie im Vorraum seines Büros. Eine winzige Oase in der Wüste der Bank. Sehr wahrscheinlich eine Fata Morgana. Schon wandte sie sich zum Gehen.

»Cath.«

Ihr Mund wurde weicher, als sie ihn sah, und sie hob die Plastiktüte hoch, die sie in der Hand hielt. »Du hast gesagt, du würdest vielleicht länger arbeiten. Ich, äh, …« Sie blickte zu Angela, dann wieder zu ihm. »Ich hab dir was zum Essen mitgebracht.«

So wie sie das sagte, klang es, als hätte sie ein Verbrechen begangen. Nev konnte nicht anders – er grinste. »Cath, das ist Angela, meine persönliche Assistentin. Angela, das ist Cath. Sie darf mich jederzeit gern stören.«

Angela lächelte, offensichtlich erfreut über diesen Einblick in sein Privatleben. Sie drängte ihn immer, ihr von den Frauen zu erzählen, mit denen er sich traf. »Es freut mich, Sie kennenzulernen, Cath. Kann ich Ihnen etwas zu trinken anbieten?«

»Nein«, antwortete Nev und trat so nah an Cath heran, dass er sie mit einer Hand an ihrem Rücken zu seinem Büro führen konnte. Wenn er Angela erlaubte, ihr etwas zu trinken zu holen, würde sie sie noch ins Kreuzverhör nehmen. Er wollte Cath für sich allein haben. »Bitte, komm rein.«

Er geleitete sie durch die Tür und machte sie hinter ihr zu. Sie sah zu seinem Schreibtisch, wo die Stimmen aus dem Lautsprecher immer weiterleierten. »Ich sollte dich nicht bei der Arbeit stören. Tut mir leid. Das war keine gute Idee.«

Er konnte nicht widerstehen, legte die Arme um sie und zog sie an sich. »Ich freu mich, dich zu sehen. Ich höre mir den Mist schon seit Stunden an und wollte gerade einen rituellen Selbstmord begehen, als du aufgetaucht bist.«

»Also habe ich dir das Leben gerettet?«

»Ganz genau.« Er küsste sie und nahm sich Zeit, um ihren dunklen süßen Geschmack zu genießen und die Art, wie sie sich allmählich entspannte und mit ihm verschmolz. Ihre Lippen öffneten sich, und sie fuhr ihm mit den Fingern durchs Haar. Ihr Pulli war weich unter seinen Händen. Er ließ die Finger über ihren Hintern gleiten, der in einem engen Rock steckte, und seine Fingerspitzen ertasteten etwas Interessantes.

»Was trägst du da, Süße?«, flüsterte er und küsste ihren Hals. Er blickte über ihre Schulter. Der Rock war gerade und eng anliegend und reichte ihr bis zu den Knien, aber hinten waren an einer Stelle Falten eingesetzt, direkt unter ihrem Po. Sie trug Strümpfe mit Naht und höhere Absätze als sonst. Dieses Outfit flehte ihn an, sie über das nächste Möbelstück zu legen, mit den Händen an den Nähten hinaufzugleiten, die Falten beiseitezuschieben … Sein Mund wurde schon trocken, als er an diese Möglichkeiten nur dachte. Er stöhnte und küsste sie wieder, diesmal leidenschaftlicher.

Sie wich zurück und fragte: »Was passiert, wenn du nicht aufpasst und man dir eine Frage stellt?«

»Das ist nicht sehr wahrscheinlich. Ich soll nur mithören.«

»Gut.« Sie fing an, mit seiner Krawatte zu spielen. »Denn ich habe da so eine Fantasie. Willst du sie hören?«

Langsam verstand er, weshalb sie gekommen war. »Ich dachte, du wärst hier, um mir Essen zu bringen?«

»Nein, das hab ich nur gesagt, damit man mich reinlässt. Ich wollte sehen, wie dein Büro aussieht.« Sie schaute sich wieder um. »Echt schick. Mir war gar nicht klar, was für ein hohes Tier du bist.«

Schmeichelhaft, aber sein Gehirn war nach Süden gerutscht, als er die Strümpfe erblickt hatte, und es fiel ihm schwer, sich zu konzentrieren. »Was ist mit dieser Fantasie, Cath?«

»Ach ja. Das ist so eine Sekretärinnenszene, weißt du? Ich komme rein, du erledigst irgendwelche wichtigen Geschäfte an deinem Schreibtisch, und ich … Na ja, vielleicht sollten wir es einfach ausprobieren. Es sei denn, du möchtest lieber, dass ich wieder gehe.«

»Geh nicht.« Er könnte wegen so was gefeuert werden. Der Gedanke beunruhigte ihn nicht im Geringsten.

Ihre Mundwinkel hoben sich zu einem anzüglichen Lächeln. »Dann setzen Sie sich bitte, Sir, und lauschen Sie Ihrer Telefonkonferenz.«

Sobald er hinter seinem Schreibtisch saß, ging sie zurück zur Tür und drehte langsam und leise den Schlüssel um. Dann sah sie zu ihm auf, nun sehr energisch und geschäftig, und kam an seinen Schreibtisch.

Er war sich seiner Rolle ziemlich sicher. Er runzelte die Stirn und deutete auf das Telefon, dann drehte er seinen Stuhl leicht weg, als wollte er nicht gestört werden.

Sie nickte, rückte ein paar Papierstapel auf seinem Schreibtisch gerade, griff nach einer leeren Kaffeetasse und tat so, als wollte sie sie hinausbringen.

Er packte sie am Handgelenk, drehte sie herum und deutete mit hochgezogener Augenbraue auf seinen Schoß. Bei diesem Part war er sich weniger sicher, aber wenn sie eine Sekretärinnenfantasie hatte, lag es nahe, dass sie wollte, dass er das Kommando übernahm.

Aha, er hatte sich richtig entschieden. Sie nickte mit gesenktem Blick, stellte die Kaffeetasse ab, griff nach seinem Reißverschluss. Der Vorstandsvorsitzende kritisierte gerade die schlechte Leistung der Abteilung für Vermögensverwaltung, als Cath Nevs Hose öffnete und seine Boxershorts zur Seite schob. Sehr weit entfernt hörte er Winston etwas Wichtigtuerisches sagen, das die anderen zum Lachen brachte, während sie die Lippen um seinen Schwanz legte und ihn in ihren Mund sog. Sie war zu klein, um bequem vor seinem Stuhl knien zu können, also bückte sie sich in der Taille, den Hintern in die Luft gestreckt, die Beine gespreizt, stützte sich mit einer Hand auf dem Sitz ab und umfing ihn mit der anderen. Nev keuchte und strich mit den Fingern an ihrem Körper entlang.

Das hier war vollkommen verrückt. Riskant und verantwortungslos. So verdammt heiß, dass er es kaum aushalten konnte.

Er konnte sich nur dazu beglückwünschen, dass er sich geweigert hatte, an der Konferenz in demselben Raum wie Winston teilzunehmen.

Er und Cath waren inzwischen gut aufeinander eingespielt, sie berührte genau die richtigen Stellen mit dem richtigen Druck, um ihn um den Verstand zu bringen. Ihr Kopf ging zwischen seinen Beinen auf und ab, ihr Hintern wackelte verführerisch, und er musste den Blick abwenden und nach einer Ablenkung suchen, irgendwas, denn er hielt das nicht mehr lange aus, wenn er nicht schon in ihrem Mund kommen wollte.

Schon der Gedanke daran sorgte dafür, dass seine Hoden sich zusammenzogen, und er kämpfte einen langen Moment um seine Selbstbeherrschung. *Das ist ihre Fantasie, du egoistischer Idiot. Mach sie ihr nicht kaputt.*

»Dreh dich um«, sagte er mit heiserer Stimme. Sie richtete sich langsam auf, ließ noch einmal abschließend die Zunge kreisen und lächelte, bevor sie ihm den Rücken zuwandte.

»Spreiz die Beine.« Der Rock dehnte sich noch mehr über ihrem Hintern, sodass die Falten zwischen ihren Schenkeln sich öffneten. Gott, war sie heiß.

»Bück dich.« Das tat sie, und er war verloren. Er hatte vorgehabt, sie zu berühren, mit den Händen über ihre Schenkel zu streichen und sie mit der Zunge ebenso verrückt zu machen wie sie ihn, aber der Anblick, wie sie sich über seinen Schreibtisch beugte wie das schönste Geschenk der Welt, die Spitzensäume ihrer Strümpfe, die unter ihrem Rock hervorschauten – und Strumpfbänder, du lieber Himmel –, dieser Anblick war zu gut, um zu widerstehen. Er griff zwischen ihre Beine. Kein Höschen. Sie war feucht und glitschig, als er sie dort streichelte, heiß und angeschwollen, und sie stöhnte, während er mit dem Daumen über ihre Knospe strich, und brachte ihn damit zum zweiten Mal an den Rand der Verzweiflung.

»Verdammt noch mal, Cath.« Er schlug ihren Rock hoch, umklammerte ihre Hüften und drang mit einem einzigen harten Stoß und einem animalischen Stöhnen in ihre nasse Öffnung.

Er würde es nicht mehr lange aushalten. Zwei Stöße, drei, vier, und er war bereit zu kommen. Aber er wollte sie nicht unbefriedigt lassen, da er wusste, dass sie ebenfalls kurz davor war, also legte er wieder eine Hand zwischen ihre Beine. »Komm jetzt für mich, Süße. Das ist ein Befehl.«

Sie folgte ihm aufs Wort. Sie musste sich am Schreibtisch festhalten und in ihre Hand beißen, um kein Geräusch zu machen, während ihre inneren Muskeln sich um ihn zusammenzogen und noch den letzten Tropfen des wohl explosivsten Orgasmus seines Lebens aus ihm herauspressten.

Als sie sich entspannte, ließ er sich auf seinen Stuhl fallen und zog sie mit sich. Sie rollte sich auf seinem Schoß zusammen. Die Telefonkonferenz ging zu Ende, der Vorstandsvorsitzende erinnerte die anderen gerade an Datum und Uhrzeit der nächsten Sitzung. Nev streichelte geistesabwesend über Caths Arm, in seinem Kopf ging alles drunter und drüber.

Sie küsste ihn auf die Nasenspitze, eine ungewöhnlich zärtliche Geste für Cath. »Deine Wangen sind ganz rot. Jeder wird sofort sehen, was wir gemacht haben.«

»Das ist alles nur deine Schuld. Zwischen dem Rock und den Strümpfen gab es für mich keine Hoffnung mehr.« Er küsste sie auf den Scheitel. »Tut mir leid, dass ich mich nicht mehr um dich kümmern konnte. Es hat mich einfach umgehauen.«

Sie schmiegte das Gesicht an seine Schulter und lächelte. »Keine Sorge. Genau das hatte ich vor, als ich zur Tür hereingekommen bin.«

»Du wolltest mich so weit bringen, dass ich den Verstand verliere?«

»Mmm-hmm.« Sie strich mit einer Hand über seine Krawatte und kuschelte sich an seinen Hals. »Ich liebe es, wenn du ganz wild wirst und dabei noch deinen Anzug trägst. Der unartigste Banker der Welt. Ich wollte dich so weit bringen, dass du in deinem piekfeinen Büro ausrastest vor Lust.«

Er lachte. »Du bist eine gefährliche Frau. Wie lange hast du meinen Sturz schon geplant?«

»Seit ein paar Tagen.«

»Hast du noch mehr Fantasien, von denen ich wissen sollte?«

Mit einem verruchten Lächeln antwortete sie: »Jede Menge. Aber ich verrate dir keine einzige.«

Sie stützte sich auf seine Brust, und er ließ sie widerwillig aufstehen. »Bist du wichtig genug, dass dir eine eigene Toilette zusteht?«, fragte sie und schob ihren Rock zurecht.

Er deutete auf die Tür des WCs, und sie verschwand für ein paar Minuten, während er seinen Anzug wieder in Ordnung brachte. Auf dem Weg zurück zu ihm griff sie nach der Plastiktüte und stellte sie auf seinen Schreibtisch. »Ich hoffe, du magst Phat Thai, City. Ich war nicht sicher, ob es deinen Ansprüchen genügt.«

»Bleibst du denn nicht?«

Natürlich nicht. Sie war in seinem Büro aufgetaucht – das Schrillste, Aufregendste, was ihm den ganzen Tag passiert war – und hatte ihm an seinem Schreibtisch einen Blowjob verpasst. Selbstverständlich würde sie nicht mit ihm zusammen essen. *Das* wäre zu intim.

»Nein, ich kenn dich doch. Sobald ich in deinem Büro mit dir esse, nennst du das ein Date.«

Er folgte ihr durch den Raum und küsste sie noch einmal, bevor er die Tür öffnete. »Kommst du nachher noch zu mir?«

»Vielleicht.«

»Bitte.«

»Ja, okay, ich komme.« Sie zeichnete mit einer Fingerspitze seinen Kiefer nach. »Aber ich sage nicht, um wie viel Uhr.«

Mitten auf dem Gang traf sie Winston, der unterwegs zu Nevs Büro war. »Hi Winston, alles fit?«, fragte sie.

Winston antwortete nicht, aber er drehte sich um und schaute ihr hinterher. Als er so unverschämt war, Nev einen anerkennenden Blick zuzuwerfen, hätte Nev seinem Bruder am liebsten eine reingehauen.

»Die schon wieder?«, fragte Winston. »Was findest du bloß an der Frau?«

»Was willst du?«

»Ich habe mit Mutter gesprochen. Sie macht sich Sorgen, dass du die Bedingungen für deine Beförderung nicht ernst nimmst.«

»Ist das alles?«

Winston musterte ihn abschätzig. »Du bist in letzter Zeit ziemlich seltsam. Ich weiß nicht, ob das an dem Mädchen liegt, mit dem du in die Kiste steigst, oder an sonst was, aber du solltest dich langsam wieder fangen.«

»Wenn ich deinen Rat brauche, werde ich dich darum bitten.«

Nev schlug seinem Bruder die Tür vor der Nase zu.

Winston war gekommen, um ihm zu drohen. In Ordnung. Nev hatte verstanden. In ein paar Wochen würde er seinen Job verlieren.

Jetzt gerade fiel es ihm schwer, einen Grund zu finden, weshalb er das verhindern sollte. Er hatte von Anfang an nicht in der Bank arbeiten wollen, und obwohl er viele Jahre und viel Mühe hineingesteckt hatte, verschaffte ihm sein Job nicht annähernd so viel Befriedigung wie die Malerei.

Die Vorstellung, dass er seiner Familie erlauben würde, ihn zu einer Heirat zu zwingen, wäre zu jeder Zeit absurd gewesen, aber jetzt ganz besonders. Er war nicht daran interessiert, eine passende Frau zum Heiraten zu finden. Erst recht nicht, seit er sich in Cath verliebt hatte.

# 11

Sie liebte es, ihn dabei zu beobachten, wie er auf sie zukam. Darauf freute sie sich jedes Mal, wenn sie auf der Stufe vor seinem Haus auf ihn wartete.

Sie hatten in den drei Wochen ihrer Bekanntschaft – oder wie auch immer man das nennen sollte – eine gewisse Routine entwickelt. Wenn sie Nev im Zug traf, gingen sie zusammen direkt zu ihm nach Hause. Aber an anderen Abenden ging sie in ihre eigene Wohnung, um zu duschen, sich umzuziehen und zu Abend zu essen, und kam dann in der Dämmerung zu ihm. Oft kam er dann gerade erst nach Hause, und er lächelte, wenn er sie sah. Das löste jedes Mal ein Kribbeln bei ihr aus.

Heute Abend sah er erschöpft aus, der arme Kerl. Er arbeitete zu viel. Sie konnte sich nicht mal annähernd vorstellen, was er den ganzen Tag in seinem Palastbüro machte. Sein Kopf musste voll mit seltsamem Finanzkram sein, von dem sie nicht den leisesten Schimmer hatte, aber er hatte bisher kein einziges Mal auch nur eine Zinsrate erwähnt, wenn sie in Hörweite war.

»Hallo Schatz. Wie war dein Tag?«, fragte sie, als er näher kam.

Grinsend löste er seine Krawatte. »Hast du mich gerade ›Schatz‹ genannt?«

»Das war eine Donna-Reed-Imitation. Stell dir vor, ich würde eine Schürze tragen.«

»Was trägst du unter der Schürze?«, fragte er, und sie lächelte, als ihr einfiel, wie unbewandert er auf dem Gebiet der Popkultur war.

»Vergiss es. Das verstehen nur Amerikaner.«

Er schloss die Haustür auf, öffnete sie und ließ ihr den Vortritt. Ladys first. Ein echter Gentleman. »Mein Tag war ziemlich schrecklich«, sagte er. »Und deiner?«

»Eigentlich super.« Nachdem Christopher sie gezwungen hatte, den Teil über die Wirtschaftskrise zum dritten Mal neu zu schreiben, hatte er endlich grünes Licht dafür gegeben, dass ihr Name auf dem Ausstellungskatalog erscheinen durfte. Sie war den ganzen Nachmittag in Hochstimmung gewesen. Sie fühlte sich bedeutsamer, erwachsener, wichtiger als je zuvor. Auch größer. Vielleicht wie eins sechzig. Oder sogar eins zweiundsechzig.

Am Ende der Treppe reichte Nev ihr einen Ring mit zwei glänzenden neuen Schlüsseln. »Der ist für dich, Süße. Ich möchte nicht, dass du im Dunkeln da draußen auf der Stufe sitzt.«

*Schlüssel. Oh Shit, Schlüssel.* Die ganze Freude verpuffte, und stattdessen machte sich Panik in ihr breit. »Du hast mir Schlüssel zu deiner Wohnung machen lassen?«

»Ja, richtig. Probier sie aus. Nimm den mit der roten Markierung.«

Ihre Hand zitterte, als sie ihn ins Schloss steckte, aber sie schaffte es, obwohl ihr Gehirn nur noch denken konnte: *Schlüssel, Schlüssel, er hat dir Schlüssel gegeben.* Schlüssel waren etwas Großes. Ein Symbol. Es gab Songs über Schlüssel. Gedichte. Sie war nicht bereit für Schlüssel. Aber trotzdem schloss sie die Tür auf, was sollte sie auch sonst machen, sich weigern, sie anzunehmen? Es waren nur zwei Stückchen Metall an einem Ring. So gemein war sie nun auch wieder nicht.

Um dem Moment die Feierlichkeit zu nehmen, fragte sie: »Woher willst du wissen, dass ich nicht deine ganzen Sachen durchwühle, wenn du nicht zu Hause bist? Dass ich nicht dein Kleingeld klaue und in deiner Unterhosenschublade stöbere?«

»Hast du das denn vor?«

»Vielleicht.«

Er lächelte und griff über ihre Schulter, um die Tür aufzustoßen. »Was glaubst du, was du da finden würdest?«

Nichts. Da würde nichts zu finden sein, denn er war ein guter Mann und ein offenes Buch. Er beantwortete jede Frage und gab ihr alles, worum sie ihn bat. Das machte es nur noch unfairer, wie sie die Dracheneier beschützte, in denen sich ihre Geheimnisse verbargen. Wie sie jedes Mal Feuer spuckte, sobald er sich ihnen näherte.

»Eine Schachtel mit dem Kopf deiner toten Frau?«, schlug sie vor.

Das brachte ihn zum Lachen, was natürlich ihre Absicht gewesen war. Die Stimmung auflockern. Der großen bösen Wahrheit ausweichen, dass sie ihn nicht verdiente. Er hatte sich die Mühe gemacht, ihr Schlüssel anfertigen zu lassen, und sie wollte ihm nicht einmal sagen, wo sie wohnte.

Das Schlimmste war, dass sie es wollte. Manchmal, wenn

sie zusammen im Bett lagen, spürte sie alles, was sie ihm nicht sagte, wie einen festen, drückenden Kloß tief in ihrer Kehle, und sie wollte den Mund aufmachen und alles rauslassen, in einer einzigen Flut unzusammenhängender Informationen. Flugrouten und Krankenhausaufenthalte. Tourdaten und Polizeiberichte. Familienurlaube und Weihnachtserinnerungen und die ganze üble Geschichte vom Tod ihres Vaters und ihrer missratenen Ehe und ihrem verlorenen Baby. Sie würde ihm der Reihe nach die Tattoos erklären. Alles loswerden und es hinter sich bringen.

Was sie davon abhielt, war die Tatsache, dass sie nicht wusste, was dann zwischen ihnen sein würde. Denn im Moment konnte niemand leugnen, dass diese Sache zwischen ihr und Nev seltsam war, dass sie sich nicht auf natürliche Weise entwickelte wegen all der Regeln, die sie aufgestellt hatte: niemals über Nacht bleiben, niemals über die Vergangenheit reden, niemals etwas Wichtiges erzählen, niemals persönliche Fragen stellen. *Konzentrier dich auf den Sex, bleib im Hier und Jetzt, dann bist du in Sicherheit.*

Womöglich wollte er sie nicht mehr sehen, wenn sie ihm all ihre Geheimnisse erzählte. Das konnte passieren, und es machte ihr Angst. Aber nicht annähernd so viel Angst wie die Alternative: Was war, wenn er alles erfuhr, und es ihm gar nichts ausmachte? Was wären sie und Nev dann? Wäre dann die Luft raus, und sie würden zu etwas ganz Normalem werden? Hätten sie dann auf einmal eine Beziehung?

Sie konnte mit Nev keine Beziehung haben. Sie hatte One-Night-Stands und einwöchige Affären gehabt, heiße Wochenenden und Freundschaften mit Extras, aber sie war seit

Jimmy in keiner richtigen Beziehung mehr gewesen, und sie wollte auf keinen Fall wieder eine haben. Was auch immer man brauchte, damit die Verbindung zu einem anderen Menschen hielt, sie hatte es nicht. Hatte es nie gehabt. Sie war die Tochter ihres Vaters: Strohfeuer und Scherze, Glitzer und Spaß. Niemals etwas Beständiges.

Deshalb hatte sie die Tattoos – um ihre Fehler auf ihrem Körper zu verewigen. Sie sollten sie daran erinnern, wer sie war. Dazu waren auch die Regeln da. Sie hatte ihre Grenzen festgesteckt, um sich selbst daran zu hindern, sie zu überschreiten. Die Tattoos dienten ihrer Sicherheit.

Aber mit Nev hatte sie sich schon so weit von der Sicherheitszone entfernt, dass sie die Warnungen der neuen Cath gar nicht mehr hören konnte. Die Stimme ihres Gewissens war immer leiser geworden, und dann wurden die Signale undeutlich und die Rauchzeichen immer schwächer. Sie trieb hilflos umher. Mit Schlüsseln.

»Willst du einen Whiskey?«, fragte Nev.

*Gott, ja.* »Gerne.«

Er verschwand in der Küche, und sie ging zur Couch in seinem Studio. Als er wiederkam, hatte er das Jackett und die Krawatte ausgezogen und hielt zwei Gläser Scotch in den Händen, pur. Er streifte die Schuhe ab und ließ sich schwer auf das Polster neben ihr fallen, dann reichte er ihr einen Drink. Sie drehte sich um, sodass sie zusammen aus dem Fenster schauen konnten, ihr Rücken an seiner Brust und ihr Kopf auf seiner Schulter.

Er nahm einen kräftigen Schluck, dann ließ er den Kopf zurück aufs Polster sinken und seufzte. »Jetzt geht's mir besser.«

Ihr auch. Jedes Mal. Wenn ihre Körper sich berührten, hörte ihr Verstand auf mit dem rasenden Hamsterradwahnsinn und kam zur Ruhe.

Sie nippten schweigend an ihren Drinks und lauschten den Geräuschen, die von der Straße heraufdrangen, während es im Zimmer langsam dunkler wurde und der Himmel draußen sich in sein eigenes Negativ verkehrte, von weißgrau nach grauweiß. Die geringfügige Verwandlung einer bedeckten Londoner Nacht. Der Whiskey entzündete ein warmes Glühen in Caths Bauch, lockerte ihre Glieder, und Nev entspannte sich hinter ihr. Sein Atem wurde langsamer und tiefer, während er eine schwere Hand auf ihren Schenkel legte und dort ruhen ließ.

Auch das gehörte zu ihrer Routine. Die Stille. Noch etwas, was sie nur durch ihn kennengelernt hatte.

»Ich kann immer noch nicht glauben, dass du nie *Ist das Leben nicht schön?* gesehen hast. Das ist mein Lieblingsfilm.«

Sie stand an der Arbeitsplatte in der Küche und schaufelte Nudeln aus dem Asia-Imbiss auf zwei Teller. Nev legte von hinten einen Arm um ihre Taille und rieb seine Nase an ihrem Nacken. »Also schauen wir deinen Lieblingsfilm? Ich mache *wirklich* Fortschritte.«

Sie schlug ihm spielerisch auf den Arm. »Jetzt übertreib mal nicht, City. Mir ist heute bei der Arbeit aufgefallen, dass ich nicht mal deinen Nachnamen kenne.«

Er glitt mit einer Hand über ihren Bauch und zwischen ihre Schenkel und machte es ihr schwer, mit dem Löffel zu hantieren, einerseits, weil sein Arm ziemlich im Weg war, und andererseits, na ja, *mmmh.* »Mein Nachname? Ich heiße Chamberlain.«

Er tat etwas mit seinem Daumen, das sie zwang, den Löffel fallen zu lassen und nach Luft zu schnappen, aber dann wurde der animalische Teil ihres Gehirns abgelenkt vom hysterischen Schreien des denkenden Teils ihres Gehirns, und sie drehte sich in seinen Armen um, legte beide Hände auf seine Brust und stieß ihn zurück.

»Was ist los?« Sein Blick war genießerisch und heiß, als hätte er darüber nachgedacht, sie als Vorspeise direkt auf der Arbeitsplatte zu vernaschen. Was er vermutlich auch getan hätte.

»Du heißt Neville Chamberlain? Wie der Premierminister?«

Sein Blick wurde sehr viel nüchterner, und er seufzte: »Ja.«

»Krass«, sagte sie grinsend. »Ihr seid aber nicht verwandt, oder?«

»Sehr entfernt, mütterlicherseits. Aber den Namen habe ich meinem Vater zu verdanken. Er ist ein Geschichtsfreak.«

Neville Chamberlain. Bei der Namenslotterie hatte er nicht gerade das große Los gezogen. Ihr Name war nicht viel besser, aber zumindest gab es keine Verbindung zu einem Premierminister, zu dem einem als Erstes einfiel, dass er sich bei Hitler verschätzt hatte.

Aber der Name hatte so einen hübschen Klang. Nev Chamberlain. Ihr Kerl. Außerdem sah er aus wie ein begossener Pudel, als hätte er dieses Gespräch schon tausendmal geführt und es jedes Mal gehasst.

Sie entschloss sich, ihn aufzumuntern. »Er ist mein Lieblingspremierminister«, sagte sie und tätschelte ihm die Brust, bevor sie die Arme um seine Hüften schlang.

»Du machst dich über mich lustig.«

»Nein, ehrlich nicht. Er hat nur einen schlechten Ruf wegen seiner Beschwichtigungspolitik. Es macht mich immer traurig, mir vorzustellen, wie er nach dem Treffen mit Hitler aus München zurückgekommen ist. Er muss so stolz gewesen sein. Er hatte sich dem Diktator widersetzt, und sie hatten verhandelt, und nun konnte er nach Hause kommen und den Leuten sagen, er habe den ›Frieden für unsere Zeit‹ gesichert.«

Sie sagte das ganz feierlich und wedelte mit einem Arm durch die Luft. Sie hatte den Satz immer gemocht. »Kannst du dir vorstellen, wie das gewesen sein muss? Das Land muss ausgerastet sein. Alle waren total aufgedreht, weil niemand noch einen Krieg wollte, nachdem der letzte so böse geendet hatte, erst recht nicht mitten in der beschissenen Wirtschaftskrise. Und dann stellt sich heraus, dass der arme Neville sich verschätzt hat, weil Hitler ein Psycho war, dem man nicht trauen konnte, und der Krieg beginnt sozusagen am nächsten Tag. Er muss so enttäuscht gewesen sein. Aber es war nicht seine Schuld, man kann ihm höchstens vorwerfen, dass er zu blauäugig war.«

Nev strich mit den Händen über ihren Rücken, von den Schulterblättern bis zum Steißbein und wieder zurück. Sie liebte es, wenn er das tat. Seine Hände waren so groß, dass sie sich dann nicht so winzig fühlte, sondern eher zierlich. Weiblich. Sie merkte, dass er versuchte, nicht zu lächeln, aber es gelang ihm nicht sehr gut. Er schien es immer zu mögen, wenn sie so drauflosplapperte. »Ich glaube, genau das wirft man ihm auch vor.«

Cath zuckte die Achseln. »Er hat nur getan, was alle von ihm erwarteten. Wie hätte er wissen können, dass Hitler sich als vollkommen wahnsinnig herausstellen würde?«

Daraufhin brach das Lächeln hervor und erhellte sein Gesicht. »Das ist eine sehr großzügige Interpretation, meine Liebe. Sag mal, hast du das in deiner kirchlichen Privatschule gelernt? Denn ich hatte bislang immer stark den Eindruck, dass ihr Amis keine Ahnung von Geschichte habt, abgesehen von eurer eigenen.«

Er wusste nicht, dass im *V & A* die Geschichte jeden Tag ihren Alltag bestimmte und dass ihre Mutter aus England stammte. Die Kluft, die dieser Kommentar zwischen ihnen aufriss, war schmal, aber trotzdem wehte ein kalter Wind hindurch, der sie daran hinderte, den Augenblick zu genießen.

Ihre Schuld. Sie hatte die Kluft geschaffen. Und sie hasste sich so sehr dafür! Sie war es leid, wie sie ihre Freude aneinander auf immer wieder neue Arten sabotierte. Er tat tausend Dinge, die sie beide glücklich machten, und manchmal hatte sie das Gefühl, sie dankte es ihm, indem sie immer wieder mit einem Luftgewehr auf ihn zielte. Ein Schuss würde ihm nicht wehtun – mit einem Luftgewehr konnte man nicht mal ein Eichhörnchen erlegen –, aber Nev hatte es einfach nicht verdient.

Ihre Regeln waren dumm. *Sie* war dumm. Sie hatte es echt satt, sich wegen Nev dumm zu fühlen.

»Meine Mom stammte aus England«, sagte sie. »Und ich habe bei der Arbeit mit englischer Geschichte zu tun, ich bin die Assistentin einer Kuratorin im *V & A*. Aber meistens beschäftige ich mich mit der Geschichte des Strickens.«

Er sah sie lange prüfend an und suchte nach etwas in ihren Augen. Ihm war bewusst, was sie gerade getan hatte. Vielleicht suchte er nach dem Grund dafür.

»Tatsächlich?«, fragte er schließlich, und seine Lippen hoben sich langsam zu einem Lächeln. »Das freut mich zu hören.« Er zog sie an sich für einen intensiven, langen Kuss, der ihren Herzschlag beschleunigte und ihr Blut in Wallung brachte. Ein Kuss für das Teilen von Geheimnissen und fürs Händchenhalten und einander lieben. Ein Kuss, der sie weich und verletzlich machte und sie all das akzeptieren ließ.

Als sie wieder Luft holten, legte er seine Stirn an ihre. »Wenn du mir sonst noch was erzählen willst, Süße, egal was – ich höre dir zu.«

Sie wartete auf das Panikgefühl, aber es musste den Zug verpasst haben. Stattdessen war Cath völlig ruhig. Ein wenig erregt. Hungrig aufs Abendessen. Zufrieden mit sich.

Huch?

»Danke«, sagte sie. »Aber lass uns einfach essen und den Film schauen, okay?«

Nev hatte keinen Fernseher, also holten sie den Computer aus seinem Arbeitszimmer und stellten ihn auf einen Stuhl gegenüber der Couch im Studio.

Cath versank bald in der Geschichte von George Bailey, dem Jungen, der die Welt sehen wollte und stattdessen sein

Leben lang in Bedford Falls festsaß, wo er alles, was er sich wünschte, für die Liebe einer anständigen Frau und das Wohl seiner Mitmenschen opferte.

Sie hatte den Film seit Jahren nicht mehr gesehen. Ehrlich gesagt hatte sie sich davor gefürchtet, weil sie ihn immer mit ihren Eltern zu Weihnachten geschaut hatte. Aber Nevs Allgemeinbildung hatte beträchtliche Lücken, was amerikanisches Kino anbelangte, und sie hatte sich geschworen, etwas dagegen zu tun.

Der Film brachte eine ganze Wagenladung an Erinnerungen mit sich. Sie kannte jede Szene, so gut wie jeden Dialog. Aber auf der Couch an Nev gekuschelt, in seinen Armen, ging es ihr gut. Mehr als gut.

George und Mary waren im Taxi unterwegs in die Flitterwochen, als Nevs freie Hand zu wandern begann, und bald küsste er ihren Hals und drückte etwas Hartes gegen ihre Kehrseite. Sie konnte nicht anders, als sich ebenfalls an ihn zu drücken, und ebenso wenig konnte sie etwas dagegen tun, ihr Puls schlug schneller, und ihre Brüste bettelten um Aufmerksamkeit, wann immer er sie berührte. Immerhin gelang es ihr, einen halbherzigen Protest zu äußern: »Du sollst den Film schauen. Gleich kommt eine ganz tolle Szene.«

»Ich bin multitaskingfähig.«

Die Hand wanderte unter ihr Shirt und hielt auf ihrem Bauch inne, während George und Mary die *Bailey-Building-and-Loan*-Bausparkasse retteten. Dann öffneten seine geschickten Finger den Knopf ihre Shorts, zogen den Reißverschluss auf und blieben auf ihrem Schamhaar liegen.

Sie hob die Hüften und ermunterte ihn damit weiterzumachen. Nev lachte leise. Er drang mit einem Finger in sie ein und glitt langsam nach oben. Cath atmete bebend ein und wieder aus. Sie würde nie genug davon kriegen, wie er sie berührte. Das war einfach nicht möglich.

»Dein Höschen ist ganz feucht, Mary Catherine«, flüsterte er ihr ins Ohr. »Soll ich es dir ausziehen?«

»Psst. Du verdirbst den Film.« Aber sie hatte die Augen bereits geschlossen.

Nev streckte die Hand aus, um die DVD anzuhalten. »Zeit für eine kurze Unterbrechung.«

Bevor sie den Film wieder einschalteten, verschwand Nev aus dem Zimmer und kam mit einem eingepackten Geschenk zurück. »Wofür ist das?«, fragte sie, während sie es entgegennahm.

Er zuckte mit den Schultern.

Cath riss das Papier auf. Sie war noch nie so verwöhnt worden wie von Nev. Er brachte ihr immer kleine Überraschungen mit: Kaffee am Bahnhof, ein neues Notizbuch. Schlüssel zu seiner Wohnung.

»*Oreos!* Oh, Nev! Wo hast du die denn her?«

Er grinste, erfreut über ihre Reaktion. »Ich hab sie zufällig bei *Sainsbury's* gesehen.«

Cath beugte sich zu ihm, um ihm zum Dank einen Kuss zu geben. Er legte eine Hand an ihr Gesicht, und dabei lag eine Zärtlichkeit in seinen Augen, die er normalerweise sorgfältig versteckt hielt. Obwohl sie wusste, dass sie da war. Sie war zwar dumm, wenn es um ihn ging, aber *so* dumm war sie nun auch wieder nicht.

»Weißt du, dass du gerade zum ersten Mal meinen Namen gesagt hast?«, fragte er.

Sie drückte die Wange an seine Finger und schloss die Augen. »In meinem Kopf bist du immer Nev«, gestand sie. Anscheinend war es eine Nacht der Geständnisse.

Er küsste sie auf die Stirn. »Der Film macht dich sentimental.«

»Nein, das kommt von den Cookies.« Sie riss die Folie auf. »Hast du Milch da?«

»Tut mir leid, Süße. Milch ist was für Kinder. Und Amerikaner.«

Sie schalteten den Film wieder ein und aßen die *Oreos*. Nev gab ihr recht, dass sie ekelhaft waren, und verschlang fast so viele wie sie. Die Cookies nach dem Abendessen und nach dem Whiskey lagen ihr etwas schwer im Magen, und der Film überflutete sie mit einer hilflosen, verzweifelten Liebe zur Menschheit. Nevs Hand war in der flimmernden Dunkelheit ihr Anker.

Als alle Einwohner von Bedford Falls zu Georges Haus eilten, um ihm in der Stunde seiner Not zu helfen, weinte sie. Das tat sie immer. Aber diesmal konnte sie nicht mehr aufhören. Als sie George umgeben von seiner Frau und seinen Kindern, seinen Verwandten und Freunden sah – alle seine Lieben sangen am Weihnachtsabend zusammen *Auld Lang Syne* –, traf sie eine Erkenntnis wie ein Schlag in den Magen.

Bevor ihr Dad gestorben war, hatte sie gewusst, wie es sich anfühlte, zu einer solchen Familie zu gehören, an einem Ort verwurzelt zu sein, umgeben von Menschen, die sie kannten und lieb hatten. Sie hatte Onkel und Cousins gehabt und nach der Messe am Sonntag Cannelloni gegessen. Man hatte ihr Geschichten erzählt und gutmütige Scherze gemacht, und sie hatte Sonntagsschuhe und einen Weihnachtsstrumpf mit ihrem Namen besessen.

Es war eine Million Jahre her, seit sie irgendwo hingehört hatte – oder zu irgendjemandem.

Nev zog sie auf seinen Schoß und strich ihr über den Rücken. Sie schmiegte sich an ihn, und sein vertrauter männlicher Duft legte sich auf die scharfen Kanten, und sein Herzschlag an ihrer Wange linderte den Schmerz. Als keine Tränen mehr kamen, wischte er ihr mit der Handfläche das Gesicht ab und küsste sie.

»Willst du mir sagen, warum du geweint hast?«, fragte er.

Sie wollte. Das war nichts Neues. Neu war, dass sie es auch tun würde.

Scheiß auf die Regeln. Wenn sie schon dazu verdammt war, sich von Nev das Herz brechen zu lassen – und das war sie auf jeden Fall –, warum sollte sie dann versuchen, es mit einem windschiefen kleinen Zaun zu schützen? Das würde sie nicht mehr tun. Sie würde ihm vertrauen, weil er es verdiente. Wenn er dann zwangsläufig einsah, dass sie nichts wert war und sie in die Gosse verstieß, hätte sie eben eine Sache mehr zu bedauern. Aber bis dahin wollte sie wissen, wie es sich anfühlte, zu ihm zu gehören.

»Meine Eltern sind tot«, sagte sie. »Und ich habe eine schreckliche Familie.«

Er strich ihr mit der flachen Hand übers Haar. »Was meinst du mit ›schrecklich‹?«

»Zu groß, zu laut, zu neugierig. Zu verbrecherisch.«

»Verbrecherisch?«

»Mafia«, erklärte sie. »Wir sind ziemlich bekannt in Chicago. Es ist ganz praktisch, wenn man im Restaurant einen Tisch will, aber weniger praktisch, wenn man moralische Bedenken im Hinblick auf das organisierte Verbrechen hat.«

»Verstehe.« Sein Mund wurde schmal, und er schien nach einem neutralen Kommentar zu suchen.

Cath lächelte. »Keine Sorge. Es ist nicht so schlimm, wie es sich anhört. Mein Großonkel Pete ist der eigentliche Obergangster. Mein Dad war blitzsauber. Er war Anwalt und machte fast nur todlangweiliges Zeug – Verträge und Scheidungen und so was. Ich glaube, damit wollte er vermeiden, dass man ihn bat, seine Brüder und Onkel und Cousins zu verteidigen, wenn sie in Schwierigkeiten gerieten. Aber er liebte seine Familie, deshalb waren wir alle immer zusammen. Bis auf Mom. Sie mochte die Talaricos nicht besonders. Ganz ehrlich, ich habe keine Ahnung, wie sie überhaupt mit Dad zusammengekommen ist. Sie waren so unterschiedlich. Sie wünschte sich ein ruhiges, geregeltes Leben. Ich schätze, sie muss ihn aufregend gefunden haben, als sie ihn kennenlernte, aber dann nach einer Weile hatte sie genug von der Aufregung. Also bekam sie ein Baby, doch ich wurde genau wie er.« Nach einer Pause fügte sie hinzu: »Ich hab sie auf die Palme gebracht.«

»Du musst ihn vermissen.« Er fuhr mit einem Finger an ihrem Ohr entlang. Sie richtete sich ein wenig auf, sodass ihre Wange seine stoppelige Kehle streifte, schmiegte sich dann dichter an ihn und genoss die Wärme seiner Haut an ihrer und die Art, wie er atmete, langsam und regelmäßig.

»Ja. Aber das bin ich gewohnt. Was mich fertigmacht, ist, dass ich sie *alle* vermisse.« Sie sah zu ihm auf. »Als ich Chicago verlassen habe, war ich sicher, dass ich niemals zurückkehren würde. Ich habe alle Brücken hinter mir abgerissen.«

*Sehr witzig, Cath.* In Wirklichkeit hatte sie ihr Haus in Brand gesteckt – eigentlich Jimmys Haus, aber was ihm gehörte, gehörte auch ihr. Es war eine Art Unfall gewesen, aber sie war wegen Brandstiftung verhaftet worden. Onkel Pete war ihr zu Hilfe geeilt, und sie hatte sich in etwa so dankbar wie eine Giftschlange gezeigt. Tattoo Nummer zwei.

Aber sie musste Nev nicht alles auf einmal erzählen.

»Und jetzt würdest du gern zurückgehen?«

Sie strich mit der Hand über seine Brust. Er trug ein altes dunkelblaues T-Shirt, der Spruch darauf war so verwaschen, dass man ihn nicht mehr lesen konnte. Weicher Stoff über harten Muskeln. Sie wollte nirgendwo hingehen. Sie wollte hier bei ihm bleiben.

»Nein. Aber ich würde gerne die Zeit zurückdrehen.«

Er lächelte sie traurig an. »Das geht leider nicht, Süße.«

Schade. Sie würde so vieles anders machen. Wenn sie ihre Jugend wiederholen könnte, würde sie sich mehr Mühe geben, sich mit ihrer Mutter zu vertragen. Sie würde sich nicht von Jimmy schwängern lassen oder sich zumindest weigern, ihn zu heiraten. Oder vielleicht würde sie zu einem späteren Zeitpunkt in ihrem Leben neu anfangen und es besser machen, nachdem sie ausgezogen war. Sie würde diese verlorenen Jahre ungeschehen machen, in denen sie durch Europa getingelt und Musikern und Künstlern und Träumen hinterhergejagt war, und sie stattdessen in der Uni verbringen.

Aber da war ja die Sache mit dem Schmetterlingseffekt. Wenn sie irgendwas anders gemacht hätte, wäre ihr ganzes Leben anders verlaufen, und dann wäre sie jetzt nicht hier mit Nev.

»Nein, das geht nicht. Aber das ist okay. Es ist schon alles ganz gut so.«

Sie wechselte die Position, sodass sie rittlings auf Nevs Schoß saß, dann legte sie ihre Hände an seinen Kopf und betrachtete ihn. Die vertrauten Züge seines hübschen Gesichts. Diese Augen, beinahe schwarz im gedämpften Licht, aber noch immer so warm und fürsorglich wie eh und je. Sie küsste ihn auf die Lippen. Dann küsste sie seine Wangenknochen und die Stelle zwischen seinen Augenbrauen. Seine geschlossenen Augen und seinen Nasenrücken. Sein stoppeliges Kinn und die Stelle direkt neben seinem Ohr, die ihm den Atem stocken ließ. Sie hatte sich noch nie zuvor erlaubt, ihn so zu berühren. Noch nie hatte sie ihm Zärtlichkeiten ohne Sex geschenkt, ihm mit ihren Lippen und Fingern gesagt, was sie für ihn empfand, wenn sie sich erlaubte, etwas zu fühlen. Hoffnung. Verletzlichkeit. Freude.

Seine Miene reflektierte ihre Emotionen, die Freude in seinen Augen schimmerte wie Glut, die sie immer in sich bewahren wollte.

Sie lehnte sich zurück und musterte ihn, während sie sagte: »Ich habe heute bei der Arbeit eine gute Nachricht bekommen.«

Er wartete.

Sie wartete.

»Erzähl schon«, sagte er schließlich.

Sie holte tief Luft. »Mein Name kommt als Koautorin auf den Ausstellungskatalog.«

»Du hast ein Buch geschrieben?«

»Ein halbes Buch. Und es geht nur ums Stricken. Niemand wird es lesen. Die Leute kaufen die Kataloge nur als Souvenir und schauen sich die Bilder an.«

Sofort blitzte sein Grübchen auf. »Quatsch. Ich bin sicher, viele Leute werden es lesen.« Er drückte einen Kuss auf die Stelle zwischen ihrem Hals und ihrer Schulter. »Und sie werden alle denken, wie schlau du bist. Aber ich werde der Einzige sein, der dich mit ins Bett nehmen darf.«

Als er den Kopf hob, lächelte er. Sie hatte ihm eine echte Freude gemacht. Sie war nicht auf den Gedanken gekommen, dass es ihn genauso glücklich machen könnte wie sie, wenn sie ihm ihre Neuigkeiten erzählte. Irgendwie war diese Information für ihn ebenso ein Geschenk wie der Schlüssel für sie. Eine Erklärung ihrer gegenseitigen Verbundenheit.

Es hätte ihr Angst machen sollen, das wusste sie. Vor ein paar Stunden hatte es sie in blanke Panik versetzt. Aber das tat es nicht. Sie würde ihm vertrauen. Im Moment. Solange sie damit klarkam, würde sie ihm vertrauen und sehen, wie es mit ihnen weiterging.

»Ja«, sagte sie und lächelte zurück.

»Gut gemacht, Cath.«

»Danke.«

»Darf ich das jetzt tun? Dich mit ins Bett nehmen?«

»Das darfst du.«

Zum ersten Mal blieb sie die ganze Nacht.

# 12

Judith kehrte grimmiger als sonst von ihrem Treffen mit Christopher zurück. »Komm zu mir, wenn du damit fertig bist«, sagte sie nur und verschwand in ihrem Büro.

Cath blickte auf den Katalogentwurf, der vor ihr auf dem Tisch ausgebreitet war, und warf im Geist das Handtuch. Bei dem Bestreben, die idealen Platzierungen für vierunddreißig verschiedene Kästen zu finden, hatte sie im Manuskript Klebezettel in unterschiedlichen Farben angebracht, und jetzt lagen so viele Stapel und Unterstapel vor ihr, dass sie ein Flowchart gebraucht hätte, um den Überblick zu behalten.

Sie hatte kein Flowchart. Theoretisch hatte sie ihren Verstand, aber es war fast fünf, und Nev würde sie in zehn Minuten abholen, um mit ihr was trinken und später essen zu gehen. In Erwartung dieses Ereignisses war sie schon den ganzen Nachmittag nervös und aufgeregt gewesen. Nun gab Judith ihr noch den Rest.

Was auch immer ihre Chefin ihr sagen wollte, es würde nichts Gutes sein. Cath konnte an einer Hand abzählen, wie oft sie und Judith sich in ihrem Büro zusammengesetzt hatten. Normalerweise gab Judith ihr durch die offene Tür Anweisungen, und manchmal – wenn sie zusammen an etwas arbeiten mussten – kam sie heraus und setzte sich an den Konferenztisch neben Caths Schreibtisch. Judith hatte Cath ins Büro gerufen, um ihr zu sagen, dass die Fördermittel für ihre befristete Stelle aufgebraucht waren – und bei ein paar anderen ebenso desaströsen Gelegenheiten. Das Büro bedeutete schlechte Nachrichten.

»Raus damit«, sagte Cath, hielt sich mit beiden Händen am Türrahmen fest und beugte sich in den Raum. Sie würde das Büro lieber gar nicht erst betreten. Auf diese Weise konnte das Schlechte-Nachrichten-Juju sie nicht treffen.

»Setz dich.« Um Judiths Mund lag wie üblich dieser bittere Zug.

»So schlimm?« Sie stellte sich hinter den Stuhl, den Judith für Besucher bereithielt, und stützte die Hände auf die Lehne.

»Alliant hat seine Schirmherrschaft zurückgezogen. Anscheinend stecken sie in finanziellen Schwierigkeiten und haben deshalb beschlossen, weniger Geld zu investieren. Christopher sagt, dass wir es uns ohne ihre Unterstützung nicht leisten können, den Katalog rauszubringen.«

So schlimm. Sie ging um den Stuhl herum und ließ sich mit der ganzen Anmut eines gefällten Baums darauf fallen. »Und die Ausstellung?«

»Findet trotzdem statt. Wir müssen die Werbung ein wenig einschränken, aber Christopher hat beschlossen, als Erstes den Katalog zu opfern. Er hofft, dass die Ausstellung genug Leute anzieht, dass wir es uns leisten können, das Buch im Nachhinein noch zu veröffentlichen.«

»Aber mit weniger Werbung ist das nicht sehr wahrscheinlich«, dachte Cath laut. »Und selbst wenn – bis er sich entschließt, das Ding korrigieren, layouten und drucken zu lassen, wird es Wochen dauern, wenn nicht noch länger, bis es im Museumsshop ankommt.«

»Richtig. Sorry. Dumm gelaufen.«

»Aber ich verstehe das nicht. Der Katalog sollte doch was einbringen, oder? Oder zumindest die Kosten decken?«

»Langfristig ja. Aber kurzfristig müssen wir entweder den Katalog oder die Ausstellung streichen. Das Geld reicht einfach nicht für beides.«

Cath versuchte, die verstörende Mischung aus Enttäuschung, Panik und Wut zu ignorieren, die ihr das Atmen schwer machte, und stellte die Frage, die sie am wenigsten beantwortet haben wollte: »Werde ich gefeuert?«

Judith blickte auf ihre Hände. »Ich hoffe nicht. Ich habe mich für dich eingesetzt. Aber die Ausstellung hat ein minimales Budget, und ohne den Katalog bist du Luxus geworden. Wir werden sehen.«

*Shit. Shit, Shit, Shit.*

»Wie viel fehlt uns?«

»Fünfzigtausend Pfund, wenn es gut werden soll.«

Fünfzigtausend Pfund. Rund achtzigtausend Dollar. Eine beachtliche Summe. Cath musste das Gesicht verzogen haben, denn Judith sagte: »Schau nicht so zerknirscht. Wir werden versuchen, noch mehr Sponsoren zu finden, um die Lücke zu schließen. Wir haben schon zu viel investiert, um jetzt alles hinzuschmeißen. Tja, so läuft es nun mal im Museumsgeschäft. Die Finanzierung ist immer ein Krampf.«

*Kopf hoch,* sagte sie sich. *Es geht hier nicht um Leben und Tod. Es ist nur ein blöder Ausstellungskatalog.*

Außerdem hatte Judith recht. Vielleicht würde es ihnen

gelingen, ein paar neue Sponsoren zu finden, die die Ausstellung unterstützten. Aber das würde dauern, und der Katalog sollte eigentlich nächste Woche an den Korrektor gehen. Tagein, tagaus hatte sie sich mit den Randspalten herumgeplagt und sich abgemüht, um rechtzeitig die Bildrechte einzuholen, während ihr ganzes Projekt auf der Kippe stand. Es war deprimierend. Sie war eine Mücke an der Wand der Geschichte, vollkommen unbedeutend. Wahrscheinlich würde sie erschlagen werden.

»Danke, dass du es mir gesagt hast. Ich mach dann …« Sie hatte sagen wollen, sie werde mit den Randspalten weitermachen, aber die würden nun nicht mehr gebraucht werden. *Sie* würde nun nicht mehr gebraucht werden. »Ich mach dann mal weiter mit der Arbeit.«

Als sie aufstand und sich zum Gehen wandte, trat Nev durch die offene Bürotür, so herausgeputzt und bankerhaft in seinem dreiteiligen marineblauen Nadelstreifenanzug, dass ihm nur noch eine goldene Uhrkette fehlte, die aus seiner Tasche hing, um das Bild zu vervollständigen. Da war er – so gut aussehend und vertraut, dass sie sich am liebsten in seine Arme geworfen und geweint hätte.

»Du hast mich gefunden.«

Er lächelte das besondere Begrüßungslächeln, das er nur für sie reserviert zu haben schien, und sagte: »Jetzt war es nicht mehr so schwer, nachdem du mir gesagt hast, wo ich suchen soll.« Mit einem Blick nach hinten zur Tür fügte er hinzu: »Obwohl man sich zwischen verdammt vielen Gängen entscheiden muss. Ich glaube, ich muss irgendwann in einem Tunnel unter der Themse gelandet sein.«

Cath lächelte matt und trat zurück, damit er und Judith einander sehen konnten. Am besten brachte sie es schnell hinter sich.

»Judith, das ist Nev Chamberlain. Nev, das ist meine Chefin Judith Rhodes.«

Judith hatte Nev mit der ruhigen Überheblichkeit eines satten Raubvogels betrachtet, aber ihre Augen leuchteten auf, als sie seinen Namen hörte. »Nev Chamberlain, wie der Premierminister?«

»Genau so.«

»Nicht der glanzvollste Namensvetter, was?«

Nev schenkte Judith sein bestes Grübchenlächeln. »Er ist Caths Lieblingspremierminister.«

Judith blickte ihn finster an, und die Kombination aus ihrem Gesichtsausdruck und der Situation versetzte Cath in ihre Jugend zurück: Sie war wieder ein Teenie, der neben ihrem Vater stand und zusah, wie er ihren Freund verhörte. Sie hoffte, Nev würde sich behaupten können. Judith war ein beängstigender Vater.

»Nur Cath könnte eine Schwäche für den Mann haben, der Hitler entgegengekommen ist«, sagte Judith. »Sie ist ziemlich seltsam. Aber vielleicht hast du das noch nicht bemerkt.«

Nev lehnte sich mit den Händen in den Taschen in die Tür. Er sah nicht eingeschüchtert aus. Höchstens amüsiert. »Doch, das hab ich.«

Sie war nicht seltsam. Und sie mochte es nicht, wenn man in der dritten Person über sie sprach, obwohl sie anwesend war. Das hätte sie auch gesagt, aber Judith kam ihr zuvor.

»Und hast du auch bemerkt, dass sie sehr intelligent und

ziemlich talentiert ist?« Judith zeigte mit dem Finger auf Nev. »Sie ist mir eine große Hilfe.«

Das war das größte Lob, das sie von Judith in den ganzen sieben Monaten gehört hatte, in Form einer undefinierbaren Bedrohung ihres Liebhabers. Es war das merkwürdigste Kompliment, das sie je bekommen hatte.

»Daran habe ich keine Zweifel«, antwortete Nev ungerührt.

»Fühlst du dich dadurch bedroht? Die meisten Männer kommen mit klugen, starken Frauen nicht klar.«

»Ich finde es sehr attraktiv.«

»Hallo«, sagte Cath. »Ich stehe neben euch.«

Nev blickte zu ihr und lächelte. »Hallo Liebling. Na, wie mache ich mich?«

Sie warf Judith, deren Gesichtsausdruck wirklich Angst einflößend war, einen Blick zu. »Du schlägst dich ganz gut, aber übertreib's nicht.«

»Was machst du beruflich?«, fragte Judith unvermittelt.

»Ich arbeite in der City. *Haverford Bank*.«

Judith schnaubte. »Hätte ich mir denken können. Du siehst ja auch ziemlich betucht aus. Wahrscheinlich gehst du mit ihr Sushi essen in einem dieser furchtbar trendigen Restaurants.«

»Ich dachte eigentlich an italienisch, aber ich bin immer offen für neue Vorschläge.«

»Ich stehe immer noch neben euch«, sagte Cath und wurde langsam unruhig, weil sie so vollkommen übergangen wurde bei dem komischen Machtkampf oder was auch immer die beiden da ausfochten. Diesmal ignorierten sie sie ganz.

Judith verkündete ihr Urteil. »Cath braucht jemanden, der kreativ ist. Ich glaube nicht, dass ein Banker zu ihr passt.«

»Ich male auch«, entgegnete Nev.

»Bist du gut?«

Er blickte zu Cath. »Bin ich gut, Süße?«

»Was meinst du damit?«, fragte sie und vergaß vor Überraschung ihren Ärger. »Natürlich bist du gut. Du bist super.«

Er blickte wieder zu Judith. »Siehst du? Sie findet mich super.«

»Das findet sie nur, weil sie mit dir ins Bett geht.«

Nev zuckte die Achseln. »Schon möglich.«

Cath hatte noch nie in ihrem Leben so große Lust gehabt, die Arme zu verschränken, mit dem Fuß aufzustampfen und laut zu schreien.

»Was ist denn *los* mit euch beiden? Das hier ist ja wohl die albernste Schlammschlacht der Welt.«

Judiths Augen funkelten vor Übermut, sie schien sich prächtig zu amüsieren. Cath hatte ihre Chefin nicht mehr so gesehen, seit sie bei der Weihnachtsfeier ein Treffen zwischen Christophers Frau und der weiblichen Sicherheitskraft eingefädelt hatte, mit der er eine Affäre unterhielt.

»Ist er wirklich gut?«, fragte Judith.

»Er ist großartig.«

»Sorry, sprechen wir hier übers Malen oder übers Vögeln?«, fragte Nev.

»Das Malen!«

Er grinste. »Alles klar.«

Cath seufzte entnervt. »Um Himmels willen. Er malt Porträts«, erklärte sie Judith. »Sie sind wunderschön. Sag ihr, für wie viel sie weggehen«, forderte sie Nev auf, »und dann lass uns bitte von hier verschwinden.«

»Das würde ich gern«, sagte er, »aber ich habe noch nie eins verkauft.«

Diese Antwort traf sie unvorbereitet. Sie hatte immer angenommen, dass Nev irgendwo eine Galerie hatte, die seine Bilder verkaufte. Sie hatte gedacht, dass er heimlich ebenso erfolgreich mit seiner Malerei war wie bei der Bank, was auch immer er da eigentlich machte. Er war so ein Goldjunge, und die Bilder waren alle so fantastisch, so lebendig und voller Ausdruck. »Wie ist das möglich?«

»Ich zeige sie niemandem.«

»Warum nicht?«

Nev runzelte leicht die Stirn. »Um ehrlich zu sein, weiß ich gar nicht, wie man das angeht. Ich wurde nicht zum Maler erzogen. Meiner Mutter zufolge ist Kunst ein nettes Hobby für einen Gentleman, aber mehr auch nicht.«

In ihrem Erstaunen hatte Cath Judith völlig vergessen, deshalb war sie überrascht, als sie sich nun wieder einschaltete: »Aber jetzt bist du ja erwachsen, oder? Vielleicht solltest du Mutters Rockzipfel langsam mal loslassen.«

Nev lachte, was Cath noch mehr verwirrte. Sie verstand nicht, was daran so lustig war. Hatte er nicht gemerkt, dass Judith ihn gerade beleidigt hatte?

Er fing ihren Blick auf, dann nahm er ihre Hand, drückte sie und erklärte: »Wenn du meine Mutter gesehen hättest, würdest du es verstehen. Sie ist kein besonders mütterlicher Typ. Sie würde nie im Leben erlauben, dass ich mich an ihrem Rockzipfel festhalte.«

»Du bist Evita Chamberlains Sohn«, sagte Judith kopfschüttelnd. »Ich kann nicht fassen, dass ich erst jetzt darauf komme. Du bist deinem Vater wie aus dem Gesicht geschnitten.«

»Das höre ich oft.«

»Du kennst seine Eltern?«, fragte Cath.

Judith achtete nicht auf sie, sondern wandte sich weiterhin an Nev. »Sie ist eine beeindruckende Frau. Als Mutter muss sie die Hölle gewesen sein. Mein Beileid.«

»Danke.«

»Richard hat einmal erwähnt, sein jüngerer Sohn würde malen. Er schien ziemlich stolz zu sein, wenn ich mich recht erinnere.«

»Tatsächlich?«

»Ich schätze, du musst gut sein. Richard versteht was von Kunst. Wie ich gehört habe, ist er selbst auch kein schlechter Maler, obwohl er niemandem seine Werke zeigt.«

»Er malt wunderbare Landschaften.«

»Kann mir bitte irgendjemand sagen, wovon ihr da sprecht?«, fragte Cath ohne große Hoffnung auf eine Antwort.

»Die Eltern deines Freundes sind einflussreiche Kunstmäzene«, sagte Judith nüchtern. »Und außerdem stinkreich. Du solltest ihn um eine Spende bitten.«

»Wow«, sagte Cath. »Das war krass.« Es fiel ihr schwer, den ganzen Wendungen zu folgen, die das Gespräch genommen hatte, und anscheinend war ihr der soziale Filter abhandengekommen, der sie davon abhielt, zu ihrer Chefin unhöflich zu sein.

Es war nur fair. Ihrer Chefin schien es auch nichts auszumachen, zu Caths Date unhöflich zu sein.

Judith lächelte, und ihr Gesicht bekam einen so ungewohnten Ausdruck, dass Cath sich nur mit Mühe zurückhalten konnte, sie anzustarren. Es war, als würde man Graf Dracula lächeln sehen – man hätte es ihm nicht zugetraut und hatte eigentlich auch nicht wissen wollen, wie es aussah.

»In der Kunst«, sagte Judith, »muss man sich ranhalten.«

Dann wandte sie sich wieder ihrem Computer zu und entließ Cath mit einer Handbewegung. »Amüsier dich mit deinem Banker. Ich mag ihn, obwohl er sich anzieht wie eine Leiche.«

Erleichtert, dass das Verhör zu Ende war, zog Cath Nev an der Hand aus Judiths Büro.

»Willst du mir nicht zeigen, wo du arbeitest?« Nev schielte zum Konferenztisch, auf dem das Manuskript ausgebreitet war.

»Ich glaube, du hast jetzt eine grobe Vorstellung«, sagte Cath. »Und wenn du immer noch mit mir essen gehen willst, dann sorgst du besser dafür, dass ich diesen Raum in den nächsten fünf Sekunden verlassen habe.«

»Zu Befehl.« Er griff nach ihrer Tasche, hob seine Aktenmappe vom Boden auf und deutete mit einem Arm zur offenen Tür. »Nach dir.«

Sie zeigte ihm den kürzesten Weg aus dem Museum, dann schlenderten sie durch South Kensington, an der U-Bahn-Station vorbei in Richtung Chelsea Embankment. Es war so warm, dass Nev sich die Jacke auszog und die Ärmel hochkrempelte, womit er sich in eine Figur aus einem alten Film verwandelte. In seiner Weste und der Anzughose, mit dem leicht zerzausten und in der Sonne glänzenden blonden Haar sah er aus, als würde er gleich die Türen eines geheimen Vergnügungsetablissements eintreten oder in einer Hintergasse Würfelspiele betreiben.

Manchmal fiel es ihr schwer zu glauben, dass ein so gut aussehender Mann etwas mit ihr zu tun haben wollte. Jetzt zum Beispiel.

Er sah zu ihr und erwischte sie dabei, wie sie ihn anstarrte. »Was ist? Tun dir in den Schuhen die Füße weh? Die Bar ist nicht mehr weit, aber wir können auch eine kurze Pause machen, wenn du willst. Oder ein Taxi nehmen.«

»Meinen Füßen geht's gut. Du, ähm …« Plötzlich wurde sie schüchtern und sah zu Boden. »Du siehst nur echt umwerfend aus, das ist alles.«

Er streichelte ihr über den Nacken, und als sie wieder aufschaute, lächelte er sie an. »Du auch. Ich wusste gar nicht, dass du auch farbige Sachen besitzt.« Sie hatte zur Arbeit eine hauchdünne, kurzärmelige rote Bluse mit einem schwarzen Top und einem schwarzen Rock getragen. Nichts Besonderes, aber sie hatte gehofft, es würde sowohl als Büro- als auch als Abendoutfit durchgehen. Und ja, sie hatte auch gehofft, dass es ihm gefallen würde.

»Ich habe einige Sachen, die nicht schwarz sind.«

»Das weiß ich, Darling. Aber die, die ich bisher gesehen habe, sind sehr klein, und normalerweise ziehe ich sie dir mit den Zähnen aus. Du hast mich trainiert wie einen pawlowschen Hund, sodass mir nun beim Anblick von Farbe das Wasser im Mund zusammenläuft. Dein Oberteil macht mich sehr hungrig.« Er schenkte ihr sein Großer-böser-Wolf-Lächeln, und sie lachte und genoss das warme Gefühl, das an ihrer Wirbelsäule aufstieg. Es war ein Scherz, aber er enthielt auch ein Fünkchen Wahrheit. Der Ausdruck in seinen Augen sagte ihr, dass er keine zwei Minuten brauchen würde, um sie auszuziehen, wenn er die Gelegenheit bekäme.

Sie war so nervös gewesen, diese letzte Grenze zu überschreiten und sich auf ein richtiges Date mit Nev einzulassen, dass sie gar nicht an die Vorteile gedacht hatte. Es hatte schon was für sich, am Arm des bestaussehenden Mannes in London auszugehen und zu wissen, dass er einen später mit nach Hause nehmen und stundenlang verwöhnen würde.

»Es hat mich gefreut, Judith kennenzulernen«, sagte er. »Ich mag sie. Sie hat Humor.«

»Sie war total schrecklich zu dir.«

»Ja, aber nur, weil sie dich gern hat.«

»Sprechen wir von derselben Person? Judith hat niemanden gern. Sie duldet mich, weil ich ihre Sachen in Ordnung bringe und sie mich unterhaltsam findet.«

Nev lachte. »Glaub mir, sie versucht nur, dich zu beschützen, weil dein hübsches Köpfchen der Mittelpunkt ihres Universums ist.« Er strich mit der Hand hinunter zu ihrer Taille, drückte sie enger an sich und hielt sie einen Moment lang fest, sodass er ihr einen Kuss auf die Lippen geben konnte. »Das Gefühl kenne ich.«

Sie nahm seine Hand, und sie schlenderten eine der Straßen mit den schicken Wohnhäusern zwischen der Station und dem Fluss entlang. Nevs Anwesenheit hatte die Panik und Verzweiflung ein wenig gemildert, die sie verspürte, seit sie erfahren hatte, was mit dem Katalog passieren würde, aber sie konnte die schlechten Gefühle nicht völlig verdrängen. Die Gesprächspause gab ihnen eine Gelegenheit, sich wieder in den Vordergrund zu drängen, sodass sich Caths Schultern verspannten und ihr Magen verkrampfte. Sie musste reden.

»Ich hatte keine Ahnung, dass du deine Bilder nicht verkaufst«, sagte sie. »Das könntest du wirklich. Du solltest sie zumindest ausstellen. Sie sind zu gut, um in deiner Wohnung versteckt zu bleiben.«

Zwischen seinen Augenbrauen bildete sich eine besorgte Falte, und er warf ihr einen Blick zu, der nichts von seinem üblichen Selbstvertrauen hatte. »Findest du wirklich?«

Das fand sie, aber sie wollte es ihm nicht sagen müssen. Sie wollte, dass Nev Erfolg hatte bei allem, was er tat, und das auch wusste. Es war unfair von ihr. In der Vergangenheit hatte sie Männer immer auch gerade wegen ihrer Fehler attraktiv gefunden. Sie verliebte sich in ihre etwas zu großen Ohren, ihre knochigen Ellbogen oder mageren Waden. Die Mischung aus künstlerischem Talent und gesellschaftlicher Ungeschicktheit hatte gereicht, dass ihr schwindelig wurde, denn sie wusste, sie wäre die Erste, die das wahre Talent eines Typen erkannte, während sie gleichzeitig mit der Kraft ihrer Liebe alle seine Fehler ausmerzte.

Sie sah Nev niemals auf diese Weise. Er hatte noch nie ihre Hilfe gebraucht, und der Gedanke, dass er sie brauchen könnte, war ihr unangenehm.

»Ja, das finde ich«, sagte sie und schämte sich, weil sie ihn so wenig unterstützte, wenn auch nur in ihren Gedanken. »Und ich weiß, wovon ich rede.«

Sie erreichten das schattige Ufer und bogen ab, um den

Pfad am Fluss entlangzulaufen. An dem milden Nachmittag floss die Themse ruhig dahin und war wenig beeindruckend. Als Cath sie zum ersten Mal gesehen hatte, hatte sie gestaunt, wie mickrig sie war. England und seine ganze glorreiche Geschichte gründeten sich auf einen so kleinen Flecken im Vergleich zu ihrem Zuhause. In den ländlichen Gegenden von Illinois gab es Flüsse, die viermal so breit waren und von denen noch nie jemand gehört hatte, aber hier bekam die jämmerliche alte Themse eine Uferpromenade mit einem gepflasterten Weg, einer schönen Steinmauer und schmiedeeisernen Laternen. Dies war ein Land, das wusste, wie es sich ins rechte Licht rückte.

»Kann ich dich was fragen?«, sagte sie, während sie zur Chelsea Bridge blickte.

»Klar.«

»Magst du deine Arbeit bei der Bank?«

Er dachte lange über ihre Frage nach, bevor er antwortete: »Eigentlich hasse ich meine Arbeit bei der Bank.«

Das hatte sie gewusst. Sie hatte es in seinem Gesicht gesehen, wenn er erschöpft nach Hause kam, und sie hatte es gehört in all dem, was er über seinen Job verschwieg. Es war ihr peinlich, dass sie ihn das noch nie gefragt hatte, aber sie nahm es ihm auch ein wenig übel, dass er es nicht selbst angesprochen hatte. »Du könntest kündigen und Maler werden.« Er würde leicht an Aufträge kommen, vor allem dank der Beziehungen seiner Familie.

Sie konnte sich Nev gut als Maler vorstellen. Sie hatte das letzte Wochenende bei ihm verbracht, und er hatte den ganzen Samstagmorgen gemalt und sie dann mitgenommen zu seinem Rugbyspiel in den Park von Blackheath. Danach waren sie mit einigen seiner Mannschaftskollegen in den Pub gegangen. Sie war in der Anonymität der Menge untergetaucht und hatte beobachtet, wie er sich mit ihnen verhielt. Er war ein anderer Mensch gewesen, nicht mehr der Mann, der an fünf Tagen pro Woche morgens den Zug nach Bank nahm. Er hatte Dreck unter den Fingernägeln, einen blauen Fleck auf der Wange und ein freches Grinsen im Gesicht, während er Geschichten erzählte, in denen er sich über sich selbst lustig machte und damit alle zum Lachen brachte. Nev so unbeschwert zu sehen war atemberaubend gewesen.

Die Sorgenfalte zwischen seinen Augen wurde tiefer, und er warf ihr einen Blick zu, den sie nicht einordnen konnte. »Nein«, sagte er. »Das könnte ich nicht.« Er führte sie über die Straße zu der Bar, wo sie vor dem Essen etwas trinken wollten. »Da wären wir, Süße.«

Die leichte Berührung seiner Hand auf ihrem Rücken war so liebevoll wie immer, aber die Haut zwischen ihren Schulterblättern prickelte vor Anspannung. Er hatte sie noch nie zuvor so angesehen, frustriert und sogar eine Spur ärgerlich. Sein Ton sagte ganz deutlich: *Darüber will ich nicht sprechen.*

Das würde sie respektieren. Sie war die Letzte, die in den Geheimnissen eines anderen herumwühlen würde.

Bis jetzt hatte sie nur nicht gewusst, dass Nev welche hatte.

»Willst du mir sagen, was los ist?«, fragte er, nachdem sie ihre Drinks bekommen hatten. Sie saßen in einer Ecke an einem kleinen Tisch, der gerade so hoch war, dass Caths Füße nicht mehr den Boden berührten und sie ihre Absätze in der Fußstütze des Barhockers verhaken musste. »Oder muss ich dich erst abfüllen und die Informationen dann aus dir herauskitzeln? Ich kann ziemlich hartnäckig sein.«

Er zwinkerte in der Hoffnung, die Stimmung aufzulockern. Das Gespräch über die Malerei hatte ihn verstört, und offensichtlich beschäftigte sie etwas, denn sie klopfte mit den Fingern seitlich an ihr Weinglas und zappelte unter dem Tisch unablässig mit einem Bein. Was auch immer es war, er wollte nicht, dass es zwischen ihnen stand. Er wollte, dass überhaupt nichts zwischen ihnen stand. Tische. Klamotten. Geheimnisse.

Vielleicht war das mit dem Essen keine gute Idee gewesen. Er hatte sie seit einem Monat zu einem richtigen Date einladen wollen, aber jetzt, wo sie endlich Ja gesagt hatte, wollte er sie am liebsten sofort nach Hause und in sein Bett bringen. Es war die einzige Situation, die er kannte, in der sie sich ihm öffnete, nur dort ließen sich zuverlässig ihrer beider Probleme lösen.

Sie seufzte, hob ihr Glas und trank es mit einem Zug halb leer. Dann sagte sie mit geschlossenen Augen: »Mein Katalog wurde gestrichen. Das Museum hat einen Sponsor verloren, und sie können es sich nicht mehr leisten, ihn zu veröffentlichen.«

»Oh nein. Das tut mir leid.«

Sie versteifte sich, und er erkannte seinen Fehler. Sie würde kein Mitleid wollen. Was auch immer das Gegenteil der Standardreaktion war – genau damit würde Cath sich am wohlsten fühlen. Also kein Mitleid. Keine Angebote, ihr zu helfen. Ein sarkastischer Kommentar oder Scherz gefolgt von einem raschen Themenwechsel, und sie würde sich sofort beruhigen.

Aber was Cath wollte und was Cath brauchte, war selten ein und dasselbe.

Er kannte sie inzwischen ziemlich gut. Sie hatte ihm nur wenige ihrer Geheimnisse verraten, aber was er wusste, nutzte er, indem er es in sein Puzzle aus tausend Beobachtungen einfügte und sich so ein ständig wandelndes Porträt ihres Charakters erstellte. Er wusste, dass sie viel enttäuschter war, als sie zugab, auch vor sich selbst. Der Katalog bedeutete ihr alles.

»Wie viel hat der Sponsor abgezogen?«

»Fünfzigtausend Pfund.«

Das war nicht viel. Mehr, als er auf dem Konto hatte, aber nur weil er seine Ersparnisse letztes Jahr für das Haus in Greenwich ausgegeben hatte, da er es sinnvoller fand, das ganze Gebäude zu besitzen und die andere Wohnung zu vermieten, als selbst Mieter zu sein. Er konnte Cath keine fünfzigtausend Pfund geben, aber er konnte sie ihr besorgen. Sein Vater würde dem Museum einen Scheck über fünfzigtausend Pfund ausstellen, wenn Nev ihn darum bat – zumindest wenn Mutter ihn nicht davon abhielt.

Aber leider war Evita gerade nicht in der Stimmung, ihrem Zweitgeborenen einen Gefallen zu tun, solange er keine geeignete Verlobte mit nach Hause brachte.

Er nippte nachdenklich an seinem Whiskey. Als Judith gesagt hatte: *Du solltest ihn um eine Spende bitten*, hatte er das für einen Scherz gehalten. Es war kein Scherz gewesen.

Aber Cath würde das nie tun. Sie wollte sein Geld nicht. Sie brauchte es, aber sie wollte es nicht.

Die Frage war: Wie konnte er sie dazu bringen, es anzunehmen? Wenn er ihr einfach einen Scheck über fünfzigtausend Pfund reichte, würde sie ihn in der Luft zerreißen. Sie bestand darauf, bei allem ihren Anteil zu bezahlen, und ließ jedes Mal ein paar ordentlich gestapelte Pfundmünzen auf seinem Küchentisch liegen, wenn sie sich Essen nach Hause bestellten. Sie akzeptierte nur kleine Geschenke von ihm. Es war ihr wichtig, dass ihre Beziehung gleichberechtigt war. Sie würde nur dann fünfzigtausend Pfund von ihm annehmen, wenn sie glaubte, sie hätte ihm etwas Gleichwertiges gegeben.

Cath brauchte Geld. Er brauchte eine Verlobte.

Oder nein. Er brauchte eine Frau.

»Worüber lächelst du?«, fragte sie etwas ungehalten.

Er betrachtete sie über den Tisch hinweg. Das blaue Licht der Bar ließ ihr Oberteil lila aussehen und verlieh ihrer hellen Haut einen überirdischen Glanz. Sie war eine Märchenfee, klein und lieblich und so ungeheuer stark, wie er es sich kaum vorstellen konnte. Seit Wochen wollte er sie zum Essen einladen, weil die ganze Welt sehen sollte, dass diese Frau zu ihm gehörte. Er war verrückt nach ihr. Und mehr als alles andere wünschte er sich, sie mit nach Hause zu nehmen und sie seinen Eltern vorzustellen.

Es war Wahnsinn. Mutter würde sie auf den ersten Blick verabscheuen. Schlimmer noch, sie würde Cath das Wochenende zur Hölle machen, die ihrerseits alles an Leyton hassen würde. Außerdem würde Cath die Täuschung nicht gutheißen, obwohl Mutter und Winston es mehr als verdient hätten.

Völliger Wahnsinn. Aber die Idee hatte auch etwas Geniales. Denn wenn es klappte, würde er damit Cath helfen und seiner Mutter gleichzeitig mitteilen, dass er nicht länger nach ihrer Pfeife tanzen würde – und das war längst überfällig.

Ob es machbar wäre, blieb offen. Er musterte Cath von Kopf bis Fuß. Kurzer schwarzer Rock. Glänzende Pumps. Eine Bluse, die rot wie eine Telefonzelle und höllisch sexy war. Cath würde überhaupt nicht dort hinpassen. Aber er konnte für Abhilfe sorgen.

»Vertraust du mir, Süße?«

Sie zögerte viel länger, als ihm lieb war, aber sie gab ihm die Antwort, auf die er gehofft hatte. »Ja.«

»Großartig. Denn ich muss dich um einen Gefallen bitten.«

# 13

»Sag mir noch mal bitte, warum ich das hier mache.«

Nev fuhr auf der A25 Richtung Hertfordshire. Sie hatte nicht einmal gewusst, dass er ein Auto besaß. Aber natürlich hatte er eins, und natürlich war es elegant und schlicht, und er fuhr es mit lässiger Selbstsicherheit. Das war Nev – selbstbewusst, smart und frisch wie der junge Morgen.

Sie hingegen war kurz davor auszurasten.

»Es wird alles gut, Cath. Entspann dich.« Er legte eine Hand auf ihren Schenkel und drückte ihn durch den Stoff ihres Kleids – ihres sehr teuren, braunen naturseidenen Etuikleids, das bis zu ihrer Ankunft furchtbar verknittert wäre, weil sie nicht daran gedacht hatte, dass es sich nicht für eine Autofahrt eignete. Sie hatte noch nie ein solches Kleid besessen. Alles, was sie besaß, enthielt zumindest einen kleinen Anteil Polyester.

Da hatte sie sich ganz schön was eingebrockt.

Sie kniff die Augen zu und konzentrierte sich auf Nevs Hand auf ihrem Bein. Sie war warm, schwer und lebendig, und ihr Körper reagierte darauf mit der Hitze, die jede seiner Berührungen bei ihr hervorrief. Wenn er sie die ganze Zeit mit einer Hand berühren könnte, würde sie das Wochenende vielleicht überstehen.

Aber das war ihr nicht vergönnt. Er kehrte mit der Hand

ans Steuer zurück, um die Spur zu wechseln, und sie versuchte vergeblich, die Falten auf ihrem Schoß glatt zu streichen. Dabei fielen ihr die Ringe an ihrer linken Hand ins Auge, und sie bekam sofort wieder Schweißausbrüche. Schauspieler nannten so was Lampenfieber. Den Schweiß der Verdammten.

Nev hatte ihr die Ringe ein paar Abende zuvor nach der Arbeit gegeben. Er machte keine Zeremonie daraus, sondern warf ihr die Schmuckschachteln einfach in den Schoß, bevor er das Zimmer verließ, um ihr einen Whiskey einzuschenken. Aber in dem Augenblick, als sie den Deckel geöffnet und den Verlobungsring gesehen hatte, wollte sie es. Sie wollte so sehr, dass diese ganze Sache echt wäre, dass sie zutiefst vor sich selbst erschrak.

Der Platinring hatte einen wunderschönen, von winzigen Diamanten eingefassten Art-déco-Cabochon-Saphir. Genau so einen Ring hätte sie sich selbst ausgesucht, wenn sie ein Mädchen gewesen wäre, das bei Verlobungsringen schwach wurde. Was sie natürlich nicht war. Dieser eine war nur einfach besonders hübsch. Und Nev musste sich Mühe gegeben haben, als er ihn für sie ausgesucht hatte – und mehr Geld dafür bezahlt haben, als sie sich vorstellen wollte. Er fühlte sich besonders an, auf eine Weise, die ihr so viel Angst machte, dass sie ihn kommentarlos wieder in die Schachtel gelegt und sich geweigert hatte, ihn noch einmal anzusehen, bis Nev sie heute Morgen daran erinnert hatte, ihn zu tragen.

Sie wollte nicht mit Nev verheiratet sein. Sie wollte überhaupt nie mehr verheiratet sein, mit niemandem.

Bis auf diesen kleinen Teil von ihr, der es doch wollte.

Sie wollte definitiv nicht *so tun*, als wäre sie mit Nev verheiratet, aber sie war unterwegs in ein Haus voller Fremde, um für ein langes Wochenende genau das zu tun.

Sie hatte das ungute Gefühl, dass die ganze Aktion in einem weiteren Tattoo enden würde.

Wie hatte sie sich nur auf etwas so Dummes einlassen können? Sie hatte versucht, das herauszufinden, seit sie sich bereit erklärt hatte, bei seinem verrückten Plan mitzumachen. Als sie mitten in der Nacht in seinem Bett wach gelegen hatte und die Situation im Kopf noch einmal durchgegangen war, hatte sie nur zwei Dinge festhalten können: Er hatte gefragt, ob sie ihm vertraue, und das tat sie. Er hatte sie um einen Gefallen gebeten, und sie hatte sich einverstanden erklärt.

Alles Weitere war ihr ein Rätsel. Sie verstand nicht, weshalb er eine falsche Braut brauchte. Er hatte sich nicht geweigert, es ihr zu sagen, war bei dem Thema aber auch nicht gerade offenherzig gewesen. Die einzige Erklärung, die er ihr gegeben hatte, war, dass er ihre Hilfe brauche, um seiner Mutter etwas zu beweisen. Wenn sie nachfragte, wich er ihr aus, machte Witze, lenkte sie ab mit Sex oder sagte, er sei nicht bereit, darüber zu sprechen. Schließlich hatte sie es aufgegeben, nachdem sie sein Versprechen eingefordert hatte, dass sie kein Verbrechen begehen würde. Daraufhin hatte er nur gelacht, bis seine Wangen ganz rot wurden.

Er hatte gut lachen. Er wusste ja nichts von der Brandstiftung.

Sie hatte überlegt, im Internet nach Informationen über die Chamberlains zu suchen, aber das fühlte sich falsch an.

Nev war so geduldig, was ihre eigene Geheimniskrämerei anbelangte. Wenn es etwas gab, was sie nicht wissen sollte, dann hatte er bestimmt seine Gründe dafür.

Und dann war da noch die Sache mit dem Geld. Er hatte ihr versprochen, dass er ihr nach dem Wochenende einen Scheck über fünfzigtausend Pfund für das *Victoria & Albert Museum* überreichen würde. Eine völlig korrekte Spende seiner Eltern an das Museum, um die Hochzeit ihres Sohnes zu feiern. Mit *ihr* – einer Frau, die er kennengelernt hatte, als sie sturzbetrunken gewesen war.

Es war der absolut durchgeknallteste, abgefahrenste, absurdeste, lächerlichste Plan, von dem sie je gehört hatte. Sie konnte das Geld niemals annehmen. Es wäre moralisch verwerflich, eine Spende von einem bekannten Kunstförderer zu akzeptieren, um eine faszinierende und wichtige Ausstellung in einem der besten Museen der Welt zu unterstützen. Oder vielleicht nicht moralisch verwerflich, sondern eher moralisch fragwürdig. Moralisch zweifelhaft. Jedenfalls eine moralische Grauzone. Dieser ganze Ausflug war eine moralische Grauzone.

Passend, wenn man bedachte, dass ihre Gefühle für Nev zu einer emotionalen Grauzone geworden waren.

Sie hätte jetzt nichts gegen einen Schokoriegel gehabt. Oder noch besser einen starken Drink.

»Ich kann das niemals durchziehen«, sagte sie und drehte den Ring nervös herum, obwohl er nichts getan hatte, um eine solche Behandlung zu verdienen. »Ich weiß nicht genug über dich. Ich weiß nicht, wie reiche Leute sich verhalten. Warum müssen wir noch mal verheiratet sein, anstatt einfach nur verlobt? Bei verlobt wäre ich besser. Wenn wir nur verlobt wären, wäre es nicht so schlimm, dass ich nicht weiß, wann du Geburtstag hast.«

»Am 7. März. Und ich habe dir schon gesagt, dass wir nicht einfach nur verlobt sein können, denn wenn meine Mutter dich nicht mag, wird sie das ganze Wochenende lang auf alle möglichen Arten versuchen, mich zu einer Trennung zu treiben. Aber wenn wir verheiratet sind, wird die Angst vor einer Scheidung sie zwingen, lange genug höflich zu dir zu sein, dass wir meinem Vater den Scheck abluchsen können.« Er ließ sein Haifischlächeln aufblitzen. »Außerdem dürfen wir als Ehepaar in einem Bett schlafen.«

»Oh nein. Ich werde auf keinen Fall im Haus deiner Eltern mit dir schlafen.«

»Natürlich wirst du das. Du kannst unmöglich von mir erwarten, dass ich drei Nächte hintereinander die Finger von dir lasse. Das würde ich niemals überleben. Ich habe schon den halben Vormittag damit verbracht zu überlegen, was du unter dem Kleid trägst.«

Er war von seiner Shoppingtour mit mehr Klamotten zurückgekommen, als sie überhaupt gebrauchen konnte, und mit einer Schublade voll neuer Dessous, von denen sie vermutete, dass sie allein seinem persönlichen Vergnügen dienen sollten. Es war ja nicht so, als würde sie auf dem Esstisch seiner Eltern einen Striptease aufführen. Um sich für das Abenteuer dieses Morgens zu wappnen, hatte sie einen schönen hellrosa BH angezogen, der mit kaffeebrauner Spitze umrandet war, sowie einen passenden Tanga und hautfarbene Strümpfe, die von spitzenbesetzten Strumpfbändern gehalten wurden. Sagen würde sie ihm das natürlich nicht. Er sollte bloß nicht auf dumme Gedanken kommen.

»Keine Sorge, Süße«, fügte er hinzu. »Das Haus ist groß, und du kannst leise sein, wenn du was zum Reinbeißen hast.« Er schürzte die Lippen. »Ich mag es, wenn du beißt.«

Cath rutschte auf dem Ledersitz herum. Nun konnte man ihr noch eine Sünde mehr ankreiden: Wenn sie bei ihren Schwiegereltern ankam, wäre sie verknittert *und* erregt.

»Du bist mir überhaupt keine Hilfe. Ich weiß natürlich, dass du auf sexy Unterwäsche stehst. Was ich wissen muss, ist Eheleutekram, damit ich mit deiner Mutter reden kann, ohne dass gleich alles auffliegt.«

»Ich hoffe, sexy Unterwäsche *ist* Eheleutekram. Wenn nicht, tun mir die Leute leid.« Cath schnaubte, weigerte sich aber, das zu kommentieren. »Also gut. Was soll ich dir über mich erzählen?«

»Zum Beispiel, wie alt du bist.«

»Achtundzwanzig.«

»Echt?«

»Dachtest du, ich wäre älter oder jünger?«

»Definitiv älter. Ach, keine Ahnung, vielleicht auch nicht. Ich glaube, ich hab nie richtig darüber nachgedacht. Vielleicht passt achtundzwanzig ganz gut.«

»Und wie alt bist du?«

»Sechsundzwanzig. Wie reich ist deine Familie?«

Er lachte. »Die Frage kann ich unmöglich beantworten. Auf jeden Fall wohlhabend.«

»Woher stammt das Geld?«

»Jetzt aus dem Banken- und Finanzgeschäft. Ursprünglich

aus der Industrie. Mein Ururgroßvater hat mit einer Klavierfilzfabrik ein Vermögen verdient.«

»Was um alles in der Welt ist Klavierfilz?«

»Hast du schon mal in ein Klavier geschaut? Da drin sind Hunderte kleine Filzstückchen. Die muss jemand herstellen.«

Sie lächelte. »Also bist du neureich. Das ist gut. Ich glaube, ich könnte es nicht verkraften, mit einem Aristokraten verheiratet zu sein.«

»Hmm. Vielleicht sollte ich an dieser Stelle erwähnen, dass mein Vater ein Lord ist.«

Ihr Magen verkrampfte sich. »Bitte sag, dass das ein sehr schlechter Scherz ist.«

»Er ist nur ein Baron, Liebling. Davon gibt es jede Menge.«

Sie fixierte ihn mit ihrem Blick. »Heißt das, ich müsste ›Lord Chamberlain‹ zu dir sagen?«

»Sei nicht albern. Das ist der Titel meines Vaters, und selbst er benutzt ihn nur zu besonderen Gelegenheiten. Außerdem ist sowieso Winston derjenige, der ihn erben wird. Ich werde ein Niemand bleiben.«

Der Gedanke, dass jemand Nev als einen Niemand ansehen könnte, amüsierte sie. Das war in etwa so wahrscheinlich, wie dass man ihr das wohlerzogene Mädchen abnehmen würde, das für ihn bestimmt war.

*Ach du Schande!*

»Ich kann nicht fassen, dass du mir nicht früher von dem Titel erzählt hast. Was versteckst du sonst noch vor mir? Wohnst du in einem Schloss?«

»Nein«, sagte er, und sein Grübchen kam zum Vorschein.

»Hast du einen schweigsamen Butler?«

»Nein.«

»Was ist mit einer tyrannischen Haushälterin? Oder einer schlampigen Köchin, die sich gern einen Sherry genehmigt?«

»Nein. Du schaust zu viel fern.« Als sie das Gesicht verzog, strich er ihr mit dem Handrücken über die Wange. »Mach dir keine Sorgen, Liebste. Du wirst großartig sein.«

Immerhin machte seine Mutter selbst die Tür auf, dachte Cath ein paar Minuten später. Das Haus war riesig, ein englischer Herrensitz wie aus einem Roman. Cath hatte Nev einen bitterbösen Blick zugeworfen, als sie in den Halbkreis am Ende der Auffahrt eingebogen waren, aber er hatte sich nicht beirren lassen, sondern nur gelächelt und gesagt: »Willkommen in Leyton, Darling.«

Evita Chamberlain sah ihrem Sohn nicht im Geringsten ähnlich. Sie bestand ganz aus scharfen Kanten und glatten Flächen: Sie war groß, schlank und elegant und erinnerte Cath an Cruella de Vil. Sein Vater hingegen war eine ältere, weichere Version von Nev.

Während Cruella Nevs Ankunft mit schrillen Freudentönen begleitete, ließ der Baron alles still auf sich wirken. Aber seine Augen waren wärmer, gastfreundlicher als der kurze, oberflächliche Blick, den sie von seiner Mom bekommen hatte. *Wenn ich mich entscheiden muss, nehme ich Dad.*

»Aber Neville, wie furchtbar unhöflich von uns«, sagte seine Mutter schließlich und wandte sich zu Cath. »Möchtest du uns nicht deinen Gast vorstellen?«

»Natürlich.« Er schlang einen Arm um Caths Taille und zog

sie nach vorn, sodass sie neben ihm stand. »Cath, ich möchte dir meine Eltern vorstellen, Richard und Evita Chamberlain. Mutter, Vater, das ist meine Frau, Mary Catherine Talarico.«

Die Gesichter der Chamberlains wurden weiß vor Überraschung, und für einen langen Moment hörte man in der Eingangshalle nichts als die Luft, die in Caths Lungen hinein- und wieder hinausströmte. Alle anderen hatten vermutlich aufgehört zu atmen. Cath machte sich bereit für das Geschrei, das gewiss folgen würde, aber Sekunde um Sekunde verstrich, und die Stille begann ein Eigenleben zu entwickeln. Ging man in Nevs Familie so mit unvorhergesehenen Ereignissen um? Es war so *kalt.* Dieses Verhalten war ihr völlig fremd.

*Dreistigkeit siegt.* »Chamberlain«, sagte sie und brach damit das Schweigen. »Darling, ich bin jetzt Mary Catherine Chamberlain.« Und sie lächelte Nev an, als wäre ihr überhaupt nicht bewusst, was für eine Bombe er gerade hatte platzen lassen.

»Richtig, Liebes. Ich hab mich noch nicht daran gewöhnt. Wir haben erst am Mittwoch geheiratet«, erklärte er seinen Eltern.

Cath machte sich bereit für die Erklärung, auf die sie und Nev sich geeinigt hatten – dass sie standesamtlich geheiratet hatten, weil sie sich eine ruhige, private Zeremonie gewünscht hatten, nur zwischen ihnen beiden –, aber das Gespräch brach wieder ab. Wenn sie und Nev in Chicago gewesen wären, hätte ihre Tante Nina inzwischen schon ein Dutzend Fragen gestellt, und ihr Onkel Pete hätte Nev entweder eine runtergehauen oder den Alkohol geholt. Cath wusste nicht, was sie von dieser ganzen höflichen Stille halten sollte.

Evita war es gelungen, sich ihre undurchschaubare Maske wieder aufzusetzen, und sie lächelte Cath eisig an. »Nun, das klingt, als hättet ihr uns eine *Menge* zu erzählen. Setzen wir uns doch ins Wohnzimmer, dort können wir uns besser unterhalten.« Sie ging voraus, und ihre Absätze klapperten über den Marmorboden.

Da meldete sich Richard und hielt sie zurück. »Ich glaube, wir sollten zuerst einmal gratulieren.« Er nahm Nevs Hand und schüttelte sie kräftig. »Verheiratet. Ich kann es kaum fassen.« Dann zog er Cath in einer lockeren Umarmung an sich und sagte über ihre Schulter: »Und noch dazu mit so einer reizenden Braut. Willkommen in unserer Familie, Mary Catherine.«

»Nennt mich bitte Cath. Nur Nev nennt mich Mary Catherine, und das auch nur, um mich zu ärgern.«

Evita hatte keine andere Wahl, als sich anzuschließen. Sie umarmte ihren Sohn, hauchte Cath links und rechts einen Kuss auf die Wange und sagte: »Glückwünsche auch von mir. Ich kann es gar nicht erwarten, dass wir einander besser kennenlernen.«

Der Druck ihrer Finger auf Caths Schultern war kein bisschen freundlich.

Das Wohnzimmer sah aus wie aus einem Jane-Austen-Roman, mit ungemütlichen Regency-Sitzbänken und allem, was dazugehörte. Cath konnte in diesem Zimmer unmöglich sitzen. Die Möbel gehörten in ein Museum. Um Zeit zu gewinnen floh sie ins Bad, um sich »frisch zu machen«. Das schien es am ehesten zu beschreiben, wie sie sich am Toilettentisch festklammerte und tief Luft holte, bis sie sicher war, dass sie ihr Mittagessen bei sich behalten würde.

Nachdem sie die Übelkeit unter Kontrolle hatte, betrachtete sie ihr Spiegelbild. Die Frau, die sie da anstarrte, war *nicht sie*. Ihr Haar fiel in weichen Wellen um ihr Gesicht, und ihr Kleid wirkte elegant trotz des leicht verknitterten Schoßes. Eine lange Schnur mit Süßwasserperlen und unregelmäßigen Bernsteinstücken wand sich zweifach um ihren Hals und leuchtete vor dem kakaobraunen Hintergrund. Ihre Lippen waren leicht angeschwollenen, weil Nev sie in der Auffahrt noch geküsst hatte – sein alberner Versuch, sie zu beruhigen; zumindest hatte er das behauptet. In Kombination mit ihren vor Nervosität geröteten Wangen sah sie von Kopf bis Fuß aus wie die frischgebackene hübsche Braut, für die Nevs Vater sie hielt.

Gott, aber innerlich konnte sie es gar nicht erwarten, hier wieder wegzukommen. Es war eine Sache, sich als die neue Cath auszugeben, bis ihr ein anständiges Verhalten zur Gewohnheit geworden war, und eine ganz andere, glaubwürdig die Frau zu spielen, die ihr da aus dem Spiegel entgegensah.

*Du schaffst das, Talarico. Wie schwer kann es schon sein, so zu tun, als würdest du den Rest deines Lebens mit Nev verbringen wollen? Reiß dich zusammen und beweg deinen Arsch wieder da raus.*

So gestärkt kehrte sie ins Wohnzimmer zurück.

Nev konterte eine schnelle Serie von Fragen seiner Mutter, während Cath sich neben ihn auf das steife Sofa setzte. Er griff nach ihrer Hand und drückte sie, aber es fühlte sich an, als wäre er eine Million Meilen weit entfernt. In diesem Wohnzimmer war er ganz City. Supercool. Supersmart. Superreich.

Sie versuchte, nicht darauf zu achten, dass sie diesen Nev eigentlich nicht besonders mochte.

»Und wie habt ihr beiden euch kennengelernt?«, fragte Evita.

Nev wurde still, als hätte er nicht mit dieser Frage gerechnet. Cath schon. Sobald ihr bewusst geworden war, dass sie Nevs Mutter kennenlernen würde, hatte sie sich eine angemessenere Vorgeschichte für sich und Nev ausgedacht. »Wir haben uns in der *Tate* kennengelernt – in der *Tate Modern*, genauer gesagt. Es gab einen Empfang bei der neuen Dadaismus-Ausstellung, und Nev und ich sind uns förmlich in die Arme gelaufen. Er war so charmant und hat sich andauernd entschuldigt …« – hier warf sie ihm einen verliebten Blick zu – »sodass ich ihm erlaubt habe, mich zu einem Spaziergang an der South Bank einzuladen. Später haben wir bei einem dieser Stände am Fluss Crêpes gegessen. Banane-*Nutella*, oder, Liebling? Und wir haben uns stundenlang unterhalten.«

»Am nächsten Tag durfte ich sie dann zu einem richtigen Date einladen«, fügte Nev hinzu, indem er die Herausforderung annahm.

»Liebe auf den ersten Blick, stimmt's?«, fragte Richard schwärmerisch.

»So ungefähr«, bestätigte Cath.

Nev lächelte ihr zu, und das Eis schmolz. Sie hörte auf, sich um ihr Kleid Sorgen zu machen, und wünschte sich stattdessen sehnlichst, er würde sich herüberbeugen und sie küssen, mit einer Hand an ihrem Gesicht, wie er es immer tat, wenn er vorhatte, sie quälend langsam zu verwöhnen, und dann …

*Aber das ist alles nur Show, Dummerchen. Verlier bloß nicht den Boden unter den Füßen.*

Gott sei Dank war da noch die Stimme der Vernunft. Cath riss ihren Blick los und starrte stattdessen auf ihre Füße, die in einem sehr engen, sehr langweiligen Paar beigebrauner Pumps steckten.

»Was für eine bezaubernde Geschichte«, sagte Evita, wobei ihr Ton keinen Zweifel daran ließ, dass sie nicht im Geringsten bezaubert war. »Sag mir, Cath …«

Aber wieder eilte Richard zu ihrer Rettung. »Evita, wir sollten Nev und Cath auf ihr Zimmer bringen. Sie müssen müde sein von der Fahrt. Uns bleibt heute Abend noch jede Menge Zeit zum Reden.«

Evitas fest aufeinandergepresste Lippen zeigten, dass sie von diesem Vorschlag nicht begeistert war, aber sie war ausmanövriert worden. »Du hast vollkommen recht, Richard. Also lass uns mal überlegen, wo wir euch unterbringen … Ich vermute, dein altes Zimmer wäre nicht geeignet, Neville? Ich wollte Winston und Rosemary dort einquartieren, aber wir können ihnen auch ein anderes Zimmer vorbereiten.«

»Das ist in Ordnung, Mutter. Wenn du Cath nach oben begleitest, hole ich in der Zwischenzeit unsere Sachen aus dem Auto.«

Evita führte sie in ein großes Eckzimmer im obersten Stock des Hauses. Unter den Möbeln fiel zunächst ein Himmelbett aus dunklem Holz auf, während Fenster an beiden Außenwänden einen schönen Blick auf die umliegende Landschaft boten. Cath entdeckte einen Barockgarten und Wege, die zu einem kleinen Wäldchen an einem Bach führten.

»Vielleicht kann Neville dir vor dem Abendessen das Anwesen zeigen«, bemerkte Evita.

»Das wäre schön.«

Die fünfzehnjährige Chicagoer Göre in ihrem Kopf krähte: *Das Anwesen zeigen. Wie reizend …!*

»Ich lasse dich dann mal auspacken. Ich freue mich unheimlich darauf, dass wir uns später besser kennenlernen werden.« Sie drückte Cath die Hand und quetschte ihre Ringe ziemlich schmerzhaft gegen ihre Finger. »Ich habe mir so gewünscht, dass Neville heiratet. Ich hätte die Hochzeit natürlich gern hier veranstaltet, aber er hat noch nie besondere Rücksicht auf meine Wünsche genommen. Es ist jedenfalls gut, dass er nun in festen Händen ist.«

Das klang so, als meinte sie es tatsächlich ernst. Cath lächelte zuckersüß. »Nev und ich werden sehr glücklich miteinander sein. Wir sind schrecklich verliebt.«

»Ja«, sagte Evita in einem merkwürdigen, beinahe geistesabwesenden Ton. »Ja, das sehe ich. Nun, das Abendessen ist um sieben. Dann können wir uns unterhalten.« Und mit einem weiteren Schulterdrücken und einem gehauchten Küsschen war sie verschwunden.

# 14

Er musste seiner Mutter im Flur begegnet sein, denn er tauchte in demselben Moment mit dem Gepäck auf. Er ließ es hinter der Tür fallen, machte sie zu und drehte den Schlüssel um. Als er sich umwandte und Caths Blick traf, sah sie, dass City sich verabschiedet hatte. Auf der anderen Seite des Zimmers stand Nev, heiß wie die Hölle, und sah sie an, als wollte er sie nach allen Regeln der Kunst durchvögeln.

»Zieh das aus«, sagte er.

Er trat auf sie zu, streifte seine Jacke ab und warf sie auf einen Stuhl. Cath wich zurück in Richtung Fenster. »Was soll ich ausziehen?«

»Cath, wenn du jetzt nicht sofort dieses Kleid ausziehst, bin ich nicht schuld, wenn ihm was passiert.«

Ein weiterer Vorstoß, ein weiterer Rückzug. Er trug ein sommerliches blau kariertes Hemd, das am Hals offen stand und in einer dunkelblauen Jeans steckte, die wahrscheinlich ein Vermögen gekostet hatte. Ein Märchenprinz im Freizeitlook – und dieser königliche Traummann öffnete gerade seine Gürtelschnalle.

»Nein.« Sie stemmte die Hände in die Hüften. »Hör auf, mich rumzukommandieren.«

Er hielt inne, musterte sie lange, grinste dann und zog den Gürtel mit einer einzigen schnellen Bewegung aus den

Schlaufen, wobei sein Oberarmmuskel sich anspannte. Sie fiel beinahe in Ohnmacht. »Du magst das.«

»Nein.«

Sie mochte es.

Er knöpfte seine Hose auf, und ihr Puls schaltete einen Gang höher. »Deine Mutter hat gesagt, du würdest mir vielleicht das Anwesen zeigen.«

»Später. Das hier dauert nicht lange. Runter mit dem Kleid.«

»Ich werde in diesem Zimmer keinen Sex mit dir haben. Das ist widerlich. Du bist hier aufgewachsen, oder? Wahrscheinlich hast du noch Teenie-Pornos unterm Bett.«

»Ich bin im Internat aufgewachsen. Ich habe immer nur in den Ferien hier geschlafen.« Er zog sein Hemd aus der Hose und deutete auf das Himmelbett. »Und jetzt werden wir beide hier schlafen, und ich werde in dem Bett mit dir Sex haben.« Während er sein Hemd aufknöpfte, sah er sich im restlichen Zimmer um. »Oder vielleicht auch dort an der Wand, wenn du dich nicht benimmst.« Er kam einen Schritt näher und öffnete noch einen Knopf. »Vornübergebeugt, während du dich am Bettpfosten festhältst.« Noch ein Schritt, noch ein Knopf. »Während du auf der Kommode sitzt.«

Jetzt stand er direkt vor ihr, das Hemd bis zur Taille aufgeknöpft, und der tiefe Klang seiner Stimme brachte die flüssige Hitze zwischen ihren Beinen zum Kochen. »In der Dusche. Auf dem Fußboden. Ich bin nicht wählerisch. Aber wenn du jetzt nicht sofort dieses Kleid ausziehst, dann ziehe ich es dir aus.«

Sie wollte Widerstand leisten. Ihn bestrafen. Nicht dafür, dass er sie hergebracht hatte und sie nun so tun musste, als wäre sie jemand, der sie nicht war – dazu hatte sie sich schließlich bereit erklärt –, sondern dafür, wie er im Wohnzimmer gewesen war, als er mit seiner Mutter gesprochen hatte. Für seine Angewohnheit, sich im Handumdrehen von Nev in City und wieder zurück zu verwandeln. Sie mochte seine undurchdringliche Maske nicht, und seine Geheimnisse auch nicht. Sie hasste sein Zimmer mit den schicken viktorianischen Möbeln. Es ärgerte sie, dass er ein Anwesen hatte statt eines verwilderten Vorgartens. Es machte sie wütend, wie sehr sie ihn trotz allem wollte.

»Hattest du schon mal Sex in diesem Zimmer, Neville?«, fragte sie und warf ihm seinen Namen hin wie einen Fehdehandschuh.

Er zog eine Augenbraue hoch. Seine Augen waren hart geworden, Granit unter dem Moos des Waldbodens. »Willst du wirklich, dass ich diese Frage beantworte?«

»Ja.« Sie musste das Zimmer mit den Geistern dieser Frauenkörper füllen, um die weiße strukturierte Tapete und die darin enthaltenen Erinnerungen an Nevs Jugend zu entweihen. Wenn sie ihn sich hier mit anderen Frauen vorstellen könnte, einer Reihe reinrassiger Ponys, die sich auf seinem Bett wälzten und seinen Namen schrien, dann würde es ihr vielleicht gelingen, den unbestimmten Impuls zu unterdrücken, ihn wegen seiner Kindheit trösten zu wollen. Denn sie sah nun, dass es eine furchtbar leere Kindheit gewesen sein musste, mit einem Drachen als Mutter.

»Ja. Das habe ich.« Er sagte das mit einem Grinsen, das sie provozieren sollte.

»Mit wie vielen Frauen?«

Sie wusste nicht, was sie hier in diesem Haus überhaupt taten, aber sie wusste, was er in diesem Moment von ihr wollte. Er war zu ihr gekommen, um zu vergessen, um eine Stunde lang freigesprochen zu werden von der Sünde seiner Familie.

Sie weigerte sich, ihn freizusprechen. Er hatte sie hergebracht. Er hatte sie gebeten, diesen Ring und dieses Kleid zu tragen. Er war Nev, aber er war auch City, und sie hatte es satt zuzusehen, wie er hin- und herwechselte. Sie wollte beide gleichzeitig, in demselben Körper. Hier, wo er sie gebeten hatte, sich als jemand anders auszugeben, würde sie ihn zwingen der zu sein, der er wirklich war.

Er nahm ihr die Perlenkette ab. »Törnt dich das an? Wenn du mich nach anderen Frauen fragst?«

Ihre Brustwarzen waren so hart, dass sie sie als Waffen gebrauchen könnte. Ja, verdammt, es törnte sie an. »Mit wie vielen?«

»Vier«, sagte er. »Nein, fünf.« Er ließ ihre Kette auf den Boden fallen. Ihre Augen wurden von dem schmalen Streifen Haut angezogen, den sein aufgeknöpftes Hemd freigab. Von der Wölbung seiner Brustmuskeln. Der Spur goldener Härchen, die hinunter zu seiner offenen Jeans führte. Der Beule seines Glieds hinter dem Reißverschluss. Sie konnte seine Erregung riechen, Schweiß und Pheromone oder was auch immer sein Körper produzierte, wenn er sich paaren wollte.

»Mussten sie sich alle für dich ausziehen, sobald sie die Schwelle übertreten hatten?«

Er lächelte, umfing ihre Taille und zog sie dicht an sich, wobei seine Erektion gegen ihren Bauch drückte. Seine Hände fanden den Reißverschluss ihres Kleides und zogen ihn nach unten. »Ist es besser, wenn ich Ja sage? Dass das zum Rundgang über das Anwesen gehört und du nichts weiter bist als Nummer sechs? Würde dich das glücklich machen?«

*Nein.* »Ja.«

»Schade.« Er streifte ihr das Kleid über die Arme und ging dann vor ihr auf die Knie, um es ihr über die Hüften zu schieben und ganz auszuziehen. »Du bist die einzige Frau, die mich je so verrückt gemacht hat.« Er stützte sie mit einer Hand an der Hüfte und zog ihr die Schuhe aus, indem er ihre Füße einen nach dem anderen anhob, den Rist durch die Seidenstrümpfe streichelte und sie dann sanft auf den Boden stellte.

Sein Gesicht war an ihrem Schritt, und er drückte einen Kuss auf ihr Höschen, bevor er den Blick auf ihre Füße richtete und dann langsam über ihren ganzen Körper gleiten ließ, über die hautfarbenen Strümpfe mit den Strumpfbändern, den rosa Satin und die schokoladenbraune Spitze. Ihren Bauch. Ihren BH. Ihr Gesicht. »Wenn ich gewusst hätte, dass du das trägst, hätte ich dich noch auf dem Autorücksitz flachgelegt.«

»Ich muss das Kleid aufhängen«, flüsterte sie.

»Vergiss das Kleid. Wenn ich nicht in den nächsten sechzig Sekunden in dir bin, falle ich tot um.« Seine Hände begannen zu wandern, starke Finger legten sich um ihre Hüften, streichelten über ihre Taille und ihren Bauch und schoben die Körbchen ihres BHs zur Seite, um mit ihren Brustwarzen zu spielen.

Als er Anstalten machte, seine Finger in ihren Slip gleiten zu lassen, setzte Cath einen Fuß in die Mitte seiner Brust und stieß ihn weg, sodass er nach hinten auf die Fersen kippte. »Nein«, sagte sie. »Wir machen es auf meine Weise oder gar nicht.«

Er griff nach ihrem Fuß und drückte ihn an sich, während er mit seiner großen Hand an der Innenseite ihres Beins hinaufstrich, um seine Finger in ihren Schritt zu legen. Sie war feucht, und er wusste es. Er hatte sie aus dem Gleichgewicht gebracht, sowohl buchstäblich wie auch im übertragenen Sinn, und auch das wusste er. Aber verdammt noch mal, sie würde das Kommando übernehmen.

»Was heißt ›auf deine Weise‹, Süße?«

»Ich mach's mir selbst. Du schaust zu.«

Seine Augen verdunkelten sich. »Verstehe. Darf ich auch mitmachen?«

»Nein. Du behältst deine Hose an und deine Hände bei dir. Leg dich aufs Bett.«

Er sah sie prüfend an, dann stand er auf und fügte sich, indem er sich auf die Seite legte, sodass er einen guten Blick hatte. »Darf ich sprechen?«

Sie überlegte. »Ja.«

»Danke.«

Die unerwartete Höflichkeit löste die Spannung, die sich zwischen ihnen aufgebaut hatte, und ließ Cath lächeln. Nev lächelte zurück und entspannte sich auf der gesteppten Tagesdecke, mit dem Kopf auf einen Ellbogen gestützt. Er war nicht ihr Feind. Sie wusste nicht, was er war, aber das war er nicht.

Was auch immer er war, in ein paar Minuten würde sie ihn um den Verstand vögeln.

Sie lehnte sich an die Wand, spreizte die Beine und strich mit den Händen über die weiche Haut ihres Bauchs, dann hinunter über ihr Satinhöschen. Den ganzen Morgen schon hatte sie gespürt, wie die Strumpfbänder sich fest über die Rückseiten ihrer Schenkel und ihren Po spannten. Solch eine komplizierte, unnötige Unterwäsche, die einzig dem Zweck diente, Männern einen sexy Anblick zu bieten, sie damit zu reizen, was sie sehen und nicht sehen konnten, und ihnen etwas zu versprechen und gleichzeitig zu verweigern.

»Du siehst so verdammt heiß aus, Cath«, sagte Nev mit tiefer, rauer Stimme. »Wenn ich dich jetzt in die Finger kriegen würde, würde ich sie auf deinen Hintern legen, damit ich die Spitze unter meinen Händen spüren kann, während ich durch deinen BH an deinen Nippeln sauge.«

Der Gedanke an seine Hände auf ihrem Po erzeugte einen Strom von Feuchtigkeit zwischen ihren Beinen, und ihre Finger gingen hoch an ihre Brüste, streichelten und drückten sie durch den Stoff. Ihre Hüften wiegten sich vor der Wand vor und zurück. Sanft. Dann heftiger. Sie begann zu zucken. Sie konnte ihn atmen hören, nur ein paar Schritte entfernt, flach und schnell, und sie wusste, dass sie sein Herz zum Rasen brachte. Sie hatte das noch nie für ihn gemacht. Sie hatte das noch nie für irgendjemanden gemacht.

»Zieh ihn aus. Ich will dich sehen.«

Sie griff hinter sich und öffnete den BH, ließ ihn an ihren Armen hinunterrutschen und auf den Boden fallen. Nev bewegte sich unruhig auf dem Bett, und sie warf einen Blick zwischen seine Beine. Er war voll erregt. Sein Schwanz wäre hart genug, um Nägel in eine Wand zu schlagen. Nev wurde härter, als sie es je bei einem Mann für möglich gehalten hätte, und er konnte schnell und fest in sie stoßen, sogar ein wenig grob. Sie wollte ihn grob. Sie wollte ihn hemmungslos und ehrlich in ihrem Inneren. Sie spielten hier ein Spiel, aber es war nicht das, wonach es aussah. Es ging hier nicht um Sex. Es ging darum, die Wahrheit zu sagen.

»Du wirst feucht, oder?« Er grinste noch immer. »Du willst mich.«

»Ja.« *Gott, ja.*

»Berühre dich.«

Sie ließ eine Hand über ihren Bauch gleiten, schob sie am engen Band des Strumpfgürtels vorbei in ihren Slip und rieb dann mit einem Finger über ihre Knospe. Ihre Augenlider sanken herab, und sie drückte sich gegen die Wand, da sie nicht sicher war, wie lange ihre Beine sie tragen würden. Sie konnte seinen Blick auf ihrer Haut spüren. Spüren, wie das Blut durch seine Adern rauschte.

Sie glitt mit der Hand tiefer.

»Schau mich an«, befahl er, und sie begegnete seinem Blick, während sie mit zwei Fingern in sich eindrang und stöhnte, als sie das Becken nach oben kippte, um ihrer Hand entgegenzukommen. Seine Augen waren heißer und hungriger, als sie sie je gesehen hatte. »Ich würde es besser machen«, sagte er mit tiefer, rauer Stimme. »Ich würde meine Zunge benutzen. Erst durch dieses hübsche Höschen hindurch, und dann, wenn du ganz nass bist und dich windest, würde ich es dir runterreißen und deine Schenkel weit spreizen und dich offen halten, während ich dich verschlinge wie ein Festmahl.«

Ihre Hand wurde noch feuchter bei seinen Worten. Sie

hätte ihm nicht erlauben sollen zu reden. Sie wusste nicht mehr, wer das Kommando hatte.

Sie rieb mit dem Daumen über ihre Klitoris, stöhnte wieder, und ihre Finger glitten hinein und heraus, während sie sich Nevs Mund an ihrer Spalte vorstellte. Er konnte sie kommen lassen, wie er gerade wollte. Schnell oder langsam, allmählich und lang gezogen, oder kurz, heftig und hart. Er liebte es, sie zu verwöhnen, der Geschmack ihres Orgasmus war eine Droge, die seine Augen glasig werden und seinen Schwanz pochen ließ. Sie hatte es in seinem Gesicht gesehen, wenn er danach in sie eindrang und mit seiner salzigen heißen Zunge in ihren Mund eintauchte.

*Oh Gott.*

Ihr Bauch zog sich zusammen, als ihr Höhepunkt sich ankündigte.

»Zieh deinen Slip aus. Ich will zusehen, wie du es dir machst.«

Sie öffnete mit zitternder Hand die Strumpfhalter, schob ihr Höschen hinunter und wand sich, bis es um ihre Knöchel lag.

»Wenn ich mit meinem Mund fertig bin, hebe ich deine Arme über deinen Kopf und halte sie dort fest, und dann dringe ich so schnell und so hart in dich ein, dass du schreist und mich fest umklammerst. Du bist so eng, Cath, dass es mich um den Verstand bringt, und die Geräusche, die du machst, wenn ich in dir bin, wecken in mir den Wunsch, dich immer härter ranzunehmen, bis ich dich ganz auf den Gipfel treibe.«

Ihre Finger flogen jetzt, stießen tief in ihre nasse Höhle, ihr Daumen rieb, massierte, vor und zurück. »Nev, ich komme jetzt«, keuchte sie. »Oh Gott, Nev.« Ihr Kopf fiel gegen die Wand. Der Orgasmus jagte durch sie hindurch, entrang ihrer Kehle einen Schrei und zwang jeden Muskel ihres Körpers, sich anzuspannen und heftig zusammenzuziehen. Er wollte nicht enden, wollte nicht enden, und dann ebbte er ab und ließ sie ermattet zurück, schlaff und erschöpft.

Sie spürte seine Hände auf sich. Er hob sie hoch und legte sie neben sich aufs Bett. Er war schweißgebadet, seine Haut nass und heiß an ihrer. »Wow, das war mit Abstand das Heißeste, was ich je gesehen habe.«

Sie konnte nur daliegen, zu geschwächt vor Lust, um sich zu bewegen.

»Jetzt bin ich dran«, sagte er. »Wir sind noch lange nicht fertig.«

Nachdem er seine Jeans ausgezogen hatte, kniete er sich über sie. »Ich glaube, wir lassen die Strümpfe an.« Er berührte das lockere Gummi ihrer Strumpfbänder. »Mit denen siehst du aus wie ein richtiges Flittchen.«

»Sie sind heiß«, beschwerte sie sich.

»Oh ja, das sind sie.« Er setzte sich rittlings auf ihre Hüften, ließ sich auf die Ellbogen herab und strich mit seinem Oberkörper über ihre nackten Brüste.

»Ich werde dich jetzt küssen, Mary Catherine. Und dann werde ich dich dazu bringen, dass du meinen Namen noch öfter sagst. Das hat mir ganz gut gefallen.«

»Das werde ich nicht tun.« Wahrscheinlich würde sie es tun.

»Wir werden ja sehen.«

Sein Kuss war fordernd und besitzergreifend und zeigte

ihr, wie sehr ihre Vorstellung ihn erregt hatte und wie sehr er sie wollte. Er vergrub die Finger in ihrem Haar, tauchte mit der Zunge in ihren Mund ein und passte sich damit der Bewegung seiner Hüften an, die er fest in das angeschwollene Fleisch zwischen ihren Beinen drückte. Es tat fast weh. Sie verdiente es. Sie genoss es.

Sie erwiderte den Druck.

Er küsste sie wieder, schob ihre Knie hoch und drang hart in sie ein, sodass sie die Fingernägel in seinen Rücken grub vor Schmerz und Lust. Nev hatte das Kommando übernommen, und sie liebte es. Sie hatte mit einer Vergeltung gerechnet, weil sie ihn gequält hatte. Sie hatte sie gewollt. Ihr Ziel war es auch gewesen, ihn wild und verwegen vor Verlangen nach ihr zu machen.

Aber als er in ihr war, nahm er keine Rache. Stattdessen erhob er sich, er stützte sich mit beiden Händen auf die Matratze und betrachtete sie. Seine Augen waren unglaublich – voller Begierde und Entschlossenheit, Verletzlichkeit und Schmerz. Sie wusste nicht, was das zu bedeuten hatte, ob sie ihm etwas getan hatte oder ob es einfach das Haus war, das Zusammensein mit seiner Familie, das so auf ihn wirkte. Es spielte keine Rolle. Er brauchte sie. Sie hielt seinen Blick fest, schlang die Beine um seine Hüften und sagte: »Komm schon.«

Er schloss stöhnend die Augen. Dann begann er sich zu bewegen.

Zuerst ging er es langsam an, und sie sah zu, konzentrierte ihre ganze Aufmerksamkeit auf den erotischen Anblick von Nev, wie er in ihr versank, dann wieder hervorkam. Hinein und heraus. Sein Bauch angespannt. Die Arme angespannt. Der Kiefer angespannt. Er war wunderschön. Sie waren wunderschön.

Sie wusste, weshalb sie hier war. Es hatte keinen Sinn, so zu tun, als wüsste sie es nicht. Sie war hier, weil er wollte, dass sie hier war. Sie war hier, weil sie ihn liebte. So dumm es auch war, sie liebte ihn seit dem ersten Morgen in seiner Wohnung, als sie seinen Namen erfahren und beide Seiten von ihm kennengelernt hatte. Nev und City. Heiß und kalt. Rote Wangen und dreiteilige Anzüge. Ihrer.

»Fester«, sagte sie.

»Ich will es hinauszögern.«

»Nein. Diesmal nicht.«

Also stieß er fester in sie, und er sah auf sie herab. Seine Pupillen waren schwarze, grün umrandete Löcher. Sie nahm ihn in sich auf. Sie akzeptierte ihn. Dies hier waren seine Wurzeln, dieses Haus, dieses Bett. Diese Leute. Nev war der Mann im Wohnzimmer und der Maler in seinem Studio, der Banker und der Rugbyspieler. Der Freund, der ihr Shrimps-Chips kaufte und ihr über den Rücken strich, wenn sie weinte. Der zärtliche Liebhaber. Das wilde Tier, das zum Spielen aus seinem Käfig kam, wenn sie sich auszogen. Er konnte all das sein. Sie hatte sich in all das verliebt.

»Nev.«

»So ist's gut, Süße. Sag meinen Namen.«

Sie sagte ihn. Sie sagte ihn öfter, als sie zählen konnte.

# 15

Nev schenkte den Whiskey aus und verteilte ihn pur auf drei Gläser mit dickem Boden. Sich selbst schenkte er einen doppelten ein. Das Abendessen war entsprechend schlimm gewesen.

Cath hatte sich gut geschlagen. Besser als er gedacht hätte, in Anbetracht der Art, wie Mutter und Winston über sie hergefallen waren. Sie hatten ihr im Verlauf eines einzigen Essens mehr persönliche Fragen gestellt, als Nev ihr in einem Monat zu stellen gewagt hatte. Er fragte sich, wie viel von dem, was sie ihnen erzählt hatte, wahr war – und was sie beschlossen hatte zu verbergen.

Er selbst hatte nur wenig lügen müssen, und das war ziemlich leicht gewesen. Es fiel ihm nicht schwer, sich vorzustellen, mit Cath verheiratet zu sein. In gewisser Weise bedeutete die Lüge für ihn auch eine Erleichterung. Er hatte sich seit Wochen zurückgehalten, ihr die Tiefe seiner Gefühle zu gestehen, weil er befürchtet hatte, sie zu verschrecken. Vor seiner Familie konnte er sein Herz sprechen lassen, geschützt durch das Wissen, dass sie kein Wort davon glauben würde. Er hatte allen gesagt, dass er Cath liebte, dass er und sie zusammengehörten, und sie hatte ungerührt gelächelt, als hätte sie das schon tausendmal gehört.

Er liebte sie. Sie gehörten zusammen. Wenn er seine Ringe

an ihren Fingern sah, empfand er tiefe Befriedigung darüber, dass sie zu ihm gehörte, und dieses Gefühl war nicht weniger stark, nur weil es kein echtes Fundament hatte.

Er wollte nicht länger allen etwas vormachen. Er wollte, dass Cath zu ihm gehörte, für immer. Aber er hatte keine Ahnung, wie er das erreichen sollte. An dem Abend in London, als sie sich bereit erklärt hatte, bei seinem Plan mitzuspielen, waren sie in seine Wohnung zurückgekehrt. Sie hatten einander geliebt, und gerade als er danach einschlafen wollte, hatte sie in die Dunkelheit gesagt: »Du treibst es ganz schön weit, City. Ist dir das klar?«

Natürlich war es ihm klar. Er machte sich Sorgen, ob das Eis womöglich zu dünn war, auf das er sich mit ihr vorwagte. Im Schutz der Routine, die sie in Greenwich entwickelt hatten, hatte Cath angefangen, sich ihm zu öffnen, ihm einige ihrer Geheimnisse und Träume zu erzählen. Hier jedoch gab es keine Sicherheit mehr. Alles war möglich.

Nichts davon versprach etwas Gutes.

Er würde sich besser fühlen, wenn sie jetzt bei ihm wäre, aber sie wahrten die Tradition. Nach dem Essen gingen Nev und Winston auf einen Drink zu ihrem Vater in die Bibliothek, während die Frauen sich in den Salon zurückzogen und taten, was auch immer sie dort taten. Rosemary war vermutlich schweigsam wie ein Grab. Er konnte nur hoffen, dass Mutter Cath nicht allzu sehr zusetzte. Er hatte die Panik in Caths Augen gesehen, als sie erkannte, dass sie von ihm getrennt werden würde.

Er schenkte sich noch einen Schluck Whiskey ein, dann verteilte er die Gläser und nahm seinen gewohnten Platz ein.

Sein Vater sprach einen Toast: »Auf Nev und seine reizende Frau. Mögen ihnen viele glückliche Jahre vergönnt sein.« Winston hob die Hand in Nevs Richtung, und sie tranken.

Sie *war* reizend, überlegte er. Sie hatte zum Abendessen ein schlichtes schwarzes Kleid getragen, dessen Halsausschnitt hoch genug war, um ihr Phönixtattoo zu verdecken. Sie hätte bieder aussehen müssen, aber das Kleid passte ihr gut, und irgendwie wirkte sie darin sexy. Er sehnte sich danach, diesen endlosen Abend hinter sich zu bringen und wieder mit ihr ins Bett zu gehen. Sie war an diesem Nachmittag so widerspenstig gewesen, ihr Trotz hatte ihn über die Maßen erregt. Sein Arm pochte noch immer an der Stelle, wo sie ihn gebissen hatte. Der leichte Schmerz war eine ständige Erinnerung daran, wie sie in ihren Strümpfen und Strumpfhaltern ausgesehen hatte. Daran, wie sie den Kopf nach hinten an die Wand geworfen hatte, als sie gekommen war. An den Klang seines Namens auf ihren Lippen, als er in sie stieß.

»Neville?«

Sein Vater sah ihn prüfend an, und Nev merkte, dass er den Faden verloren hatte. »Bitte?«

»Winston sagte gerade, er würde sich bei der nächsten Vorstandssitzung für deine Beförderung einsetzen. Meinen Glückwunsch.«

Seine Hand umklammerte das Whiskeyglas. Die Ankündigung ärgerte ihn, obwohl sie das nicht hätte tun sollen. Winston und Mutter mussten annehmen, dass er Cath allein aus strategischen Gründen geheiratet hatte. Er hatte seinen Teil der Abmachung erfüllt, und jetzt würde er seine Belohnung erhalten. Es war nicht so, als stände sie ihm nicht zu. Er hatte die Beförderung mehr als verdient. Trotzdem ärgerte es ihn, sie auf diese Weise zu bekommen.

Aber war das nicht der Grund, weshalb er hier war, zumindest teilweise? Sicher, er hatte eine Möglichkeit gesehen, Cath zu helfen, aber er hatte auch eine Möglichkeit gesehen, wie Cath ihm helfen konnte. Er war den Pakt mit dem Teufel eingegangen, um das Einverständnis des Vorstands zu seiner Beförderung zu erhalten und dann seiner Familie zu sagen, dass die Heirat von Anfang an ein Bluff gewesen war. Er würde seine Mutter mit ihren eigenen Waffen schlagen. In ein paar Monaten würde der Vorstand über seine Scheidung informiert werden. Ganz einfach. Es würde niemandem wehtun, und er und Cath würden beide bekommen, was sie wollten.

Aber weshalb fühlte er sich dann immer wie ein kompletter Vollidiot, wenn er über den Plan nachdachte?

»Danke, Dad. Ich fühle mich selbstverständlich geehrt.«

»Komm schon, Nev, du hast es verdient, deinen Sieg zu feiern«, sagte Winston. »Du hast die Bedingungen erfüllt, und jetzt bekommst du deine Belohnung. Obwohl ich zugeben muss, ich hätte niemals gedacht, dass du so weit gehen würdest, *sie* zu heiraten.«

Nev biss die Zähne zusammen und verkniff sich eine Beleidigung. Seine Reaktion war nach all den Jahren zu einem Reflex geworden. Es war nie eine gute Idee, sich mit Winston anzulegen. Er würde ihn nur immer weiter reizen, mit einem höflichen Lächeln im Gesicht, bis man ausrastete. Es war besser, sich zurückzuhalten.

»Ich fürchte, ich verstehe nicht«, sagte Richard. »Von welchen Bedingungen redet ihr?«

»Entschuldige, Vater«, antwortete Winston. »Das war eine interne Angelegenheit. Die Vorstandsmitglieder waren sich einig, dass sie Neville die Beförderung anbieten wollten, aber nur wenn er heiratet. Wir fanden, dass ein verheirateter Mann den Anforderungen der Position besser gewachsen wäre.«

Richard hatte die Bank vor sechs Jahren verlassen, weil er meinte, er wolle Winston eine Gelegenheit geben, die Führung zu übernehmen. Er wurde schon lange nicht mehr in alles eingeweiht, aber die Gepflogenheiten der Bank waren ihm natürlich bekannt.

»Das ist … ungewöhnlich«, sagte er. »Und du willst damit sagen, dein Bruder hat nur geheiratet, um … Nev, ist das wahr?«

»Es stimmt, dass der Vorstand mir das Angebot gemacht hat, aber das ist nicht der Grund, weshalb ich Cath geheiratet habe. Das Timing ist Zufall.« Er wollte, dass sein Vater ihn verstand, aber schon während er die Worte aussprach, wusste er, dass der Widerspruch zwecklos war. Dad konnte ihm unmöglich glauben nach dem, was Winston gerade gesagt hatte, und selbst wenn er es tat, würde sehr bald auffliegen, dass die Heirat ein Schwindel war und nur dazu gedient hatte, beim Vorstand seine Beförderung durchzusetzen und seinen Vater dazu zu bringen, dass er die Summe spendete, die Cath brauchte.

Gott. Von dem Standpunkt aus betrachtet war es ein durch und durch verabscheuungswürdiger Plan.

»Natürlich ist es Zufall«, sagte Winston in genau demselben falschen honigsüßen Ton, den auch Mutter gern anschlug. »Fantastisch gutes Timing. Wenn ich mich recht entsinne, kanntest du Cath sogar schon, bevor du von dem Angebot wusstest, oder? Sie war an dem Tag in deiner Wohnung, als ich zu dir gekommen bin, um darüber zu sprechen. So wie es aussah, wart ihr schon ziemlich gut miteinander bekannt.« Sein Grinsen sprach Bände, und Nev musste einen Moment die Augen schließen, um die aufsteigende Wut zurückzudrängen, die die beiläufige Lüsternheit seines Bruders in ihm auslöste. Er leerte den Rest seines Drinks in einem Zug und hielt den Atem an, während der Schluck in seiner Kehle brannte.

»Pass bloß auf«, sagte er, als er sich wieder unter Kontrolle hatte. »Du sprichst hier von meiner Frau.«

»Oh, ich weiß ganz genau, von wem ich spreche. Die Frage ist nur, weißt du es?«

»Was soll das heißen?«

»Es soll nur heißen, dass ich mich frage, wie viel du über dieses Mädchen weißt, das du da geheiratet hast. Ihr hattet so wenig Zeit, um euch kennenzulernen, und sie *ist* nun mal Amerikanerin. Eine weitgehend unbekannte Größe, wie mir scheint. Ich hoffe nur, du hast da nichts angestellt, was wir alle bereuen werden.«

»Das reicht, Winston«, sagte Richard. Seine gerunzelte Stirn zeigte nun nicht mehr nur Verwirrung, sondern deutliche Missbilligung. »Ich habe den Eindruck, man lässt mich hier vorsätzlich im Dunkeln, aber ich hoffe doch, dass ich genug weiß, um zu erkennen, wann du zu weit gehst. Cath ist die Frau deines Bruders, und wenn du nicht respektvoll von ihr sprichst, muss ich dich bitten zu gehen.«

»Danke«, sagte Nev. »Aber ich glaube, im Augenblick sollte *ich* besser gehen. Ich möchte zurück zu Cath.«

Er stellte sein Glas mit Nachdruck auf einen Beistelltisch und verließ den Raum.

Er würde zu Cath gehen. Aber zuvor musste er dringend einen Spaziergang machen, um sich zu beruhigen.

Sie hatte es geschafft, eine Freundin zu gewinnen. Die betreffende Freundin war dreizehn Jahre alt und trug zu viel Eyeliner, aber Cath konnte es sich nicht leisten, wählerisch zu sein.

Es war nur eine Frage – »Ist das ein iPod?« – nötig gewesen, und dann hatte sie lange aufmerksam zugehört, als Winstons Tochter Beatrice ihr einen Vortrag über ihre Lieblingsmusik hielt. Das Mädchen hatte durch das Menü ihres Musik-Players gescrollt und Cath zwanzigsekündige Ausschnitte verschiedener Songs und sogar Videos präsentiert, und Cath musste nur angemessene Geräusche zur Genialität dieses und der Wertlosigkeit jenes Künstlers machen, und Beatrice gehörte ganz ihr.

Sie war froh über die Gesellschaft. Nev hatte sie in den Salon verstoßen und sie mit seiner Furcht einflößenden Mutter, seiner schmollenden Nichte und Rosemary, der Pappfigur, die als Winstons Frau fungierte, allein gelassen. Nach dem qualvollen Essen – sie hatte sich in dem Wust von Silberbesteck zurechtfinden müssen, während sie das Opfer einer der höflichsten Inquisitionen der Weltgeschichte wurde – wollte sie sich nur noch verneigen und ins Bett gehen. Oder wenigstens den Grappa hervorholen und peinliche Geschichten austauschen, wie ihre Familie das nach einem großen Essen immer machte. Aber nein, die Chamberlains hatten allen Ernstes einen Salon, und die Damen zogen sich nach dem Essen dorthin zurück, während die Herren sich in der Bibliothek einen Drink genehmigten. Cath hatte ja keine Ahnung gehabt, *keine Ahnung*, dass so etwas nicht mit Königin Victoria ausgestorben war. Jetzt fehlte nur noch eine Flasche Madeira, und die Illusion, direkt im Jahr 1865 gelandet zu sein, wäre perfekt.

Auftritt Evita, mit einem Tablett, auf dem drei Gläser und allem Anschein nach eine Flasche Portwein standen. Cath versuchte, ihren Ausbruch amüsierter Überraschung hinter einem künstlichen Hüsteln zu verbergen, aber sie konnte an Evitas Stirnrunzeln erkennen, dass es ihr nicht ganz geglückt war.

Portwein! Nev hätte sie wirklich vorwarnen sollen. Das war zu viel.

Sie hatte ihren Wein beim Essen nicht angerührt, aus Angst, unachtsam zu werden. Evita wollte jedoch nicht akzeptieren, dass sie den Portwein ablehnte, also nahm Cath ein Glas und stellte es neben sich auf den Tisch. Sie schenkte weiterhin Beatrice ihre volle Aufmerksamkeit, die nun über alle Orte in Amerika sprach, die sie besuchen wollte.

»Du warst echt schon mal in Vegas? Wie war's? Hast du Stripper gesehen? Ich hab gehört, man kann Kurse machen, um Stripper zu werden. Man kriegt einen Strippernamen und alles. Mein Strippername wäre Aurora Dawn. Oder vielleicht Queen Bea, ich kann mich nicht entscheiden. Wie wäre deiner?«

»Ruby Tuesday«, sagte sie, weil Evita zuhörte und Cath sehen wollte, ob sie ihr eine Reaktion entlocken konnte. Keine

Chance. Es wäre mehr als ein Strippername nötig, um Cruella aus der Fassung zu bringen. Sie war ein Profi.

Während Beatrice weiter über die Schule und Jungs plauderte und darüber, wo ihre Freundinnen, die mehr Glück gehabt hatten, den Feiertag verbrachten, behielt Evita Caths Glas im Auge. Schließlich fragte sie: »Wie schmeckt dir der Port, Cath? Es ist einer meiner Lieblingsweine.«

Das war Caths Stichwort, um einen Schluck zu probieren, aber nein. Sie hatte noch nie Spaß daran gehabt, sich von anderen herumkommandieren zu lassen. »Ich möchte lieber nichts trinken. Aber danke.«

»Oh, du musst ihn probieren. Es ist ein sehr ungewöhnlicher Portwein, und ich serviere ihn nur zu besonderen Anlässen. Rosemary schätzt ihn sehr, nicht wahr, meine Liebe?«

»Er ist köstlich«, antwortete Rosemary gehorsam.

»Nein danke«, sagte Cath noch einmal in der Hoffnung, dass Evita nicht weiter darauf bestehen würde.

Das tat sie auch nicht, sondern wechselte abrupt das Thema. »Ich freue mich sehr, dass Beatrice das Wochenende mit uns verbringt. Enkelkinder sind ein Segen. Was ist mit dir und Neville, habt ihr vor, bald eine Familie zu gründen?«

Evitas Blick huschte noch einmal zum Portwein, und endlich fiel der Groschen. Es war wohl doch kein so abrupter Themenwechsel gewesen. Der Portwein war ein Test. Evita versuchte herauszufinden, ob Cath schwanger war.

Natürlich *musste* sie das denken. Warum sonst würde jemand wie Nev eine Frau wie sie heiraten? So viel also zu ihrem Versuch, den Drachen zu täuschen. Die katholische italienische Mafiosa konnte zwar Chicago verlassen, aber sie konnte nicht als ein Mädchen durchgehen, das bei Polospielen gigantische Hüte trug und im Salon Portwein nippte. Nicht einmal dann, wenn sie in dem langweiligsten schwarzen Kleid der Welt steckte.

Sie musste Evita antworten, aber sie war nicht sicher, ob sie die tatsächliche oder eine der implizierten Fragen ansprechen sollte. *Bist du schwanger? Bist du nur hinter dem Geld meines Sohnes her? Bist du gut genug für Neville?*

Wenigstens kannte sie die Antworten. Nein, nein und nochmals nein.

Sie hatte ihre einzige Chance auf Mutterschaft vor vielen Jahren verspielt, etwa zu derselben Zeit, als sie ihren einzigen Versuch zum Thema Ehe in Brand gesteckt hatte. Was sollte sie Evita sagen? *Als ich das letzte Mal versucht habe, ein Baby zu bekommen, ist es nicht besonders gut gelaufen? Ich habe bisher alle Beziehungen ruiniert, die ich je hatte, und es ist nur eine Frage der Zeit, bis ich auch diese ruiniere?*

*Ich liebe deinen Sohn zu sehr, um ihn zu heiraten?*

Aber das konnte sie nicht sagen. Soweit Evita wusste, waren Cath und Nev schon verheiratet, und das sehr wahrscheinlich weil Cath einen königlichen Spross in ihrem Unterschichtenschoß trug.

*Überraschung! Kein Kind mit Nevs blondem Haar und seinen grünen Augen. Genau genommen auch kein Schoß. Aber ich habe als Trostpreis diese reizende neue Garderobe von Harrods bekommen.*

Als sie den Mund aufmachte, um etwas zu sagen, blieben die leeren Worte, die sie sich zurechtgelegt hatte, hinter dem schmerzlichen Kloß in ihrem Hals stecken.

Gott sei Dank tauchte Nev genau in dem Moment in der Tür auf. »Ich denke, ich werde Cath jetzt entführen, wenn du nichts dagegen hast, Mutter. Es war für uns beide ein langer Tag.«

Cath blinzelte ihre Tränen fort und stand augenblicklich auf. »Danke für das wunderbare Abendessen, Evita«, gelang es ihr zu sagen, wobei sie erfreut feststellte, dass ihre Stimme nur leicht zitterte. »Ich freue mich darauf, mich morgen weiter mit dir zu unterhalten.«

Nev kümmerte sich um den Rest der höflichen Gutenachtwünsche und führte sie schnell aus dem Zimmer.

Sie sprachen nicht viel, während sie sich bettfertig machten. Nevs Schultern waren angespannt, und Cath fragte sich, was in der Bibliothek vorgefallen war.

Bei den Chamberlains kam jedenfalls keine Langeweile auf.

Nev hatte ihr ein Nachthemd gekauft, aber sie schlüpfte nackt zwischen die Laken, weil sie sich nach dem tröstlichen Gefühl von seiner Haut an ihrer sehnte. Nev schaltete das Licht aus und tat es ihr gleich, dann legte er einen Arm um sie und zog sie an seinen Körper.

»Es tut mir leid, dass ich dich mit ihr allein gelassen habe«, sagte er leise. »Das hätte ich nicht tun sollen.«

»Schon okay.« Sie schwieg. »Es ist nur, ähm, sie glaubt, ich bin schwanger.«

Cath war froh, dass sie sein Gesicht nicht sehen konnte. Sie wollte nicht wissen, ob er den Gedanken lustig oder entsetzlich fand. Oder ob er ihm gefiel. Sie wollte es nicht wissen.

Er sagte nichts, aber er legte eine Hand auf ihren Bauch,

und die Wärme half ein bisschen. Es war kein Weltuntergang, dass sie kein Baby haben konnte. Manchmal fühlte es sich so an, aber es war kein Weltuntergang.

Sie schniefte, und Nev drückte sie noch fester an sich.

»Als ich noch in der Schule war, habe ich diesen Feiertag gehasst«, sagte er nach einer Weile. »Ich habe alle Feiertage gehasst. Ich wollte nicht herkommen und meine Familie sehen. Ich habe mich schrecklich gefühlt, weil ich wusste, ich sollte mich darauf freuen. Ich sollte sie mögen. Aber sie haben es mir nicht leicht gemacht. Meine Mutter hat die ganze Zeit immer nur nach meinen neusten Fehlern gesucht und dann auf mir herumgehackt, um sie mir auszutreiben. Winston war so viel älter, ich habe ihn furchtbar bewundert, und er hat das ausgenutzt und mir geschmeichelt, wenn er was von mir wollte, und mich danach ignoriert oder, wenn ihm langweilig war, geärgert, bis ich ausgerastet bin. Der Einzige, mit dem ich gern zusammen war, war Dad. Er hat mich mit rausgenommen zum Malen. Er malt gern Landschaften, und ich durfte immer die Staffelei aufstellen, während er Skizzen anfertigte, und für ihn die Farben aussuchen und mischen. Das habe ich am liebsten gemacht.«

Seine Hand lag auf ihrem Brustkorb, und sie bedeckte sie mit ihrer eigenen. Mit jedem ihrer Atemzüge hob und senkte sie sich. Da war so viel Kraft in seinem Körper, es schmerzte sie sich vorzustellen, wie jung und verletzlich er einmal gewesen war.

»Ich schätze, Mutter liebt mich auf ihre Weise, aber sie will, dass ich einem ganz bestimmten Bild von einem Sohn entspreche, der nie existiert hat – außer in ihrer Vorstellung.

Als ich jünger war, wollte ich das auch, weil ich dachte, sie würde mich mehr lieben, wenn es mir nur gelingen würde, sie nicht zu enttäuschen.«

Cath schloss im Dunkeln die Augen, sie wollte nicht über das nachdenken müssen, was er ihr erzählte. Sie hatten also doch etwas gemeinsam. Sie hatte immer geglaubt, wenn sie sich mehr Mühe gegeben hätte, artig zu sein, wäre ihre Mutter vielleicht stolz auf sie gewesen. Aber Nev war wundervoll, und er hatte es versucht, und es war ihm nicht gelungen. Vielleicht wäre es ihr auch nicht gelungen.

Seine Lippen streiften sie seitlich am Hals, und sie schmiegte sich enger an ihn. Atmete mit ihm.

»Als ich mit der Uni begonnen habe, habe ich viele Vorsätze gefasst. Ich wollte an den Feiertagen nicht mehr nach Leyton fahren. Ich wollte ernsthaft Kunst studieren. Ich wollte unabhängig werden und nur noch tun, wonach mir der Sinn stand. Aber ich konnte mich nicht daran halten. Ich habe einen Feiertag allein verbracht und meine schreckliche Familie vermisst. Sogar Winston, den Idioten. Also bin ich wieder hergekommen und habe mich von meiner Mutter unter Druck setzen lassen, bis ich die Kunst weniger ernst nahm, und schließlich trat ich den Job in der Bank an. Eigentlich war das Einzige, was ich je allein gemacht habe, die Wohnung zu kaufen – und mich in dich zu verlieben.«

Während sie sich an ihn kuschelte, nahm sie seine Worte langsam in sich auf und ließ sie wie Whiskey auf ihrer Zunge zergehen. Er liebte sie. Die Wärme glühte in ihrer Brust. Es fühlte sich gut an, aber sie durfte sich selbst nicht trauen. Wenn sie zu viel davon trank, verlor sie den Kopf.

Sie verdiente Nevs Liebe nicht. Sie hatte darauf gewartet, dass er das selbst herausfand, aber jetzt wurde ihr klar, dass das vielleicht nie passieren würde. Sie war die Waffe, die er gewählt hatte, um einen sehr höflichen Feldzug gegen seine Familie zu führen. Sie und Nev hatten sich in Greenwich eine heile Welt geschaffen und sich aus ganz falschen Gründen ineinander verliebt. Sie, weil sie niemals der Verlockung eines großen, folgenreichen Fehlers widerstehen konnte, wenn er mit Leidenschaft und Spaß und Herzschmerzpotenzial einherging. Er, weil das Zusammensein mit ihr es ihm ermöglichte, seiner Mutter eine lange Nase zu drehen, ohne ein echtes Risiko einzugehen. Er hatte nicht den Mumm, ein schwarzes Schaf zu sein. Sie hatte nicht die Willenskraft, es nicht zu sein.

Der eine brachte im anderen das Schlechteste zum Vorschein. Kein Wunder, dass es sich so gut anfühlte.

»Ich hatte schon mal ein Baby«, sagte sie. »Ich hab sie Wren genannt.«

Die Worte kamen völlig ungezwungen aus ihr heraus, als hätte sie ihm das schon vor Wochen erzählt und diese Erklärung wäre nichts weiter als eine Formalität.

Er zog sie enger an sich. »Das Tattoo?«

»Mmm-hmm. Sie hat nicht überlebt. Ich hab sie nie gesehen. Ich habe ihr nicht mal einen richtigen Namen gegeben. Aber eine Weile hatte ich sie.«

»Sie war bestimmt wunderschön.«

Sie holte tief Luft und atmete aus. Ließ alles raus. »Deshalb kann ich nicht schwanger werden. Wegen der Umstände ihrer Geburt. Die Plazenta hat sich gelöst, und ich brauchte einen Notkaiserschnitt. Sie konnten die Blutung nicht stoppen. Ich hab geblutet und geblutet, und schließlich mussten sie mir die Gebärmutter entfernen, um mein Leben zu retten.«

Nev beugte sich vor und küsste sie auf die Schläfe.

Sie fragte sich, ob sie ihm auch den Rest der Geschichte erzählen sollte. Ob er von Jimmy wissen wollte? Von den dunklen Monaten danach, in denen sie kaum das Geräusch ihres eigenen Atems ertragen konnte? Wollte er wissen, wie gründlich sie alles vermasselt hatte?

Vielleicht schon. Aber wozu? Sobald sie wieder in Greenwich waren, würde sie Schluss machen. Er musste eine Frau finden, die besser zu ihm passte, die sich binden konnte und es ernst meinte. Eine Frau mit langem glattem Haar und Hosenanzügen aus Leinen, die seine Kinder zur Welt bringen und im Wohnzimmer mit seiner Mutter Tee trinken konnte. Cath konnte diese Frau nicht sein. Sie konnte nur die sein, zu der ihre Vergangenheit sie gemacht hatte.

Aber wenigstens hatte sie etwas von ihm gelernt. Sie kannte jetzt den Unterschied zwischen Schwärmerei und Liebe. Die Liebe zwischen ihnen war ein Fehler, aber sie war echt. Sie liebte ihn mehr, als sie je zuvor jemanden geliebt hatte.

Sie drehte sich in seinen Armen um, sodass sie sich in der Dunkelheit gegenüberlagen. »Küss mich.«

Er legte eine Hand an ihren Kopf, während sich seine Lippen ihrem Mund näherten, strich dabei mit der anderen Hand über ihren Rücken und ließ sie an der Stelle über ihrem Steißbein liegen, wo ihre Tochter ihre Flügel ausbreitete. Sein Mund war nicht drängend, aber ihre Körper berührten sich an einem Dutzend Stellen, und sie alle fingen Feuer.

Ihre Fingerspitzen brauchten kein Licht, um den vertrauten Pfad zu seinen Schulterblättern zu finden, an seiner Wirbelsäule entlang, über sein Schlüsselbein bis zur Mulde seiner Kehle. Sie kannte diesen Körper. Sie liebte diesen Mann.

Sie atmeten zusammen, bewegten sich zusammen, Haut an Haut, die bald nass und heiß und hochempfindlich wurde. Es war alles wie immer – und doch anders. Jedes Mal wenn seine Lippen die ihren berührten, bei jeder Bewegung seiner Hände konnte sie es spüren. Er liebte sie. Er liebte sie schon lange. Vielleicht von Anfang an.

Das Wissen, dass das, was sie hatten, ein Fehler war, machte es nicht weniger real oder weniger schön.

Cath spreizte die Beine und hob die Hüften an, lud ihn ein. Er küsste geduldig ihren Hals, ihre Kehle. Seine Hände wanderten, seine Finger streichelten ihre Brustwarzen und glitten über ihre Hüftknochen, umfingen ihre Brüste und zählten ihre Rippen. Langsam, sorgfältig eroberte er jeden Zentimeter von ihr, markierte sie mit seinen Lippen, seiner Zunge, seinen Handflächen. *Mein.*

Als sie es nicht mehr aushalten konnte, nahm sie seine Erektion in die Hand und führte sie zwischen ihre Beine. »Bitte, Nev.«

Während er an ihrem Eingang wartete, küsste er sie wieder. Dann drang er mit quälender Ruhe in sie ein, nahm sie ganz langsam in Besitz und raubte ihr damit den Atem und den Verstand. Sie keuchte an seinen Lippen, bog sich ihm entgegen und hörte ihn ihren Namen sagen.

Tränen schossen ihr in die Augen und quollen über. Nev verschränkte seine Finger mit ihren und hob ihre Arme über ihren Kopf. Die Ringe, die er ihr geschenkt hatte, schnitten in die weiche Haut zwischen ihren Fingern. Sie waren keine Lügen, sondern Versprechen, wie leise sie auch ausgesprochen waren. Er wollte sie behalten. Sie wollte es zulassen. Sie wollten es beide aus den falschen Gründen.

Durch die Verbindung in Händen, Brust und Hüften konnte sie seinen schnellen und regelmäßigen Herzschlag spüren, die Kraft, die er im Zaum hielt, das aufgestaute Begehren, während er wartete. Sie hob die Knie an, nahm ihn noch tiefer auf und schlang die Beine um ihn.

Er bewegte sich immer noch nicht. Er küsste sie hinters Ohr, auf die Schulter. Er küsste ihre Wangenknochen und merkte, dass sie nass waren.

»Du weinst, Liebste.«

»Schon okay. Eigentlich ist alles perfekt. Du bist perfekt. Ich bin nur ein wenig … überwältigt. Glücklich. Erschrocken.«

»Soll ich aufhören?«

»Auf keinen Fall.«

Sie spürte, wie er im Dunkeln lächelte. »Ich wünschte, ich könnte dich sehen«, sagte er.

»Du weißt, wie ich aussehe.«

»Ja. Meine schöne Mary Catherine.«

Er küsste sie wieder, lange und sinnlich, legte mit seinem Mund ein Geständnis ab und umklammerte ihre Finger mit seinen.

Endlich, endlich begann er sich zu bewegen, und dann hätte sie nicht mehr sprechen können, hätte um nichts in der Welt aufhören können. Jedes Mal wenn er sich zurückzog, wurde sie fast verrückt vor Verlangen, ihn wieder in sich zu spüren. Sie stemmte sich ihm entgegen, stützte sich mit den Fersen ab, trieb ihn mit den Hüften an. Fieberhaft.

Er gab ihrem Drängen bald nach, bewegte sich schneller, stieß fester in sie, bis sie sich leidenschaftlich aneinander rieben. Nev ließ ihre Hände los, um die Handflächen unter sie zu schieben und sie noch enger an sich zu drücken, sie mit ihm zu vereinen.

Sie verloren sich und fielen auseinander, jeder geborgen in den Armen des anderen. Für den Moment.

# 16

Laut wie Gewehrschüsse kündigten Evitas Absätze auf dem Marmorboden ihre Ankunft an, schon lange bevor sie in Sicht war. Nev hatte Cath durchs Haus geführt, aber sie hatten erst einen Flügel geschafft – hauptsächlich leere Räume voller unglaublich schöner Möbel unter Schutzdecken –, als seine Mutter auftauchte und fragte, ob sie »Neville nur einen Augenblick entführen« dürfe.

Er drückte Cath einen Kuss auf die Lippen. »Du findest dich doch zurecht, oder, Süße?«

Sie nickte und sah ihnen hinterher, wobei ihr zum ersten Mal auffiel, wie ähnlich sie sich bewegten. Sie strahlten das gleiche Selbstvertrauen aus. Mutter und Sohn. Wer hätte das gedacht?

Als sie außer Sichtweite waren, schaute Cath sich langsam um und seufzte. Eigentlich fand sie sich überhaupt nicht zurecht. Sie verlief sich in Hotels, Einkaufszentren und sogar Parkhäusern. Der Versuch, die Haupträume des Hauses wiederzufinden, wäre aussichtslos. Es war besser, ziellos umherzuwandern und zu hoffen, dass sie irgendwann zufällig darauf stieß. Schließlich hatte sie ohnehin nichts Besseres zu tun.

Außerdem konnte sie die Pause von Nev gebrauchen. Sie war in seinen Armen eingeschlafen und voller Traurigkeit aufgewacht. Nachdem sie sich entschlossen hatte, die Beziehung zu beenden, fühlte sich jede Sekunde, die sie mit ihm verbrachte, wie ein Abschied an, und die grässliche Stimme in ihrem Kopf prophezeite ihr ohne Unterlass das Ende. *Du wirst nie wieder ein Bett mit ihm teilen. Nie mehr am Morgen das Kratzen seiner Bartstoppeln an deinem Hals spüren. Nie mehr zusehen, wie er sich das Hemd zuknöpft. Nie mehr.*

Ein Teil von ihr wollte augenblicklich verschwinden, nur um der Folter ein Ende zu bereiten. Aber ein größerer Teil wollte bleiben, damit sie sich weiter von ihm verabschieden konnte, wenn auch nur in ihrem Kopf. Sie musste Lebewohl sagen zu allem, was sie an ihm liebte, von der Art, wie er küsste, bis zu der Art, wie er sich bückte, um sich die Socken anzuziehen. Lebewohl zu jeder Geste und Bewegung und Angewohnheit, zu jedem edlen, wundervollen Teil von ihm.

Nach zwei Stunden in seiner Gesellschaft war sie emotional leer gepumpt. Sie brauchte Zeit allein, um ihre Reserven wieder aufzutanken.

Das Haus war eine willkommene Ablenkung. Es wollte gar nicht mehr aufhören. Ganz hübsch, wenn man Herrenhäuser mochte, aber in ihrer gegenwärtigen Gemütsverfassung provozierte es respektlose Fragen. War in Italien überhaupt noch Marmor übrig gewesen, nachdem der Bau dieses alten Gemäuers fertiggestellt war? Hatte der Mann, der die ganzen wunderschönen Teakholzarbeiten geschnitzt hatte, in irgendeiner schlecht beleuchteten Dachkammer geschuftet, bevor er an Schwindsucht gestorben war? Was musste es kosten, das ganze Haus zu heizen?

Sie wusste, dass viele prominente englische Familien gezwungen gewesen waren, ihren Stammsitz zu verkaufen, weil sie sich die Instandhaltung nicht leisten konnten. Die Chamberlains schienen damit keine Probleme zu haben, aber wenn es nach Cath gegangen wäre, hätte sie Leyton wahrscheinlich in bare Münze verwandelt und sich eine hübsche Wohnung in der Stadt gekauft.

Keine ehrenhafte Einstellung für jemanden, der seinen Lebensunterhalt damit verdiente, sich um alte schöne Dinge zu kümmern, aber andererseits war sie auch nie ein großer Fan von prahlerischer Zurschaustellung von Reichtum gewesen.

Irgendwann landete sie in der Bibliothek, wo sie das am wenigsten Angst einflößende Mitglied von Nevs engerer Familie antraf. Richard hatte sich mit einem Buch und einer Kanne Tee dorthin zurückgezogen. Wenn das Wohnzimmer aus einem Austen-Roman stammte, so erinnerte Richards Bibliothek an *Jane Eyre*, komplett mit dunklem Holz, Ledereinbänden und Samtvorhängen. Und an der hinteren Wand hing ein atemberaubendes Porträt einer jungen Frau mit einem aufwendigen Hut.

»Heilige Scheiße«, sagte Cath, ohne nachzudenken. »Ist das ein Gainsborough?«

»In der Tat.« Richards Tonfall klang positiv überrascht.

»Wow. Das ist … wow.« Sie wusste, dass sie einen guten Morgen wünschen und all die üblichen höflichen Floskeln anbringen sollte, aber sie konnte den Blick nicht von dem Bild losreißen. Der Meister aus dem achtzehnten Jahrhundert hatte in der Haltung der Frau eine Entspanntheit eingefangen, eine lebhafte Freundlichkeit in ihren großen braunen Augen, die andeutete, dass es Spaß machen musste, Zeit mit ihr zu verbringen, trotz ihrer überkorrekten Kleidung.

»Magst du Gainsborough?«

»Ich liebe ihn. Seine Menschen wirken so lebendig, dass ich immer Lust bekomme, mit ihnen ein Gespräch anzufangen.«

Richard nickte. »Ich habe gelesen, dass er sehr schnell gemalt hat. Vielleicht hat ihm das geholfen, den wahren Charakter seiner Modelle einzufangen.«

»Ist sie … Gehört sie zur Familie?«

Richard lachte und klang dabei so sehr wie Nev, dass sie automatisch lächeln musste. Nevs Dad hatte anscheinend kein Problem mit unhöflichen Frauen, die in seine Bibliothek platzten und ihn über seine Kunstwerke ausfragten. »Nein, als das gemalt wurde, waren die Chamberlains noch Schuhputzer oder etwas ähnlich Unscheinbares. Mein Großvater hat das Bild später gekauft. Und auch noch einige andere.«

»Noch mehr Gainsboroughs?«

»Wir haben eine Landschaft von ihm. Und es gibt einen Turner, wenn du so etwas magst.«

»Ist es eine der sonnigen Landschaften, oder ist sie düster und apokalyptisch?«

»Etwas dazwischen. Es ist eine Meereslandschaft. Was gefällt dir besser?«

»Oh, ich mag die düsteren, apokalyptischen. Und ich mag die, die aussehen, als hätte er sich Vaseline in die Augen geschmiert, bevor er angefangen hat zu malen.«

Richard lachte wieder. »Unsere könnte so eine sein. Willst du dir selbst ein Urteil bilden? Ich kann dir das Bild zeigen, aber dann müssen wir einmal quer durch das ganze Haus auf die andere Seite gehen. Wir bewahren die meisten Bilder in einem speziellen Raum auf. Mit Temperatur- und Feuchtigkeitsreglern, du weißt schon.« Er deutete auf den Gainsborough. »Meistens auch dieses hier, aber ich lasse die Dame gern ab und zu für ein paar Wochen auf Besuch herbringen. Es ist zu schade, Kunst zu besitzen, wenn man sie nicht anschauen darf.«

»Ich würde die Bilder sehr gerne sehen.«

Richard stand auf, und sie durchquerten gemeinsam das Haus. Cath löcherte ihn auf dem ganzen Weg mit Fragen zu den Möbeln und Teppichen und machte sich nicht die Mühe, ihre Kenntnisse oder ihre Neugier zu verbergen. Sie rechnete die ganze Zeit damit, dass sich seine freundliche Miene plötzlich schockiert oder empört zeigen würde, aber das geschah nicht. Wie sein Sohn schien auch er ihre Gesellschaft ehrlich zu schätzen. Mit seiner zugänglichen Art und seinem Wissen über Kunst und Geschichte gewann er zunehmend ihre Sympathie.

»Kennst du den Gainsborough-Schaukasten im *Victoria & Albert Museum*?«, fragte sie, als sie ein paar Minuten unterwegs waren. »Er hat Landschaften auf Glas gemalt, damit man sie in einen Kasten stellen und von innen beleuchten kann.« Der Schaukasten begeisterte sie aufgrund seiner kuriosen Nutzlosigkeit. Altmodische Technik kombiniert mit zeitlosem künstlerischem Können. Sie war ganz vernarrt in ihn.

»Noch nicht.«

»Dann solltest du mal vorbeikommen, ich kann ihn dir zeigen.«

»Das würde ich sehr gerne. Wenn du dich von der Arbeit freimachen kannst, würde ich mich wirklich sehr über eine kleine Führung freuen. Ich war natürlich schon in dem Museum, aber ich finde es immer schön, mir Sammlungen zusammen mit Leuten anzuschauen, die sich damit besser auskennen als ich selbst. Dann kann man von ihrem ganzen Hintergrundwissen profitieren.«

Cath lächelte. »Geht mir genauso. Obwohl ich kein tolles Hintergrundwissen versprechen kann. Das Einzige, womit ich mich wirklich auskenne, ist Stricken.«

»Tatsächlich? Dann arbeitest du bestimmt an der bevorstehenden Ausstellung über das Handstricken mit.«

Sie blieb stehen und starrte ihn an. »Weißt du wirklich über alles Bescheid, was gerade in der Londoner Kunstszene los ist und für Furore sorgt?«

»Nicht über alles, meine Liebe.« Er schenkte ihr ein verschmitztes, amüsiertes Lächeln, das original Nev war. »Von dir wusste ich nichts.«

Geschmeichelt blickte sie auf ihre Schuhe und versuchte, nicht zu erröten. »Man kann wohl kaum sagen, dass ich für Furore sorge«, antwortete sie. »Aber ja, ich arbeite an der Strickausstellung mit. Ich bin die Assistentin von Judith Rhodes.« Sie blickte schüchtern auf. »Ich habe am Katalog mitgeschrieben.«

»Christopher erlaubt dir tatsächlich, daran mitzuschreiben? Dann *bist* du jemand.«

»Nicht wirklich«, sagte sie verlegen, aber glücklich. Richard war ein wichtiger Sponsor, ein Kenner, und er fand, dass sie jemand war. Sie gönnte sich ganze fünf Sekunden, um das Gefühl zu genießen, bevor sie es zerstörte. »Der Katalog wird nicht mal gedruckt.«

»Weshalb denn nicht?«, fragte er verwundert mit gerunzelter Stirn.

Sie erzählte von dem Sponsor, der einen Rückzieher gemacht hatte, und kam sich jede Sekunde mehr wie ein intrigantes Miststück vor. Sie hatten sich so gut verstanden. Sie wollte ihn nicht um Geld anpumpen.

Sie wusste, dass objektiv gesehen nichts falsch daran war, einen einflussreichen Förderer um eine Spende zu bitten. Das würde Judith in der gleichen Situation ebenfalls tun, und auch sonst jeder in der Kunstbranche. Die Finanzierung war häufig schwierig, und man musste oft darum betteln.

Aber sie wollte Richard nicht anbetteln. Sie mochte ihn. Sie war sowieso schon unter Vortäuschung falscher Tatsachen in sein Haus gekommen, und sie hasste sich dafür, die Sünde dadurch zu vergrößern, dass sie ihre Almosenschale hervorholte.

Und ein Teil von ihr hasste Nev dafür, dass er sie hergebracht und gezwungen hatte, es zu tun.

»Es überrascht mich, dass Christopher mich nicht informiert hat«, sagte Richard, als sie fertig war. »Ich werde ihn anrufen, und dann regeln wir die Sache.«

Das war's. Genau das war ihr Ziel gewesen. Ihre Karriere war gesichert. Ihre Leistungen wurden gewürdigt.

Sie wollte das nicht. Nicht auf diese Weise.

»Richard, ehrlich, du musst das nicht tun. Ich habe dir das alles nicht erzählt, damit du etwas spendest.«

*Und jetzt lügst du auch noch. Nett, Talarico. Wirklich nett.*

»Natürlich nicht. Das ist das Geringste, was ich für meine neue Schwiegertochter tun kann. Sieh es als Hochzeitsgeschenk. Oder als Bezahlung für die Führung, die du mir geben willst.«

Dann lächelte er – wie Nev ohne das Haifischfunkeln. Es gelang ihr zurückzulächeln, aber es brach ihr das Herz.

Nev fand Cath schließlich im Kunstraum, wo sie und sein Vater die Köpfe über einen Michael-Ayrton-Druck gebeugt hatten. Sie waren so in ihr Gespräch vertieft, dass sie ihn nicht einmal hereinkommen hörten. Er nutzte die Gelegenheit, um sie zu beobachten, und freute sich zu sehen, dass die beiden Menschen, die er am meisten auf der Welt liebte, sich so gut verstanden.

Sein Vater überragte Cath ein wenig, die toll aussah in ihrem schwarzen Rock und einem kurzärmeligen, luftigen rosa Pullover, der ihre blasse Haut zum Leuchten brachte. Sie trug hohe schwarze Stiefel, die nicht Nev ihr gekauft hatte. An diese Stiefel hätte er sich erinnert. Der Pulli sagte, dass sie ein Schatz war, aber die Stiefel versprachen, dass sie eine Peitsche im Schrank hatte. Die Stiefel waren heiß.

Als sie sie an diesem Morgen angezogen hatte, hatte er sich gefragt, ob das eine Art Statement war. Wenn ja, dann konnte er es beim besten Willen nicht deuten. Letzte Nacht hatte sich zwischen ihnen etwas verändert, aber er wusste nicht, was es war. Cath war am Morgen seltsam scheu gewesen und aus dem Bett geschlüpft, um sich anzuziehen, noch bevor er ganz wach gewesen war. Und sie hatte mehr Abstand als sonst zwischen ihnen gehalten, als sie das Haus besichtigt hatten.

Er dachte, dass sie ihn liebte. Letzte Nacht im Bett war er sich ganz sicher gewesen. Aber an diesem Morgen hatte sich nichts richtig angefühlt. Er erwischte sie immer wieder dabei, wie sie ihn ansah, als hätte er ihr gerade das Herz gebrochen, und er wusste nicht, warum. Er hatte versucht, sie zu fragen, aber sie war ihm ausgewichen.

Die Besichtigung hatte es auch nicht besser gemacht. Cath hatte Scherze über die Einrichtung und den Innenausbau gemacht, die hart an der Grenze zur Unhöflichkeit waren. Der Anblick des Kronleuchters im Ballsaal schien auf ihre Nerven zu wirken wie das Geräusch von Fingernägeln auf einer Schultafel.

Wenn er irgendwie an sie herankommen wollte, musste er sie dazu bringen, dass sie ihn durch ihre Schutzwälle ließ. Und dafür musste er sie aus diesem Haus und von seiner Familie fortbringen.

Nev räusperte sich, und Cath und sein Vater schauten überrascht auf.

»Nev! Wir haben dich gar nicht kommen hören«, sagte Richard.

»Das habe ich gemerkt. Ich hatte schon den Eindruck, nicht einmal ein Luftangriff würde euch beide stören können.«

Cath grinste. »Du hast mir gar nicht gesagt, dass dein Vater eine so wunderbare Sammlung hat.«

Sein Vater lächelte ebenfalls. »Du hast mir gar nicht gesagt, dass deine Frau so einen Kennerblick hat.«

Nev durchquerte das Zimmer, legte einen Arm um Caths Taille und stellte erfreut fest, dass sie sich an seine Seite schmiegte. »Ihr beide seid wie füreinander geschaffen.« Er versuchte sein Glück und drückte ihr einen Kuss auf den

Scheitel. Sie roch wunderbar, warm und würzig, wie eine mit Nelken gespickte Orange. »Ich will euer Vergnügen nicht unterbrechen, aber ich hatte gehofft, ich könnte mit Cath ein wenig rausgehen.«

»Selbstverständlich«, sagte Richard mit einem Zwinkern in Caths Richtung. »Wir haben später noch jede Menge Zeit, um über Kunst zu sprechen.«

»Wohin gehen wir?«, fragte sie.

»Das ist eine Überraschung.«

Er führte sie in den Whipsnade Zoo, wo sie die Krallenaffen bestaunte und ihn bat, ihr ein Eis zu kaufen, obwohl es windig und kühl war – überhaupt kein Wetter für Eis. Auf dem Aussichtspunkt setzte sie sich zwischen seine Beine ins Gras und verspeiste ihre Nascherei, während sie den Blick über die Dunstable Downs genossen: sanfte Hügel, unterbrochen von einzelnen Feldern und unregelmäßigen Baumgruppen. Die ganze Welt breitete sich vor ihnen aus, grün und golden und blau. Sie nannte es »kitschig«, aber er wusste, dass es ihr gefiel, als sie sich umdrehte und ihm einen süßen cremigen Kuss gab.

Er hielt ihren Kopf mit der Hand fest, um sie richtig küssen zu können, und versuchte den unangenehmen Gedanken beiseitezuschieben, dass dies das erste und letzte Mal sein könnte, dass sie je gemeinsam einen Nachmittag auf dem Land verbringen würden. Er erwischte sich immer wieder dabei, wie er dachte, er hätte ungewollt eine Katastrophe heraufbeschworen, und bald – morgen, übermorgen, am Tag danach – würde das Schlimmste geschehen, und er würde sie verlieren. Und es wäre seine eigene Schuld.

Er sagte sich, dass das absurd war. Sie waren sich letzte Nacht so nah gewesen. Sie hatten im Dunkeln offen miteinander gesprochen, und Cath hatte ihm von ihrer Tochter erzählt.

Sie liebte ihn. Sie hatte es nicht gesagt, aber er wusste es. Was auch immer geschehen würde, sie würden eine Lösung finden.

Er schaffte es nicht, das zu glauben.

Sie gingen zum Inder und neckten einander, während sie Curry mit Tamarindensoße und Knoblauch-Naan aßen. Er fuhr sie zurück nach Leyton und ließ sie im Bett die Stiefel tragen.

Es fühlte sich alles wie gestohlene Zeit an, eher wie ein Ende als ein Anfang. Aber er wusste nicht, warum, und er wusste nicht, was er anders machen sollte.

Cath wachte vom Prasseln des Regens auf. Sie legte einen Arm um Nevs Rücken und schmiegte sich schläfrig und zufrieden an ihn. Er bewegte sich, stöhnte und rollte sich zu ihr herum, wobei er automatisch die Arme ausstreckte, um sie an sich zu ziehen.

Sie hatte eine Möglichkeit gefunden, ihm nicht ständig Lebewohl zu sagen. Sie musste nur an den Limbus denken: Der Limbus war weder Himmel noch Hölle, sondern die zeitlose farblose Ewigkeit dazwischen. Die Nonnen hatten immer versucht, ihn als einen schrecklichen Ort darzustellen, und ihr und den anderen Schülerinnen gesagt, sie sollten für die verlorenen Babys im Limbus beten, die auf ihre Erlösung und ihren Eingang in den Himmel warteten. Aber Cath war ein rebellisches Mädchen gewesen, und in ihrem Kopf war der Limbus immer der friedlichste Ort von allen. Besser als der Himmel mit all diesen affektierten Engeln und ihren Harfen.

Sie und Nev waren im Limbus, aber sie waren zusammen dort. Ihnen blieben noch ein paar Tage bis zur Hölle.

»*You and me and rain on the roof*«, sang Cath leise.

»Was ist das?«

»Das ist von The Lovin' Spoonful. Dad hatte es auf einer Kassette, die er immer im Auto gehört hat.«

»Ah.«

Sie lauschte dem Regen und entspannte sich neben Nev, genoss das rhythmische Auf und Ab seiner nackten Brust unter ihrer Wange.

»Das ist schön«, sagte sie.

»Mmm-hmm.«

»Ich schätze, irgendwann müssen wir runtergehen.«

»Irgendwann«, stimmte er zu und streichelte ihre Seite. Wenn sie so neben ihm lag, konnte er fast bis an ihre Knie reichen. Dann fühlte sie sich in Sicherheit, beschützt.

»Was steht heute auf dem Programm?«

Er atmete aus und blickte zur Decke. »Wir können leider nicht zwei Tage hintereinander abhauen. Wir müssen den Vormittag mit Mutter im Wohnzimmer verbringen. Wenn wir Glück haben, ohne Blutvergießen.«

»Wäre es nicht einfacher, wenn wir ihr erlauben würden, uns die Fingernägel einzeln auszureißen?«

»Es wird schon gut gehen, Liebes. Wir brauchen nur einen Schutzschild. Ich nehme immer meinen Skizzenblock mit und tue so, als würde ich zeichnen.«

»Oh. Na ja, ich habe ein Buch. Ist lesen erlaubt?«

»Nur wenn sie mit dem Autor einverstanden ist. Ist er Engländer?«

»Nein, aber so gut wie. Es ist von Ishiguro. *Was vom Tage übrig blieb.*«

»Damit bist du auf der sicheren Seite.«

Er lächelte, sodass sich sein Grübchen kurz zeigte, dann rollte er sich auf sie und drückte seinen kräftigen Schenkel zwischen ihre Beine. »Wir müssen noch nicht sofort runtergehen«, sagte er, wobei sein Atem ihren Hals wärmte.

Cath schlang ein Bein um seine Hüfte und zog ihn enger an sich. Er gehörte ihr. Niemandem außer ihr. Solange sie im Limbus waren, würde er ihr gehören, denn hier befanden sie sich außerhalb der Zeit. Sie befanden sich außerhalb von allem. »Hast du eine Idee, was wir sonst machen könnten?«

»Mehrere.« Er bahnte sich küssend einen Weg nach unten über ihren Bauch, während seine Hände zu ihren Knien glitten und ihre Beine auseinanderschoben, bis sie ganz offen vor ihm lag. »Ich zeig dir einfach, was ich meine, okay?«

Es war später Vormittag, als sie ins Wohnzimmer kamen. Winston und Co. waren nicht anwesend. Cath hatte sie seit Freitagabend nicht mehr gesehen, und sie fragte sich, wer wem aus dem Weg ging. Vermutlich versuchte Nev, ihr die verachtenden Blicke seines Bruders zu ersparen. So lieb war er.

Richard las auf der Couch ein Buch. Evita saß ihm gegenüber und blickte finster auf einen Haufen Strickzeug in ihrem Schoß.

Wer hätte das gedacht? Sie und Evita hatten ein gemeinsames Hobby.

Cath setzte sich auf den sicheren Platz neben Richard, während Nev seine Eltern begrüßte und sich mit seinem Skizzenblock auf dem Platz am Fenster niederließ. Sein Anblick, wie er im grauen Licht des regnerischen Morgens so dasaß, tat ihr im Herzen weh. Sie liebte ihn zu sehr. Viel zu sehr. Sie musste woanders hinschauen und sich wieder an den Limbus erinnern.

Ihr Blick kehrte zu Evita zurück, die mit mehreren Garnknäulen arbeitete, während sie beim Stricken auf eine komplizierte Mustervorlage starrte und nur gelegentlich auf die Nadeln blickte. Das gestrickte Stück war breit genug für einen Damenpullover, aber Evita hatte erst zwölf bis fünfzehn Zentimeter des bekannten Fair-Isle-Musters fertiggestellt.

»Ist das ein Starmore?«

Evita schaute kurz auf, aber wenn Cath sie überrascht hatte, so verbarg sie es gut. »Ja.«

»Darf ich mal sehen?« Sie durchquerte das Zimmer, schon ganz im Strickmodus und neugierig, das Werk zu begutachten. Alice Starmores Muster waren berühmt für ihre ausgefeilten schönen Farbkombinationen.

Evita streckte ihr die Nadeln entgegen.

»Oh, das ist aus *Tudor Roses*«, sagte Cath, als sie ein Muster erkannte, das ihre Mutter einmal gestrickt hatte. »Aber du hast alle Farben ausgetauscht.« Mutig. Starmores Muster bestanden aus einem Dutzend oder mehr verschiedenen Farbtönen, und Ersatzfarben zu finden, die ebenso gut harmonierten wie die Originale, war keine leichte Aufgabe. Aber

Evita hatte es geschafft, indem sie die ursprüngliche Palette mit Creme und Pastellfarben gedämpft hatte, um das Design jünger, frischer und weiblicher aussehen zu lassen.

»Der ist für Beatrice«, erklärte Evita. »Ich fand die Originalfarben zu erwachsen für sie. Aber ehrlich gesagt, weiß ich gar nicht, weshalb ich mir die Mühe mache. Das soll ihr Weihnachtsgeschenk werden, aber sie trägt nie etwas von dem, was ich ihr gestrickt habe.«

Cath hätte ihr gern höflich widersprochen, aber es wäre zwecklos. Beatrice würde den Pullover sicher ablehnen, der wunderschön und völlig altmodisch und viel zu englisch für sie werden würde. Er vereinigte so ziemlich alles, was eine Dreizehnjährige, die gegen ihre Familie rebellierte, schon aus Prinzip ablehnen musste.

»Ja. Sie wird ihn hassen.«

Daraufhin blitzte etwas Interessantes in Evitas grünen Augen auf. Überraschung? Bewunderung? Was auch immer es war, für einen Moment sah Cruella Nev bemerkenswert ähnlich. Seine Statur, sein Wesen und sein Lächeln waren ganz Richard, aber dieses raubtierhafte Funkeln, das Cath so liebte, hatte er von seiner Mutter.

Hmm. Wenn sie so darüber nachdachte, war Richard beinahe schon zu liebenswürdig, wohingegen in seinem Sohn auch sehr viel eiserne Zähigkeit steckte. Diese Erkenntnis machte Cath neugierig, ob sie nicht doch zu dem Drachen vordringen könnte.

»Weißt du, ich habe schon einiges für jüngere Leute designt. Wenn du willst, könnte ich bestimmt ein Strickmuster entwerfen, das mehr Beatrice' Stil entspricht.«

Evita runzelte die Stirn. Auch dabei sah sie aus wie Nev. Wild. »Vielen Dank für deine Hilfsbereitschaft, aber ich habe schon recht viel Zeit in diesen Pullover investiert. Für dieses Jahr Weihnachten bleibt es dabei.«

Konnte Cath *papperlapapp* sagen? Sie hatte *solche* Lust dazu. Also sagte sie: »Komm schon. Du hast erst etwa zwanzig Prozent gestrickt. Du wirst noch mindestens dreißig Stunden brauchen, bis du damit fertig bist, und dann wird sie das Teil einfach nur zusammenknüllen und in die hinterste Ecke ihres Schranks werfen. Damit verschwendest du nur deine Fähigkeiten.«

Diesmal war Cath sicher, dass sie in Evitas kühlem, skeptischem Blick Bewunderung wahrnahm. Evita genoss es, herausgefordert zu werden. Wie die Mutter, so der Sohn. Wie lustig, dass Cath die Lektionen, die sie über den einen Chamberlain gelernt hatte, auch bei einem anderen anwenden konnte.

Sie wagte sich weiter vor. »Ich zeige dir einfach, was ich mir vorstelle. Nev, Schatz, kann ich das mal kurz haben?« Sie ging rasch ans Fenster, wo Nev ihr mit einem sexy schiefen Lächeln, das seine Verwunderung ausdrückte, den Skizzenblock und seinen Kohlestift reichte. Sie gab ihm einen schnellen Kuss. Konnte nicht widerstehen.

Aber der Anblick ihres Gesichts auf dem Skizzenblock traf sie unvorbereitet. Er hatte sie vom Hals aufwärts gezeichnet, den Kopf auf dem Kissen, mit zerzaustem Haar, großen, leuchtenden Augen und leicht geöffnetem Mund. Das Abbild einer vollkommen befriedigten Frau. Sie blätterte den Block hastig weiter durch, um eine leere Seite zu finden, und versuchte sich zusammenzureißen. Da waren noch mehr Zeichnungen von ihr. Vielleicht zwei Dutzend.

*Das sind nur Bilder. Keine Liebesbriefe. Bilder.*

Es waren Liebesbriefe.

»Du hast mich gezeichnet«, murmelte sie.

»Ich kann nicht widerstehen. Ich hoffe, du hast nichts dagegen.«

Sie hatte nichts dagegen, aber sie hatte nicht wissen wollen, wie sehr sie ihn verletzen würde. Sie hatte bisher vermieden, darüber nachzudenken, aber jetzt würde sie es nicht mehr vermeiden können.

Sie würde ihn furchtbar verletzen.

»Sie sind wunderschön«, sagte sie leise.

Er griff nach ihrer Hand, drehte sie um und drückte einen Kuss in ihre Handfläche. »Sie werden dir nicht gerecht.«

Sie ließ sich leicht benommen neben ihm auf dem Boden nieder und begann zu zeichnen. Zwanzig Minuten später hatte sie einige Ideen verworfen und eine gefunden, die ihr gefiel: eine grobe Zopfmuster-Tunika mit kurzen Ärmeln und Schlauchkragen, inspiriert von einigen Designerpullis, die sie kürzlich gesehen hatte. Sie skizzierte sie auf den großen schmalen Körper einer Dreizehnjährigen, mit dazu passenden schwarzen Leggings, einem langärmeligen schwarzen Oberteil und Stiefeln. Dann reichte sie Nev das Blatt. »Was meinst du?«

Nev studierte die Zeichnung eine Weile. »Die Tattoos hast du selbst entworfen, oder? Ich hatte keine Ahnung, dass du eine Künstlerin bist.«

»Ich zeichne nur ein bisschen. Es ist nichts im Vergleich zu dem, was du kannst.«

»Blödsinn.« Er nahm ihr den Stift aus der Hand und ergänzte schnell Beatrice' Haare und Gesichtszüge, wo Cath einen Kopf gerade nur angedeutet hatte. »Ich glaube, sie wird ihn lieben.«

Zufrieden durchquerte Cath das Zimmer und zeigte die Skizze Evita, die sich inzwischen weiter mit dem Starmore-Pulli geplagt hatte.

Evita warf einen Blick auf das Blatt und rümpfte die Nase. »Etwas zu reif für ein Mädchen in ihrem Alter, nicht?«

»So was ist jetzt in. Die Hälfte der Pullis bei *H & M* sind Variationen dieses Stils.«

»Niemand in dieser Familie geht in solchen Läden einkaufen«, sagte Evita unverblümt.

»Ich schon«, entgegnete Cath ebenso geradeheraus. »Sie haben gute Sachen.«

Evita runzelte die Stirn und verzog die Lippen, aber Cath merkte, dass sie schwankte. Jetzt war es an der Zeit ein wenig zu drängen. »Du musst das kleinere Übel wählen, Evita. Entweder du verbringst Dutzende von Stunden damit, ihr einen Pulli zu stricken, den sie hasst, weil er aussieht wie etwas, was ihre Großmutter tragen würde, oder du verbringst zehn Stunden damit, ihr etwas zu stricken, was ihr gefällt, weil sie darin aussieht wie ein Flittchen.«

Evita zog eine Augenbraue hoch.

»Was?«, fragte Cath. »Sie ist dreizehn. Wie ein Flittchen auszusehen ist im Moment ihr sehnlichster Wunsch.«

Und dann geschah etwas Unglaubliches – Evita lachte. Es dauerte nicht lange an, aber es war ein echtes Lachen, und es schien sie selbst ebenso zu überraschen wie Cath.

»Du hast keine sehr hohe Meinung von Beatrice«, sagte Evita.

»Oh, nun komm schon. Willst du mir etwa weismachen, dass du deine Jugend nicht damit verbracht hast, deiner Mutter Lippenstift zu klauen und mit Jungs rumzuknutschen, die sie niemals akzeptiert hätte? Ich wette, du warst das heißeste Mädchen weit und breit.«

Evita schnalzte missbilligend mit der Zunge, aber sie konnte ihr Amüsement nicht verbergen.

Richard ermahnte sie: »Pass bloß auf, was du sagst, Darling. Ich bin der Einzige hier im Raum, der dich damals schon kannte, und ich könnte so einiges über dich erzählen, wenn ich wollte.«

»Ach, Richard«, tadelte Evita, die ihre Cruella-Persönlichkeit schnell wieder aufgesetzt hatte. »Ich bitte dich.« Sie wandte ihre Aufmerksamkeit wieder der Skizze zu. »Das sieht nach einem sehr schweren Pullover aus. Welches Garngewicht hast du dir vorgestellt?«

*Geschafft.*

Evita würde den Pulli stricken. Cath hatte die Frau auf ihre Seite gezogen, vielleicht sogar ihren Respekt gewonnen. Es war ein bedeutender Sieg – ein Sieg, der sich irgendwann in eine Freundschaft verwandeln könnte.

*Allerdings wirst du sie nach morgen nie wiedersehen.*

Dieser Gedanke riss Cath aus ihrer Träumerei. Leyton war nur der Limbus. Sie und Nev waren nicht verheiratet und würden es auch nie sein.

»Ein schweres Garn«, sagte sie. »Du brauchst was richtig Grobes und diese riesigen fetten Stricknadeln.«

Nevs Mutter runzelte die Stirn, um ihre Abneigung gegen die bloße Vorstellung von grobem Garn und fetten Nadeln zum Ausdruck zu bringen. Cath verstand. Das war stillos. *Sie* war stillos. Der Pulli würde ebenso wenig in diese Familie passen wie sie.

»Keine Sorge«, beruhigte Cath sie. »Es wird schnell vorbei sein, und dann kannst du vergessen, dass es je passiert ist.«

Sie sprach nicht mehr über den Pulli.

# 17

Bis Winston auftauchte und alles verdarb, war es der schönste Vormittag, den Nev je mit seinen Eltern verbracht hatte, seit er denken konnte. Und das war natürlich allein Cath zu verdanken. Sie unterhielt sich mit seiner Mutter über Garngewichte und Maschendichte und andere Geheimnisse des Strickens, und dann verlangte sie noch einmal seinen Skizzenblock und machte sich mit seinem Kohlestift Notizen, während sie mit seinem Vater über deutsche Kunst fachsimpelte, mit der sie sich ziemlich gut auszukennen schien.

Als Winston in der Tür erschien, hatte sein Gesicht einen unnahbaren, harten Ausdruck, und in seinen Augen funkelte ein irres Leuchten, das Nev aus seiner Kindheit kannte. Sein Magen reagierte instinktiv und zog sich zusammen, wie er es seit Jahren nicht mehr verspürt hatte. Winston führte etwas im Schilde, und zwar nichts Gutes.

»Wo warst du?«, fragte seine Mutter. »Komm und setz dich eine Weile zu uns.«

Winston rührte sich nicht. »Es tut mir furchtbar leid zu stören, Mutter, aber ich würde gern mit dir und Vater und Neville allein sprechen. Können wir für ein paar Minuten in die Bibliothek gehen?«

Diese Bitte schien die normalerweise unerschütterliche Evita aus der Ruhe zu bringen, und sie stotterte: »Nun, ich weiß nicht. Ich glaube nicht. Es wäre furchtbar unhöflich, Cath allein zu lassen. Aber wenn es etwas Wichtiges ist …«

Da erhob sich Cath, den Blick auf Winston gerichtet, und Evita verstummte. Sein Bruder und die Frau, die er liebte, starrten sich eine Weile an. Es kam ihm endlos vor, doch zwischen den beiden fand irgendein stummer Austausch statt.

»Ich gehe«, sagte Cath.

Sie ließ den Skizzenblock auf die Couch fallen und stolzierte geradewegs aus dem Zimmer, ohne auch nur in seine Richtung zu schauen. Sie verabschiedete sich wie eine Majestät, wie die Feenkönigin, die sie war – mit geradem Rücken, hocherhobenem Haupt und unhörbaren Schritten auf dem dicken Teppich, als würde sie schweben.

Nev hätte ihre Stärke bewundern sollen, aber stattdessen schauderte er und verspürte eine schreckliche Unsicherheit. Sie hatte den Raum verlassen, als bedeutete er ihr nichts. Vielleicht stimmte das. Er würde es bald genug herausfinden. Das Unheil hatte sich langsam und unerbittlich genähert, seit er Cath gebeten hatte, ihn nach Leyton zu begleiten. Jetzt war es da.

»Was ist los?«, fragte er.

»Ich habe Ermittlungen über sie anstellen lassen.«

»Winston!«, rief seine Mutter. Aber ihre Empörung war gespielt, denn Nev erkannte den Ton, den sie immer anschlug, um Überraschung vorzutäuschen. Sie hatte es gewusst. Wahrscheinlich hatte sie ihn darum gebeten.

»Am Feiertagswochenende?«, fragte Nev. Es war eine belanglose Frage, aber er reagierte auf die Verrücktheiten seiner Familie immer mit solch einer flapsigen Ruhe. Das erwarteten sie von ihm. Das erwartete er von sich selbst.

»Die Kanzlei hat jemanden gefunden, der schnell und diskret handeln konnte«, sagte Winston. »Unsere Anwälte erkennen den Ernst der Lage. Im Gegensatz zu dir.«

»Cath ist keine ›Lage‹.«

»Schlimmer. Sie ist ein verdammter Blutsauger.« Winston trat ins Zimmer und warf einen dicken Umschlag in Richtung von Nevs Schoß. »Überzeuge dich selbst.«

Der Umschlag verfehlte sein Ziel, traf ihn am Schenkel und fiel zu Boden. Nev rührte sich nicht, um ihn aufzuheben. Der Umschlag würde Seuchen verbreiten.

Leider gewann er dadurch keine Zeit. Winston würde ihm sagen, was auch immer der Umschlag enthielt.

»Cath will kein Geld«, sagte er voll Vertrauen auf die Wahrheit dieser Feststellung.

»Ach nein? Jedenfalls hat sie keins. Keine Ersparnisse auf der Bank. Sie besitzt kaum einen Penny.«

»Arm zu sein ist keine Sünde.«

»Nein, aber eine Lügnerin zu sein ist eine.«

»Sie ist keine Lügnerin.«

Er hatte sie hergebracht und gebeten, seine Familie anzulügen, aber alles andere, was zwischen ihnen geschehen war, zeigte ihm, dass sie grundehrlich war. Verschwiegen, aber ehrlich.

»Ihr Abschluss an der Kunsthochschule war eine Lüge. Sie hat die Universität nie zu Ende gemacht«, verkündete Winston beiläufig.

Nev verzog keine Miene. Cath hatte seiner Familie gesagt,

sie habe eine renommierte Kunsthochschule in Chicago besucht, aber sie hatte ihm zuvor noch nie davon erzählt. Sie hatte überhaupt nie über ihre Ausbildung gesprochen.

Das war nur eine von hundert Sachen, die er nicht über sie wusste.

Mutter spielte die Anwältin des Teufels. »Das mag sein, Winston, aber das rechtfertigt kaum ein solches Drama.«

»Es kommt noch mehr.« Winstons Stimme verriet, wie viel Spaß es ihm bereitete, diese Hiobsbotschaften zu überbringen. »Sie ist eine Verbrecherin. Sie stammt aus einem bekannten Mafiaclan in Chicago. Ihr erster Ehemann« – er blickte mit schlecht verhohlener Schadenfreude zu Nev – »sitzt eine zwanzigjährige Haftstrafe wegen Schutzgelderpressung ab.«

Ihr erster Ehemann. Der Vater des Babys also. Sie hatte ihm nicht gesagt, dass sie verheiratet gewesen war. Er hatte einfach angenommen, dass sie es nicht war. Er hatte gedacht, er würde sie gut genug kennen, um erraten zu können, wie ihr Leben aussah, und um die Lücken zwischen ihren Geschichten mit seiner Intuition zu füllen.

Er hatte sich getäuscht. Cath war mit einem anderen Mann verheiratet gewesen. *Seine* Cath. Die Information blieb ihm im Hals stecken, hart und bitter. Sie hatte einem anderen ihre Liebe geschworen. Seinen Ring getragen. Sein Kind empfangen. Irgendein schmieriger italienischer Krimineller aus den Staaten. Ein Fremder, den er sich nicht einmal vorstellen konnte.

Sie würde für ihn nicht das Gleiche tun. Sie würde seinen Ring nicht tragen – nicht in Wirklichkeit. Sie hatte ihm nicht einmal genug vertraut, um ihm zu sagen, dass sie schon einen Ehemann gehabt hatte.

Er war ein Vollidiot.

»Hast du dazu nichts zu sagen, Neville?«, fragte Winston. »Egal. Es geht noch weiter. Diese Frau, von der du so besessen bist – diese Intrigantin, die du zu deiner *Ehefrau* gemacht hast –, ist eine Verbrecherin. Sie wurde wegen Brandstiftung verhaftet.«

Es hätte ihm eine unheimliche Befriedigung verschafft, seinem Bruder sagen zu können, er solle schweigen, Cath könne das Verbrechen unmöglich begangen haben. Er hätte doch davon gewusst. Aber auf die Haut ihres unteren Rückens war ein brennendes Streichholz tätowiert.

»Was weißt du von alldem?«, fragte Richard ihn. Sein Ton sagte: *Sag mir, dass es nicht wahr ist.*

Es *war* die Wahrheit. Es musste wahr sein. Cath hatte einen Kriminellen geheiratet. Sie hatte ein Verbrechen begangen. Hatte sie ihm nicht gesagt, dass sie Fehler gemacht habe? Wenn Cath auf Abwege geraten war, dann richtig. Bei seiner Cath gab es keine kleinen Missgeschicke. Nur Katastrophen. Nur gigantische Desaster, die sie eisern für sich behalten hatte, obwohl er sie umworben und verwöhnt und mehr als einen Monat lang auf alle Arten geliebt hatte, die er kannte, in der Hoffnung, dass sie sich langsam für ihn öffnen würde.

Winston machte eine wegwerfende Handbewegung in seine Richtung. »Er weiß gar nichts. Er hat sich von einem billigen Flittchen täuschen lassen, um die Beförderung zu bekommen, und jetzt können wir alle es ausbaden.«

»Winston!« Die Stimme seines Vaters donnerte, sein Gesicht war rot vor Zorn. Nev hatte ihn noch nie so wütend gesehen. »Das reicht! Entweder du entschuldigst dich bei deinem

Bruder dafür, dass du seine Frau verleumdet hast, oder du verlässt augenblicklich dieses Haus.«

*Das müsstest du sein,* dachte Nev. *Du solltest derjenige sein, der sie verteidigt.* Aber er konnte sich nicht von der Rolle lösen, die er bei diesen Szenen immer spielte. Mutter zog die Fäden. Winston agierte als ihre rechte Hand. Vater hielt sich normalerweise aus der Auseinandersetzung heraus, und Nevs Rolle sah vor, sich ihm anzuschließen.

Diesmal, das wusste er, bedeutete seine Schweigsamkeit einen Betrug an Cath. Seine Haltung wäre ehrenhafter gewesen, wenn sie ihn zuerst betrogen hätte, aber Tatsache war, dass sie nicht einmal das getan hatte. Er bedeutete ihr nicht genug, um ihn zu betrügen.

Er war ein verdammter, hoffnungsloser Narr gewesen, der geglaubt hatte, sie würden sich mit jedem Tag näherkommen, und er hätte es geschafft, das Schloss zu knacken, das ihr Herz beschützte, sodass es sich nur noch um Stunden handeln konnte, bis sie es ihm schenkte.

Das würde nie geschehen. Sie hatte ihm so gut wie nichts erzählt. In der komplizierten Algebra ihrer Psyche war er eine unbedeutende Variable. Ihr Vertrauen nicht wert. Ihre Liebe nicht wert.

Winston lehnte sich nach hinten an die Wand, ungerührt von Richards Wut und Nevs bedeutungsschwerem Schweigen.

»Also hast du ihr kein Geld gegeben?«, fragte er Richard grinsend.

»Das hat er nicht«, sagte Cath, die in der Tür stand. »Und das wird er auch nicht.«

Nevs Pulsschlag hämmerte, als er sie sah, aber er blieb sitzen. Er wusste nicht, was sie gehört hatte. Ihr Gesicht hatte diesen verbissenen Ausdruck, genau wie damals, als sie sich kennengelernt hatten. Ihr herausfordernder Blick und ihr erhobenes vorgestrecktes Kinn warnten jeden davor, ihr zu nahe zu treten.

Sollte sie ihre Schlachten doch allein schlagen. Sie war mehr als fähig dazu. Sie wollte seine Hilfe nicht.

Es überraschte ihn, als sie sich umdrehte und all ihre Wut auf ihn richtete. »Neville und ich sind nicht verheiratet. Das hat er nur wegen seinem blöden Job gesagt. Und den hasst er übrigens. Aber wir sind *nicht* verheiratet.« Sie funkelte ihn wütend an, während sie sich die Ringe von den Fingern zog und in seine Richtung schleuderte. Ihre Wangen waren rot vor Zorn, aber aus ihren Augen sprach nur der Schmerz. »Ich würde dich niemals heiraten. Du bist ein elender Feigling.«

Sie ging.

Er sagte nichts. Er fand keine Worte, weder belanglose noch zornige, weder empörte noch beschämte. Sie hatte Geheimnisse vor ihm gehabt, einen Monat lang mit ihm gespielt, es zugelassen, dass er sich in sie verliebte, während sie ihr Herz verschloss, und jetzt war *sie* wütend auf *ihn*?

Und warum machte ihm das etwas aus? Warum musste er angesichts des Leids in ihren Augen aufstehen und im Zimmer auf und ab gehen, um gegen den Drang anzukämpfen, ihr zu folgen und sie zu suchen und sie fest in die Arme zu nehmen, bis sie nicht mehr so verletzt aussah? Er hatte der Frau nichts zu sagen. Sie waren getrennt. Es konnte keine Versöhnung geben, und das war nicht seine Schuld. Es war allein ihre.

»Nun«, sagte Winston schließlich. »Das hätte ich nicht erwartet.«

»Verpiss dich.«

»Neville, Liebling«, sagte seine Mutter, »ich bin nicht ganz sicher, was …«

»Halt die Klappe.«

»Wie bitte?«, fragte seine Mutter, während ihr Rücken sich versteifte.

»Ich sagte: ›Halt die Klappe!‹«, wiederholte er. »Ich will nicht hören, wie du so tust, als hättest du diese ganze beschissene Sache nicht eingefädelt. *Du* hast mich reingelegt. *Du* hast das Ultimatum gestellt, das mich überhaupt erst auf die dumme Idee gebracht hat, Cath herzubringen. Jetzt, wo du es geschafft hast, mein Leben zu zerstören, kannst du wenigstens deinen heuchlerischen Mund halten.«

»Nev«, sagte sein Vater barsch.

Nev wandte sich zu ihm um, in der Absicht für das Recht zu kämpfen, seine Meinung zu sagen, aber Richard schien nicht geneigt, die Fäuste zu erheben.

»Lauf ihr nach«, sagte er stattdessen.

»Das ist zwecklos.«

»Du liebst sie, oder?«

»Natürlich liebe ich sie. Ich verehre sie. Ich *wollte* sie heiraten. Ich würde sie auf der Stelle heiraten. Das ist nicht das Problem. Das Problem ist, dass sie mich nicht will, verdammt noch mal.«

»Sie wird dich wollen. Lauf ihr nach.«

»Richard«, unterbrach ihn Evita. »Vielleicht sollten wir lieber …«

»Halt dich da raus, Darling. Du hast heute schon genug Unheil angerichtet.«

»Bei allem gebührenden Respekt, Vater …«, sagte Winston.

»Und du auch«, unterbrach Richard ihn. »Halt dich da raus. Ihr solltet euch beide schämen.« Er sagte das, ohne den Blick von Nev abzuwenden, so beiläufig, als würde er seine Frau und seinen ältesten Sohn jeden Tag zurechtweisen. Soweit Nev wusste, hatte er in seinem ganzen Leben noch keinem von beiden je einen Befehl erteilt. Er hatte Nev noch nie verteidigt. Kein einziges Mal. Bis jetzt.

»Sie liebt dich«, sagte sein Vater zu ihm. »Das ist völlig offensichtlich. Sie schaut dich an, als wärst du der Mittelpunkt ihres Universums.«

»Im Ernst?«

»Im Ernst.«

Seine Mutter seufzte und sagte scheinbar sehr gelangweilt: »Natürlich, Neville. Siehst du das wirklich nicht? Ich hab dich immer für einen so cleveren Jungen gehalten.«

»Ich bin kein Junge.«

»Sie ist eine Verbrecherin«, warf Winston ein.

»Halt den Mund«, sagten Richard und Evita gleichzeitig.

Sie waren auf seiner Seite. Beide. Das hätte ihn erstaunt, wenn er nicht zu sehr damit beschäftigt gewesen wäre, das heillose Durcheinander zu entwirren, zu dem seine Gedanken und Gefühle sich verknotet hatten.

»Was ist, wenn ich es nicht wieder in Ordnung bringen kann?«, fragte er.

»Was ist, wenn du es kannst?«, entgegnete Richard.

*Was ist, wenn du es kannst?*

Oh Shit. Was hatte er da angerichtet?

»Okay.« Er lief aus dem Zimmer. Als er das Ende des Flurs erreichte, rannte er bereits wie um sein Leben.

»Cath! Verdammt noch mal, Cath, bleib stehen und rede mit mir.«

»Nein.« Sie marschierte die Straße entlang, so schnell ihre kurzen Beine sie trugen, aber eine Frau zu Fuß hatte keine Chance, einem Auto zu entkommen, wie schnell sie auch ging.

*Überfahr mich doch einfach. Bringen wir's hinter uns.*

Er fuhr im Schneckentempo hinter ihr her, langsam genug, um den Motor eines weniger tollen Wagens abzuwürgen. Sie weigerte sich, ihn anzusehen. Der schmale Weg, der von Leyton in das Dorf Harpenden führte, war von hohen Hecken gesäumt, sodass sie unter der lächerlich heißen Augustsonne in einem grünen Korridor gefangen war, während eine Luxuslimousine ihr auf den Fersen folgte.

In Harpenden gab es eine Bushaltestelle. Sie hatte sie auf dem Weg zum Haus gesehen. In etwa fünf Minuten wäre sie dort, und dann würde sie den erstbesten Bus nehmen, egal wohin, und Nev nie wiedersehen.

Wenn sie ihn nur endlich los wäre. Diesen Kriecher. Diesen Idioten. Dieses eingebildete Weichei, das sie wie die langweiligste Puppe der Welt herausgeputzt hatte, um irgendeine Beförderung bei der Arbeit zu bekommen. Sie kannte die Details nicht, aber die musste sie auch nicht kennen. Er hatte mit ihr gespielt und sie zu einer Schachfigur in seiner Partie gegen Mami und Winston gemacht. *Darf ich vorstellen: meine Frau! Wo ist meine Gehaltserhöhung?*

Das Auto hinter ihr wurde langsamer, dann stoppte der Motor, und sie hörte, wie die Tür aufging. Sie spürte Nevs Anwesenheit neben sich, aber sie drehte nicht den Kopf.

Er griff nach ihrer Hand. »Cath.«

Sie entriss sie ihm heftig und befreite sich aus seinen heißen, besitzergreifenden Fingern. »Fass mich bloß nicht an, oder ich schwöre bei Gott, ich schreie so laut, dass du wegen Belästigung verhaftet wirst.«

»Meine Güte, Cath. Können wir nicht reden?«

»Was kannst du mir schon zu sagen haben? ›Sorry, dass ich dich benutzt habe, damit ich eine Beförderung bekomme?‹«

»Ich habe dich nicht benutzt.«

»Ach nein? Und warum komme ich mir dann vor wie eine Nutte?«

Sie blickte hinunter auf ihr Outfit: spießiger brauner Leinenrock, rosa Ballerinas und ein weißes T-Shirt unter einer braunen kurzärmeligen Strickjacke. Omaklamotten. Das T-Shirt war das Einzige, was ihr gehörte, von dem, was sie anhatte. Alles andere hatte Nev gekauft. Sie knöpfte die Jacke auf, zog sie aus und ließ sie auf den Weg fallen. Nev ignorierte sie.

»Du bist keine Nutte, Liebling.«

»Nenn mich nicht so. Ich bin nicht dein Liebling.« Wenn er sie geliebt hätte, hätte er sie verteidigt. Er hätte nicht kalt wie eine ganze beschissene Packung Eiswürfel dagesessen, während sein Bruder ihm sagte, was für ein schlechter Mensch sie war. Er hätte nicht einfach dagesessen, während sie ihre Ringe abnahm, sie ihm ins Gesicht schleuderte und ging.

Dass er ihr schließlich gefolgt war, spielte keine Rolle. Es war zu wenig, zu spät. Er konnte zur Hölle fahren.

»Doch, das bist du. Ich liebe dich. Ich will dich heiraten.«

»Oh, ich bitte dich. Geh nach Hause, Neville. Geh wieder in deiner schicken Bank arbeiten, und such dir zum Heiraten eine Frau mit Stammbaum und Geld. Das mit uns wird nichts. Ich wollte sowieso Schluss machen, sobald wir wieder in Greenwich gewesen wären.«

Das stoppte ihn für eine halbe Minute, aber schließlich holte er sie joggend wieder ein. Sie wünschte, er wäre nicht so verdammt durchtrainiert. Abhauen war viel schwieriger, wenn der Kerl, vor dem man floh, körperlich in so ausgezeichneter Verfassung war.

»Warum?«

»Vergiss es, Nev. Es lohnt sich nicht, um uns zu kämpfen.«

»Doch, es lohnt sich. Also warum?«

Endlich sah sie ihn an. Seine Wangen waren gerötet, sein Blick hart, und er wirkte stur wie ein Esel. »Weil du ein Fehler warst«, sagte sie in der Hoffnung, ihn ebenso tief zu verletzen, wie er sie verletzt hatte. »Du hast mir versprochen, keiner zu sein, aber du bist einer. Ich habe mich nur deshalb in dich verliebt, weil du ein Fehler bist. Vielleicht hat der kleine Vortrag deines Bruders das nicht ganz deutlich gemacht, aber so bin ich eben. Ich vermassle alles. Das ist meine Spezialität. Und du … Du denkst nur, du würdest mich lieben, weil deine Familie was dagegen hat. Du willst jemanden, der völlig unpassend ist, damit du rebellieren kannst, ohne zu rebellieren. Kurz gesagt, *Liebling*, bin *ich* ein Versager, und *du* bist ein Feigling.«

»Findest du das wirklich? Schätzt du die Situation so ein?«

»Ja.«

»Und du bist wütend auf mich, weil du glaubst, ich hätte dich hierhergebracht als Teil irgendeines kranken Spiels, das ich gegen meine Familie spiele?«

»Im Prinzip ja.«

»Gott.«

Er hob einen dicken Stock vom Wegrand auf und warf ihn so weit er konnte in den Wald hinter der Hecke. Er flog sehr weit. Das war die wütendste Reaktion, die sie bei Nev je gesehen hatte, und es dämmerte ihr, dass er ganz schön angepisst sein musste.

Anscheinend geschah heute vieles zum ersten Mal.

»Du warst *verheiratet*.« Er schleuderte ihr die Worte ins Gesicht.

»Ja.«

»Das hättest du mir sagen können.«

»Hätte das einen Unterschied gemacht?«

»Ja, natürlich hätte es einen Unterschied gemacht!«

»Inwiefern?«

»Ich hätte es verdammt noch mal *gewusst*, oder? Ich hätte nicht dasitzen und zuhören müssen, wie mein Bruder eine Bombe nach der anderen platzen lässt. Ich hätte was sagen können, weil ich Informationen gehabt hätte, irgendein echtes, solides verdammtes *Wissen* über dich, das ich zum Gespräch hätte beisteuern können.«

»Ich kapier das nicht. Welchen Unterschied macht es, ob du weißt, dass ich Brandstiftung begangen habe? Was hättest du dann gesagt? *Es war nur geringfügige Brandstiftung? Sie wurde nicht verurteilt, also macht euch keine Sorgen?*«

»Woher zum Teufel soll ich wissen, was ich gesagt hätte? Ich hatte keine Wahl, weil du mir nie etwas über dich erzählt hast. Fürs Bett war ich gut genug, aber nicht, um mir zu vertrauen. Ist es nicht so?«

Verdammt, sie *hatte* ihm vertraut. Mehr als irgendjemandem sonst in ihrem Leben. Die Dinge, die sie ihm erzählt hatte, hatte sie nur *ihm* erzählt. Sie war auf dem besten Weg gewesen.

Aber der »Weg« hatte kein Ziel. Es war unmöglich, diesen Schlamassel wieder in Ordnung zu bringen, den sie gemeinsam angerichtet hatten. Sie konnten nichts weiter tun, als es hinter sich zu lassen.

Sie erreichten das Ende der Straße, beide schweißgebadet und schwer atmend, und Cath bog links ab. Nev griff wieder nach ihrer Hand, und sie entriss sie ein zweites Mal seiner Umklammerung.

»Wo um alles in der Welt willst du hin?«, fragte er.

Sie deutete auf die Bushaltestelle in etwa hundert Metern Entfernung. »Ich nehme einen Bus.«

»Welchen Bus, verdammt?«

»Irgendeinen Bus, verdammt.«

»Oh, um Himmels willen, hör auf, dich wie ein kleines Kind aufzuführen. Komm mit zurück zum Haus und rede mit mir.«

»Wir sind fertig miteinander, Nev. Vorbei. *Basta. Finito.* Kapier das endlich.«

Sie sah einen Bus auf die Haltestelle zufahren, aber Cath war zu weit entfernt, um ihn zu erreichen. Sie lief trotzdem los. Der Bus fuhr ab, bevor sie an der Haltestelle ankam.

Nev folgte ihr, packte sie an der Schulter und drehte sie herum. Dann hielt er sie mit beiden Händen fest, auf Armeslänge entfernt. Sie versuchte sich zu befreien, aber er hatte einen eisernen Griff.

Jemand schnappte nach Luft, und ihr wurde bewusst, dass das, was Nev da machte, für die vier Leute im Wartehäuschen vermutlich stark nach Belästigung aussehen musste. Aber er würde ihr niemals wehtun. Nicht körperlich.

»Erzähl es mir jetzt«, befahl er.

»Was soll ich dir erzählen?«

»Erzähl mir alles. Jedes einzelne dunkle, schreckliche Geheimnis. Wenn es mit uns vorbei ist, spielt es keine Rolle mehr. Du wirst mich sowieso nicht wiedersehen. Also erzähl es mir. Ich will es wissen.«

Sie betrachtete ihn, mit seinen roten Wangen und seinem schweißfeuchten Haar. In seinen Augen brannten Zorn und Schmerz. Sein lässiges weißes Poloshirt hatte unter den Armen dunkle Flecken, und seine ehemals glänzenden Schuhe waren mit Straßenstaub bedeckt. Sie hatte ihn noch nie zuvor so unordentlich und leidenschaftlich gesehen, außer im Bett. Das hier war anders. Er war wütend und frustriert, genervt und verwirrt, und zum ersten Mal, seit sie ihn kennengelernt hatte, ließ er ihr nicht ihren Willen. Er kämpfte.

Sie hätte nicht gedacht, dass er kämpfen würde, und es machte sie rasend. Sie wollte auf seine Brust trommeln und ihm befehlen, sie loszulassen. Sie war es nicht wert, dass er um sie kämpfte. Er hätte sie verteidigen sollen, aber sie verdiente es nicht, verteidigt zu werden. Sie hasste ihn und hasste sich selbst gleichermaßen, und sie wollte nichts anderes, als von hier zu verschwinden und ihm so schnell und endgültig wie möglich zu entkommen.

Sie würde es ihm erzählen, aber nur weil ihre Vergangenheit die Waffe war, die ihn abwehren würde.

»Lass mich los.«

Mit einem Blick zu den Leuten auf der Bank ein paar Schritte entfernt, die durch die Glaswand des Bushäuschens starrten, gehorchte er und stemmte die Hände in die Hüften.

»Du willst, dass ich es dir erzähle? Na gut.« Sie zog ihr T-Shirt aus und wandte ihm den Rücken zu, wobei sie den Zuschauern auf den billigen Plätzen einen tiefen Einblick gönnte. Egal. Es war ja nicht so, als hätten sie noch nie einen BH gesehen.

»Bist du wahnsinnig?«, rief er. »Zieh dein T-Shirt wieder an.«

Sie warf ihm über die Schulter einen Blick zu. »Das ist mein Körper, Nev. Ich kann mein T-Shirt ausziehen, wann immer es mir passt.« Schweiß lief zwischen ihren Schulterblättern hinunter, während sie mit einem Finger auf den Vogel deutete, der auf das untere Ende ihrer Wirbelsäule tätowiert war. »Du kriegst die Kurzfassung. Pass gut auf. Mein Dad starb, als ich vierzehn war. Ich war seine Prinzessin, seine geliebte Mary Catherine, und nach seinem Tod bin ich völlig durchgedreht, hab getrunken und mit jedem Jungen was angefangen, der mir einen zweiten Blick gegönnt hat. Typischer Teenie mit Vaterkomplex. Ich wusste nicht mehr, wer ich war. Ich brauchte jemanden, der es mir sagte. Aber weißt du was? Sechzehnjährige Jungs sind in so was nicht besonders gut.

Meine Mom hat auch getrauert, aber sie entschloss sich, es dadurch auszudrücken, dass sie mir jedes Mal vorhielt, was für ein Flittchen ich sei, wenn sie mich dabei erwischte, wie ich mitten in der Nacht nach Hause schlich, oder wenn sie einen verbotenen Lippenstift in meiner Tasche fand. Sie entschied sich, den schrecklichen Talaricos zu entfliehen und zurück nach England zu ziehen. Ich hab mich geweigert, sie zu begleiten. Also hat sie mich bei meinem Onkel Pete und meiner Tante Nina gelassen.«

Cath schaute von ihren Füßen hoch und sah, dass alle vier Wartenden im Bushäuschen sie anstarrten. Einem Teenager, einem vielleicht fünfzehnjährigen Jungen, war im wahrsten Sinne des Wortes die Kinnlade heruntergeklappt, während er ihre Brüste fixierte. Ein älterer Typ lehnte rauchend am Bushäuschen und schielte lüstern zu ihr rüber. Zwei Klatschtanten mit Kirchenhüten blickten sie mit zusammengepressten Mündern finster an und umklammerten fest ihre Handtaschen, als fürchteten sie, Cath könnte sie ausrauben und abhauen, sobald sie mit ihrer Geschichte fertig wäre. Sie hatte große Lust, ihnen den Mittelfinger zu zeigen. Sie hatte das seit Jahren nicht mehr gemacht, aber sie war auch nicht mehr so wütend gewesen, seit sie ein Teenie war. Sie hatte vergessen, wie aufgedreht und high sie sich dabei fühlte.

»Hörst du mir noch zu, Nev? Willst du wissen, was die Zukunft der armen Mary Catherine gebracht hat?«

Er presste die Antwort zwischen zusammengebissenen Zähnen hervor: »Ja.«

»Gut.« Sie warf ihr Haar zurück und fuhr fort. »Tante Nina fand mich super. Sie ließ mich im Souterrain schlafen. Ich wohnte zwei Jahre dort, was mir reichte, um nicht ein Mal, sondern gleich zwei Mal schwanger zu werden. Beim ersten Mal war ich sechzehn und trieb ab. Beim zweiten Mal war ich siebzehn und heiratete Jimmy Calabrese. Er war siebenundzwanzig und lässig und geschmeidig wie Scotch on the rocks. Jimmy gab mir das Gefühl, etwas Besonderes zu sein. Er sagte mir, ich sei schön. Er fand, ich würde eine tolle Mutter werden. Ich brauchte drei oder vier Monate, um zu verstehen, dass Jimmy nichts anderes wollte als Einlass in die Familie. Er steckte mich in ein kleines Haus in der Vorstadt und ließ mich die meiste Zeit allein. Ich bekam speziellen Unterricht für schwangere Highschool-Schülerinnen, damit ich meinen Abschluss machen konnte, und kochte Gerichte aus *Betty Crocker*, die Jimmy nicht aß, weil er nie da war.«

Ihre Schulter begann wehzutun, weil sie mit dem Finger schon so lange auf ihren Rücken zeigte. Sie ließ ihn sinken. Sie hatte sich Nummern auf die Haut tätowiert, Herrgott noch mal. Nev war clever genug, um ihnen zu folgen.

»Ich war glücklich, selbst nachdem ich kapiert hatte, dass Jimmy nicht meine große Liebe war, denn ich war jung und dumm, und ich hatte Wren. Ich würde die beste Mutter der Welt sein. Sie half mir, mich wieder vollständig zu fühlen, weißt du? Dieser Teil von mir, der nach Dads Tod gefehlt hatte, war nun nicht mehr so leer, seit Wren in mir wuchs. Aber ein Unglück kommt selten allein, was? Erst Dad, dann Jimmy, und als ich im sechsten Monat war und die Weihnachtsbeleuchtung aufhängte, fing ich an zu bluten wie Carrie in der Dusche der Umkleidekabine.«

Der zynische Raucher zog eine Augenbraue hoch, und ihr

fiel ein, dass sie in England war und Nev die Anspielung nicht verstehen würde. Egal.

»Als ich wieder zu mir kam, war meine Tochter tot, ich war unfruchtbar, und mein Mann war nirgends zu finden. *Merry fucking Christmas,* Mary Catherine.«

Eines der Klatschweiber schnappte geräuschvoll nach Luft. Cath warf ihr ein irres Lächeln zu, und sie drehte ihr faltiges Gesicht weg, dem die Empörung deutlich anzusehen war. Gut. Wenn alte Frauen sich über sie empörten, ergab die Welt langsam wieder Sinn.

»Irgendwann tauchte Jimmy auf und brachte mich nach Hause. Ich tat so gut wie gar nichts mehr, außer Wodka zu trinken. Jimmys Geduld reichte ein paar Wochen, aber dann hatte er genug und sagte mir, ich solle drüber wegkommen. Ich bin nicht drüber weggekommen. Ich *wollte* nicht drüber wegkommen. Jedes Mal, wenn er da war, provozierte ich Streit, nur um mich für ein paar Minuten lebendig zu fühlen. Es kotzte mich an, dass ihm Wrens Tod anscheinend nicht so nahe ging wie mir. Eines Nachts trieb ich ihn so weit, dass er mich schlug. Ich glaube, es erschreckte ihn mehr als mich. Ich tobte. Er ist abgehauen, und ich habe alle seine Kleider aufs Bett geworfen und in Brand gesteckt. Tattoo Nummer zwei, Neville.«

»Hör auf.«

»Du wolltest es doch hören.«

»Nicht so.«

»Pech für dich. Das kannst du dir nicht aussuchen.« Sie war nahe dran, den lüstern gaffenden Typen nach einer Zigarette zu fragen, aber sie dachte, wenn sie sich von einem fremden

Mann Feuer geben ließe, während sie ohne T-Shirt dastand, könnte Nev durchdrehen. Also fuhr sie einfach mit ihrer Geschichte fort.

»Die Vorhänge fingen Feuer, und im nächsten Moment stand mein Haus in Flammen. Ich hatte keine Ahnung, dass man dafür verhaftet werden kann, dass man sein eigenes Haus abfackelt. Ich schätze, da Jimmys Name auf dem Kaufvertrag stand, war es nicht wirklich meins. Ich wurde wegen Brandstiftung angeklagt, aber Onkel Pete kümmerte sich darum. Er hat mich da rausgeboxt, seine Anwälte haben die Scheidung eingeleitet, und dann hat er mich still und leise nach Seattle an die Kunstschule verfrachtet. Die Mühe hätte er sich sparen können. Ich hab nur Mist gebaut. Ich konnte es kaum ertragen, mit mir selbst allein zu sein. Ich hab geschwänzt und so viel Zeit damit verbracht, betrunken oder high zu sein oder mit komischen Typen zu schlafen, wie ich nur konnte. Es war leichter, sich treiben zu lassen, als nachzudenken. Zum Semesterende flog ich raus. Pete fand dann einen Platz an einer Uni in Kalifornien für mich, aber es war die gleiche Geschichte. Nach ein paar Jahren ging ihm das Vitamin B aus, und mir gingen die Unis aus, die mich nehmen wollten. Das ist Tattoo Nummer drei. Das geschlossene Buch. Das ist ein Symbol, verstehst du?«

»Cath.« Er schlang die Arme von hinten um ihre Taille und zog sie an sich. »Warum tust du das?«

»Hasst du mich schon?«

Er antwortete nicht.

Sie hatte eindeutig noch ein Stück Arbeit vor sich.

»Ich kam nach England. Mom und ich haben uns ständig

gestritten. Ich wollte nicht arbeiten. Ich wollte nicht studieren. Nach ein paar Monaten traf ich diesen Typen, der mit seiner Band durch Deutschland touren wollte, und folgte ihm. Die nächsten paar Jahre bin ich einfach durch Europa getingelt. Ich war im Prinzip ein Groupie, aber zumindest war ich monogam. Ich hab mich immer nur in einen Musiker auf einmal verliebt. Ich hab viel gefeiert, ein bisschen was geraucht und mich von Männern wie Dreck behandeln lassen.«

Sie hatte jede Nacht schlecht geträumt und kaum geschlafen. Die Tage hatte sie damit verbracht, durch die Museen von Florenz, Nürnberg oder Madrid zu wandern. Mom hatte mehrmals versucht, sie dazu zu bewegen, dass sie zurückkehrte und bei ihr wohnte, und manchmal hatte sie das auch eine Weile getan, aber es war nie gut gegangen. Sie hatte sich unmöglich verhalten.

Sie legte ihre Hände auf Nevs und drückte seine Finger in die Seiten ihres Bauchs, wo sich Dutzende Linien kreuzten und in Richtung ihres Nabels miteinander verflochten. Nummer vier. »Das hier soll ein Labyrinth sein. Weil ich so verloren war, für so lange Zeit.«

Sie blickte auf ihre und Nevs Hände, auf die schmutzigen rosa Ballerinas, zarte Schühchen, die eigentlich nicht dafür gemacht waren, tatsächlich auf der Straße getragen zu werden. Dann sah sie auf in der Hoffnung, ein Bus würde kommen, damit sie entfliehen könnte, bevor sie den Rest erzählen musste. Die Rettung kam nicht. Sie schob Nevs Hände weg und drehte sich um.

Was auch immer dieser Ausdruck in seinen Augen war, es

war nicht Liebe. Es war etwas, was sie nicht kannte. Etwas Krankes und Enttäuschtes, das sie heraufbeschworen hatte.

»Meine Mom versuchte mich anzurufen, um mir zu sagen, dass sie Krebs hatte, aber ich rief nicht zurück. Ich rief sie fast nie zurück. Bis ich von der Chemotherapie erfuhr, waren ihr schon die Haare ausgefallen. Sie lag im Sterben, und ich war nicht erwachsen genug, um an das verdammte Telefon zu gehen. Ich zog wieder hierher und kümmerte mich um sie. Ich war entschlossen, ihr zu beweisen, dass ich wenigstens eine Sache richtig machen konnte, und ich hoffte … Ich glaube, meine Hoffnung war, dass sie nicht wirklich sterben würde, wenn ich mich zusammenreißen könnte. Als wäre es vielleicht nur ein Test, weißt du?«

Er sagte nichts.

»Es war kein Test. Sie starb. Es ging langsam und war schmerzhaft und vollkommen unfair, und ich war ihr überhaupt kein Trost. Eine Woche nach der Beerdigung ließ ich mir die Tattoos stechen. Dann suchte ich mir einen Job in einem Garnladen und später beim Museum. Ich baute mir ein Leben auf, hab mich auf die Reihe gekriegt. Das ist jetzt zwei Jahre her. Ich bin pleite, kurz davor, arbeitslos zu werden, und ich habe gerade das Wochenende damit verbracht, fremde Leute zu belügen, weil du mich darum gebeten hast.«

Sie hielt inne und fragte sich, ob er den Todesstoß verdiente, nachdem sie gerade ihren ganzen Seelenmüll bei ihm abgeladen hatte. Wahrscheinlich nicht. Wahrscheinlich verdiente er gar nichts von alldem. Er war Banker. Er war City. Nur weil er sie enttäuscht hatte – nur weil sie Nev mehr liebte –, durfte sie ihn noch lange nicht dafür bestrafen, wer er war.

Sie hörte eine Bewegung hinter sich, und Nevs Blick huschte über ihre Schulter in die Richtung, aus der der Bus kommen musste.

Cath zog sich ihr T-Shirt über den Kopf und steckte hastig die Arme durch die Ärmel.

Er verdiente es nicht, aber sie stach trotzdem zu. »Ich dachte ehrlich, du wärst der beste Mensch, den ich je getroffen habe. Aber das beweist nur, dass meine Menschenkenntnis so schlecht ist wie eh und je.«

»Mach das nicht«, sagte er.

»Ich muss. So bin ich eben.«

Als der Bus am Bordstein hielt, stieg sie ein.

# 18

Cath wäre beinahe vor ein Taxi gelaufen. Sie schaute nach links und trat auf die Straße, hatte aber vergessen, dass der Verkehr in diesem gottverdammten Land aus der anderen Richtung kam. Das Taxi musste einen Schlenker fahren, und der Fahrer hupte sie wütend an.

Sie blinzelte verwirrt und benommen und trat einen Schritt zurück. Ihr Körper fühlte sich an, als würde sie ihn mit einer Fernbedienung steuern und das Signal wäre schwach. Ihr Liebeskummer hatte sie in einen Zombie verwandelt.

Normalerweise war sie gut in so was. Sie beging einen Fehler, und dann zog sie einen Schlussstrich, um die Vergangenheit von der Gegenwart zu trennen, und lebte weiter. Wenn sie Schmerz fühlte, dann nur vage, mehr wie Mitleid, als wäre es der Schmerz eines anderen. Der Schmerz der vergangenen Cath.

Vielleicht war sie aus der Übung, oder es lag daran, dass sie sich diesmal verliebt hatte, aber dieser Schmerz, dieser Nev-Schmerz, war ein blutrünstiges, heulendes, unbezähmbares Ungeheuer. Es wohnte in ihrer Brust und unter ihrer Haut, in all ihren Nervenenden und hinter ihren Augen, in ihrem Nacken und ihren Fußballen. Jeder Teil von ihr schrie, befahl ihr, schnell alles wieder in Ordnung zu bringen, weil sie unmöglich erwarten könne, dass sie so weiter funktioniere.

Aber sie würde weiter funktionieren. Das Kontrollzentrum in ihrem Kopf meldete, es würde ihr irgendwann besser gehen. Es versprach, dass sie an einem gebrochenen Herzen nicht sterben könne. Sie würde sich daran gewöhnen, so wie Hardcore-Mönche sich irgendwann an ihre Büßerhemden und die täglichen Geißelungen gewöhnten.

Die ganze Nacht lang hatte ihr Gehirn die Leiche ihrer Beziehung mit Nev untersucht. Sie hatte wach gelegen und über das Reformprojekt »Neue Cath« nachgedacht, über ihr Leben und ihre Arbeit und darüber, was die Zukunft bringen würde. Ihr Gehirn hatte Pläne. Wenn sie nur ihren Körper davon abhalten konnte, sich vor fahrende Autos zu werfen!

Sie setzte einen Fuß vor den anderen und schleppte sich schwerfällig ins Büro, wo Judith gerade Dutzende Paare von gestrickten Socken und Strümpfen auf dem Tisch sortierte.

»Ich dachte, du kommst heute nicht.«

»Hatte ich auch nicht vor.« Cath ließ ihre Tasche auf den Boden fallen und betrachtete die schlaffen leblosen Strumpfwaren. Judith wollte auch Socken in die Ausstellung miteinbeziehen, aber sie hatte Mühe gehabt, eine Möglichkeit zu finden, sie interessant zu präsentieren. Bei dem Thema handgestrickte Socken verdrehte jeder sofort die Augen, bis auf die hingebungsvollsten Strickerinnen.

»Ich dachte, du wärst auf dem Land mit deinem Banker-Ken.«

»War ich auch.«

Um nicht an Nev denken zu müssen, zog Cath sich Handschuhe an und griff nach einem Paar Kiltstrümpfe. Sie waren traditionell aus cremefarbener Wolle gefertigt, unheimlich lang und hatten oben beinahe den Umfang ihrer Taille. Sie mussten für einen sehr großen, sehr stämmigen Highlander gestrickt worden sein. Sie fragte sich, ob der Trottel gewusst hatte, dass die Person, die ihm diese Socken gemacht hatte, seinen behaarten Arsch im Schottenrock liebte. Keine Frau würde einem Mann, den sie nicht liebte, Festtagskiltstrümpfe stricken. Die verdammten Dinger hatten Zehntausende von Maschen.

Aber selbst die Liebe kannte unterschiedliche Spielarten. Hatte die Künstlerin die endlosen Strickstunden damit verbracht, all die Arten aufzuzählen, auf die sie ihn vergötterte, oder hatte sie die Verschwendung bedauert, weil sie wusste, dass er ihr Meisterwerk nur durchschwitzen und in null Komma nichts die Fersen durchwetzen würde?

Gott, selbst Schottenstrümpfe deprimierten sie.

Judith warf ihr einen unergründlichen Blick zu. »Ich hab heute Morgen einen merkwürdigen Anruf von Christopher bekommen.«

»Ach ja?« Sie versuchte interessiert zu klingen, aber ihre Stimme war so energiegeladen wie die eines Bestattungsunternehmers. Sie musste besser darin werden, Dinge vorzutäuschen, wenn sie diese Trennung überleben wollte.

»Richard Chamberlain hat ihn gestern Abend zu Hause angerufen und gesagt, er würde für unsere Ausstellung hunderttausend Pfund spenden. Kann es sein, dass du vielleicht irgendwas damit zu tun hast?«

In einem Anfall plötzlicher Übelkeit ballte sie die Faust um den Strumpf in ihrer Hand. Richard hatte gestern Abend angerufen? Aber das war lange, nachdem sie gegangen war, lange, nachdem er erfahren hatte, wer sie wirklich war. Warum sollte er so etwas tun?

Vielleicht hatte er es aus Pflichtgefühl getan. Er hatte sich genötigt gefühlt, die Summe trotz seiner Enttäuschung über sie zu spenden, und es deshalb so schnell wie möglich hinter sich gebracht. Der Gedanke beunruhigte sie so sehr, dass ein hilfloses, klägliches Wimmern aus ihrer Kehle drang. Sie hielt sich mit der Hand den Mund zu und atmete den Geruch muffiger Wolle ein.

»Ihr könnt das Geld nicht annehmen«, sagte sie durch den Strumpf. »Es tut mir leid, aber es war alles ein großer Fehler.«

Judith musterte sie lange, dann starrte sie auf eine mit roter Wolle gestopfte Stelle am Zeh einer einfachen Arbeitersocke. Jemand hatte eine winzige perfekte Eule hineingestickt. Ein weiteres mit Nadel und Faden ausgedrücktes *Ich liebe dich*.

»Das mit dem Geld ist beschlossene Sache«, sagte Judith. »Ich würde dir gratulieren, wenn du nicht aussehen würdest, als wolltest du dir in den nächsten zehn Sekunden etwas antun.« Ihr Blick verfinsterte sich noch mehr, und sie murmelte: »Vielleicht solltest du mir sagen, was los ist.«

»Nein.«

»Na schön.«

Sie taten so, als wären sie in das Sortieren der Socken vertieft.

Cath war gestern sechs Stunden in Bussen und Zügen kreuz und quer durch die Landschaft nördlich von London gefahren und hatte versucht, Nevs gequälten Gesichtsausdruck aus ihrem Gedächtnis zu löschen.

Er hatte sieben Nachrichten auf ihrem Handy hinterlassen,

bevor sie es ausgeschaltet hatte. Sie hatte sich keine davon angehört. Sie war nahe dran, das Telefon wegzuschmeißen, um nicht in Versuchung zu geraten.

»Wir haben uns getrennt.«

Judith kratzte sich hinterm Ohr und sagte nichts. In so was waren sie beide furchtbar ungeschickt. Es ging weit über die Grenzen ihrer beschränkten Freundschaft hinaus, Informationen mit emotionaler Komponente zu teilen.

»Es ist besser so«, fügte sie hinzu.

Judith schnaubte.

»Die ganze Sache war ein Fehler.« Sie fragte sich, wen sie zu überzeugen versuchte.

Ihre Chefin kam auf ihre Seite des Tisches, und einen schrecklichen Moment lang dachte Cath, Judith wollte sie umarmen. Stattdessen löste sie den Strumpf sanft aus Caths Würgegriff, legte ihn flach auf den Tisch und strich die Falten glatt, die Cath im Stoff hinterlassen hatte.

»Es hat nicht ausgesehen wie ein Fehler«, sagte sie.

»Tja, der Schein trügt eben manchmal.« Sie dachte daran, wie Nev auf sie gewirkt hatte, früher am Bahnhof, bevor sie sich kannten: kalt und aalglatt wie eine Marmorstatue. Und dann sah sie ihn vor sich, wie er wirklich war, wenn sie allein waren: heiß und leidenschaftlich, ernsthaft und nachdenklich, verletzlich und echt.

Judith sagte nichts. Sie begann, die Socken zu Paaren zusammenzulegen und zu stapeln.

»Wir können das Geld nicht annehmen«, sagte Cath. »Ich würde es nicht ertragen.«

»Wir brauchen das Geld. Sofern du kein Verbrechen begangen hast, um Chamberlain zu dieser Spende zu bewegen, werden wir es annehmen.«

»Dann kündige ich.« Sie sagte es leise, aber sie meinte es ernst, und Judith musste die Überzeugung in ihrer Stimme gehört haben, denn sie ließ die Socken liegen und starrte Cath an.

»Das würdest du nicht tun.«

»Doch, das würde ich.«

»Einen solchen Job kriegst du nie wieder. Du reißt dir seit Monaten den Arsch auf, um die Drecksarbeit, die ich dir gegeben habe, in eine Karriere zu verwandeln. Du hast es fast geschafft. Warum solltest du das alles wegen einer Spende hinschmeißen?«

»Das werde ich nicht, wenn du mich nicht dazu zwingst. Ich werde das Geld beschaffen. Nur eben nicht von Richard. Ich habe einen Plan.«

Judith verschränkte die Arme vor der Brust. »Dann lass mal hören.«

Also weihte Cath sie ein. Sie war in etwa zur Morgendämmerung darauf gekommen, wie sie den Besucherstrom anlocken könnten, der notwendig war, damit der Katalog gedruckt werden konnte. Sie würde ein paar neue Texte schreiben müssen, und die Auslagen müssten teilweise anders arrangiert werden, aber hauptsächlich bestand der Plan darin, dass sie sich selbst in die Öffentlichkeit begab und die einzige Währung benutzte, mit der sie je gut hatte umgehen können: Sex. Aber diesmal würde sie es schlau angehen. Sie würde Amandas Showtalent und Judiths Skrupellosigkeit für eine Sache nutzen, die ihr wirklich etwas bedeutete.

»Es wird funktionieren«, sagte sie schließlich mit Nachdruck. Judith reagierte nicht, und Cath war unsicher, ob das ein gutes oder ein schlechtes Zeichen war.

»Vielleicht. Wenn nicht, fliegen wir beide.«

»Ja.« Daran hatte sie nicht gedacht. Aber sie würde es schaffen. Sie war schlau genug, einfallsreich genug, um es durchzuziehen. Dumm in der Liebe, kompetent im Job. Der Job würde sie retten. Sie brauchte ihn, wenn sie der Schmerz nicht um den Verstand bringen sollte. Sie musste sich beweisen, dass sie auch irgendetwas richtig machen konnte.

»Ich werde heute Vormittag mit Christopher sprechen. Wenn er einverstanden ist, kannst du es versuchen.«

Christopher würde sicher einverstanden sein. Er hatte ihnen von Anfang an damit in den Ohren gelegen, die Ausstellung müsse sexyer werden.

»Ich werde dich nicht enttäuschen.« Sie drückte Judith spontan den Arm und stellte fest, dass ihre Haut ebenso warm war wie die anderer Menschen. Warum sie das überraschte, konnte Cath nicht sagen. Vielleicht fühlte es sich so an, wenn man bald durchdrehte. Man glaubte, man wäre immer noch völlig klar im Kopf, aber man hatte die Gedanken eines Verrückten und einen Körper, der so zappelig war wie ein tollwütiger Waschbär.

Judith tätschelte ihre Hand. »Das hast du noch nie.«

»Das ist die falsche Farbe. Diese Wand sollte einen Honig-Mandel-Ton bekommen. Die dort hinten sollten Sie in Grau streichen. Machen Sie das noch mal«, sagte seine Mutter. »Streichen Sie beide noch mal.«

Als der Handwerker den Mund aufmachte, um zu protestieren, fuhr sie fort: »Und zwar heute Abend, sonst werden Sie nicht bezahlt. Und machen Sie es diesmal richtig, mit zwei Anstrichen.«

Evita wandte sich von dem Handwerker ab, der seufzend auf die Uhr schaute. Offensichtlich hatte er gehofft, dass seine Arbeit abgesegnet wurde, damit er um vier Uhr Feierabend machen konnte. Jetzt würde er noch die halbe Nacht hier sein.

»Ganz ehrlich, diese Leute sind Idioten«, sagte sie so laut, dass jeder in der kahlen Halle sie hören konnte. Ihre Absätze klapperten über den Betonboden, als sie den Raum durchquerte, um den Jungen zurechtzuweisen, den Nev als Handlanger eingestellt hatte. »Gary, sag mir, dass du nicht mit deinen schmutzigen Pfoten die Preislisten anfasst.«

Nev drehte sich zu seinem Vater um. »Wenn sie die Leute weiter so fertigmacht, muss ich bis zur Eröffnung die komplette Mannschaft ersetzen.«

»Keine Sorge«, sagte Richard. »Sie ist großartig darin, ihnen Honig ums Maul zu schmieren, sobald sie am Boden zerstört sind. Bis Freitag werden sie Himmel und Hölle für sie in Bewegung setzen. Also, wo wolltest du die Arbeitsporträts aufhängen? Da drüben? Ich glaube, an der Ostwand ist das Licht besser …«

Nev ließ seine Gedanken schweifen, während sein Vater seine Meinung über die beste Platzierung der Bilder äußerte. Nev war es eigentlich völlig egal, solange die fünf Gemälde, die am wichtigsten waren, ganz vorn hingen.

Eine Hand legte sich auf seine Schulter, und sein Vater fragte: »Nev?«

Er blickte in braune Augen, die ihm so vertraut waren wie seine eigenen. »Sorry. Ich bin nicht ganz bei der Sache. Häng sie dort auf, wo du willst.«

»Hast du sie eingeladen?«

Es war das erste Mal, das Dad Cath erwähnte seit dem Morgen, an dem sie gegangen war. Nev war zum Haus seiner Eltern zurückgekehrt, hatte schweigend seine und ihre Sachen zusammengepackt und war nach London zurückgefahren. Er hatte Cath wieder und wieder angerufen, obwohl er wusste, dass sie nicht abnehmen würde. Zum Glück hatte sie es nicht getan. Er hatte ihr Nachrichten hinterlassen – unzusammenhängendes Gestammel, weil er zu verwirrt und aufgewühlt war von dem, was zwischen ihnen geschehen war, um etwas Vernünftiges sagen zu können. Schließlich war der Akku seines Handys leer gewesen, und er hatte eine Flasche Whiskey aufgemacht und bis zur Bewusstlosigkeit getrunken.

Als er wieder aufgewacht war, hatte er höllische Kopfschmerzen gehabt, aber nun war er in der Lage zu erkennen, was ihm am Vortag irgendwie entgangen war: Er hatte sich aufgeführt wie ein kompletter Vollidiot.

Er war achtundzwanzig Jahre alt und benahm sich nicht besser als ein verwöhntes Kind. Wieso glaubte er, dass es ihm zustünde, jedes Detail ihrer traurigen, schwierigen Lebensgeschichte zu kennen? Cath hatte ihn zu Recht als elenden Feigling beschimpft. Warum hätte sie ihm vertrauen sollen, wenn er nicht einmal den Mut hatte, ihr ehrlich zu sagen, was *er* vom Leben wollte? Wenn er es sich nicht mal selbst eingestand?

Er hatte sich an den Computer gesetzt, einen Kündigungsbrief getippt und ihn an Winston und alle Vorstandsmitglieder gefaxt. Innerhalb von zehn Minuten wurde er Maler. Möglicherweise ein furchtbar schlechter Maler, obwohl er das nicht hoffte. Es spielte keine Rolle. Er würde nicht den Rest seines Lebens damit verschwenden, nach der Pfeife anderer Leute zu tanzen – nicht nach der des Vorstands und auch nicht nach der seiner Familie.

»Ja, natürlich habe ich sie eingeladen«, sagte er seinem Vater. »In gewisser Weise.«

»In gewisser Weise?«

»Na ja, wenn ich ihr eine Einladung geschickt hätte, würde sie nicht kommen. Ich habe tagelang versucht, sie anzurufen. Ich war bei ihrem Büro und ihrer Wohnung. Ich hab am Bahnhof gewartet in der Hoffnung, sie zu sehen. Sie will nicht mit mir sprechen.«

Er hatte so lange an ihre Wohnungstür geklopft, bis sie irgendwann aufgemacht hatte, aber sie war zu ihm so höflich gewesen wie zu einem Staubsaugervertreter. Egal, was er sagte, sie hatte sich verhalten, als wären sie quasi Fremde. Sie hatte oft »bitte« gesagt und ihn höflich angelächelt, und jedes Wort, das ihr über die Lippen gekommen war, hatte »nein« bedeutet.

»Verzeih, wenn das eine dumme Frage ist, aber wenn du bei all diesen Versuchen so wenig Erfolg hattest, wieso glaubst du dann, dass sie zur Ausstellung kommen wird?«

»Sie wird kommen. Sie hat keine andere Wahl.«

Sie musste kommen. Er hatte sie seit sechsundzwanzig Tagen weder berührt, noch ein richtiges Gespräch mit ihr geführt, und an jedem einzelnen davon hatte die Sehnsucht ihn wahnsinnig gemacht. Das Einzige, was ihn von den Gedanken an sie ablenkte, war das Malen, also hatte er so viel wie möglich gemalt. Wenn sein Arm schwer wurde und sein Blick vor Müdigkeit verschwamm, ließ er sich erschöpft auf die Couch im Studio fallen. Er konnte weder in seinem Bett schlafen noch in seiner Küche essen. Dort umgaben ihn zu viele Erinnerungen.

Er malte, und er schmiedete Pläne. Mit der Hilfe seiner Eltern – die Erfahrung seines Vaters mit der Kunstszene, kombiniert mit dem legendären Talent seiner Mutter, Leute bis zur Unterwerfung zu tyrannisieren – hatte er nun seine erste Ausstellung auf die Beine gestellt. Mutter übernahm die Öffentlichkeitsarbeit, und sie hatte versprochen, dass der Raum am Freitagabend voller interessierter Käufer sein würde. Weiß Gott, wen sie da eingeladen hatte. Mit Sicherheit grässliche Leute.

Es spielte keine Rolle. Solange Cath auftauchte, konnte Mutter den Raum mit ihren Freundinnen aus dem Club oder ihren Wohltätigkeitspartnern oder allen Mitgliedern von Winstons Poloteam füllen. Obwohl es nicht schlecht wäre, wenn die Leute, die sie eingeladen hatte, ihre Scheckhefte mitbringen würden. Er hatte das Haus in Greenwich verpfändet, um die Miete für diese Lagerhalle aufbringen zu können. Er musste jetzt einen Kredit abzahlen.

»Ich hab sie gestern Abend in dieser Unterhaltungssendung gesehen«, sagte Richard.

»Ich auch.« Er musste unwillkürlich lächeln, als er an Cath mit ihrem handgestrickten rosa Cowboyhut dachte, zu dem sie einen winzigen Strickbikini mit Union-Jack-Muster und ein Paar gestrickte, hochhackige rote Stiefel getragen hatte. Sie war charmant und hübsch gewesen, und der bekannte Fernsehmoderator hatte ihr während der gesamten zehn Minuten, die das Interview dauerte, aus der Hand gefressen.

Als er sie vor zwei Wochen zum ersten Mal im Radio gehört hatte, war es Zufall gewesen. Er hatte es eingeschaltet, um seinen Gedanken für eine Weile zu entfliehen, während er in der Küche Tee kochte. Stattdessen hatte er ihre Stimme über den Äther gehört. Einen Moment hatte er gedacht, er hätte Halluzinationen, und das wäre für ihn nicht im Geringsten überraschend gewesen. Er hatte schon ewig nicht mehr geschlafen. Aber nein, es war real, und der Beitrag hieß »Stricken im Schlafzimmer«. Cath hatte ausführlich über Sex, Liebe und das Stricken gesprochen und leidenschaftlich dafür plädiert, dass Stricksachen trotz ihrer praktischen Eigenschaften auch etwas Erotisches hatten. Sie war im Radio schlagfertig und sexy gewesen, und eine Woche später wurde sie ein zweites Mal eingeladen.

Als dann die *Daily Mail* ein großes Farbfoto von ihr in dem Cowboyoutfit abdruckte, hatte Cath wirklich begonnen, Aufmerksamkeit zu erregen. Auf dem Bild trug sie Pistolen in Holstern, die tief auf ihren Hüften hingen. *Cath Talarico, Kuratorenassistentin am Victoria & Albert Museum, nimmt Vorurteile über Strickerinnen ins Visier.*

Das Foto lehrte ihn zwei Dinge über Cath: erstens dass sie eine Überlebenskünstlerin war. Er hatte ihr Wesen geknebelt und wollte sie in eine Schablone pressen, um die Zustimmung seiner Familie zu gewinnen. Sie hatte sich einen Fluchtweg frei geschossen.

Zweitens dass sie ein neues Tattoo hatte. Auf der vormals leeren Leinwand an der linken Seite ihres Bauches prangte jetzt eine zerklüftete, postapokalyptische Großstadtskyline. In der Mitte unter den Gebäuden stand klar erkennbar in Knallrot das Wort CITY. Darunter befand sich ein kleines, anatomisch korrektes menschliches Herz.

Ihr Herz, dachte er.

»Es funktioniert, weißt du«, fügte sein Vater hinzu. »Ihre Kampagne, meine ich. Die Ausstellung wird ein Riesenerfolg werden.« Er zögerte. »Ich habe versucht, das Geld zu spenden.«

»Tatsächlich?«

»Christopher hat mich zurückgerufen und gesagt, sie wären nicht in der Lage, es anzunehmen.«

»Sie wollte es nicht.«

»Nein. Ich schätze, sie hat beschlossen, dass sie das Geld lieber auf ihre Weise beschaffen will.«

»Das ist so ihre Art.«

Als sie ihm an der Bushaltestelle ihre Geschichte erzählt hatte, war er sprachlos gewesen angesichts ihres unerbittlichen Leids. Soweit er überhaupt in der Lage war zu denken, hatte er in dem Moment gemeint, sie nicht im Geringsten zu kennen. Aber er hatte sich getäuscht. Er kannte sie in- und auswendig. Er war nur zu blind gewesen, um seinen eigenen Charakter richtig einzuschätzen.

Inzwischen sah er klar. Was auch immer sie sagte, wie sehr sie sich selbst auch einredete, dass er ein Fehler sei, sie täuschte sich. Sie hatte Citys Namen auf ihren Körper tätowiert, nicht seinen. Er war nicht City. Nicht mehr.

»Sollen wir die neuen aufhängen?«, fragte sein Vater. »Ich glaube, die Farbe ist trocken.«

Sie gingen hinüber zu der zusätzlichen Wand, die er direkt am Eingang des Gebäudes hatte aufstellen lassen – das Erste, was die Leute sehen würden, sobald sie hereinkamen. Sie war in einem reinen, leuchtenden Weiß gestrichen und mit fünf großen handschriftlichen schwarzen Nummern versehen. Eine für jedes Tattoo.

Während er sich vorstellte, wie alles in zwei Tagen aussehen würde, erlaubte er sich zu hoffen. »Noch nicht«, antwortete er lächelnd.

Sie liebte ihn. Er würde es ihr zeigen.

# 19

Es war komisch, mit Judith und Christopher essen zu gehen, aber anschließend mit ihnen spazieren zu gehen, war noch komischer.

Als Christopher ins Büro gekommen war und darauf bestanden hatte, sie zum Essen einzuladen, hätte Cath am liebsten abgelehnt. Sie war erschöpft von den öffentlichen Auftritten, die sie mit der enormen Arbeitsbelastung in der letzten Woche vor der Ausstellung unter einen Hut bringen musste, und das Letzte, worauf sie Lust hatte, war, den Abend in Gesellschaft ihrer Chefin und des Chefs ihrer Chefin verbringen zu müssen.

Leider besagte jedoch die ungeschriebene Jobetikette, dass man eine Essenseinladung annehmen musste, wenn der große Häuptling den Bombenerfolg einer Guerilla-PR-Kampagne feiern wollte. Und nun war sie hier und schlenderte mit dem redseligen, eigensinnigen Christopher am einen Arm und der kratzbürstigen, extravaganten Judith am anderen Arm durch die hippen Straßen von Shoreditch und fragte sich, wann sie sich endlich höflich entschuldigen und nach Hause gehen konnte.

»Wohin führst du uns?«, fragte Christopher Judith. Sie hatten die Hoxton Street schon seit mehreren Minuten hinter sich gelassen, und die Gegend wurde immer heruntergekommener und bunter. Firmengebäude wechselten sich ab mit Tattoostudios, Kunstgalerien und winzigen Restaurants, die nach Currypulver rochen und Wolken von Spüldampf ausstießen.

»Heute Abend findet hier irgendwo eine Vernissage statt. Ich dachte, wir könnten mal vorbeischauen.«

Cath gab sich große Mühe, ihren Seufzer zu unterdrücken, aber es gelang ihr vermutlich mehr schlecht als recht. Judiths Wissen über Galerieeröffnungen war erstaunlich und umfassend. Sie waren für sie wie Kirchgänge, langweilig und obligatorisch zugleich. Am Montagmorgen bei der Arbeit beschwerte sie sich oft über das ungenießbare Essen und die untalentierten Künstler und zelebrierte ihre Verachtung.

*Bitte mach, dass Christopher nicht hinwill.*

»Klingt ausgezeichnet«, sagte Christopher.

*Mist.*

Sie bogen um eine Ecke, und ein Lagerhaus kam in Sicht. Teure Autos verstopften die enge Zufahrt. Also war es eine Reiche-Schnösel-mischen-sich-unters-gemeine-Volk-Vernissage, keine bescheidene Eröffnung. Vielleicht gab es Champagner. Cath konnte einen Drink gebrauchen.

Sie gingen auf den Eingang zu, indem sie sich zwischen Leuten hindurchschlängelten, die anscheinend auf Einlass warteten, und anderen, die sich einfach nur den besten Platz ausgesucht hatten, um im Weg zu stehen. Fast alle Anwesenden trugen Black Tie, sodass Cath sich in ihrem schwarzen Shirtkleid, der Netzstrumpfhose und ihren Stiefeletten extrem underdressed vorkam.

»Wessen Ausstellung ist das?«, fragte sie, als sie sich der Tür näherten.

Judith antwortete nicht. Vielleicht hatte sie die Frage nicht gehört.

Cath wollte gerade noch einmal fragen, als sie den Namen Chamberlain aufschnappte. Eine böse Vorahnung ließ sie erstarren. »Judith.« Sie packte ihre Chefin am Arm. »Wessen Ausstellung ist das?«

Aber sie brauchte keine Antwort mehr, denn genau in dem Augenblick traten die beiden Leute vor ihr zur Seite, und sie sah in das Innere des Raums auf eine Wand voller Bilder, die den ganzen Sauerstoff aus dem Nachthimmel saugten.

*Oh Shit. Sie hat mich reingelegt.*

Cath wollte wütend werden, damit sie in berechtigter Empörung den Weg zurück zur U-Bahn und nach Hause stürmen konnte. Sie hatte es vor. Gleich. Sobald ihre Füße sie nicht mehr direkt auf diese Bilder zuführten und sie zwangen, sie sich genauer anzusehen.

»Hey, das ist sie«, sagte jemand.

»Erzähl keinen Blödsinn«, entgegnete jemand anders.

Sie *war* es. An der weißen Wand hingen fünf große Gemälde, jedes beschriftet mit einer Nummer in derselben Schrift wie die auf ihrer Haut. Jedes zeigte eines ihrer Tattoos als einen dicken schwarzen Farbschnörkel, der an Schmiedeeisen erinnerte, wie ein Tor. Und dahinter eine Szene aus ihrem Leben.

Nummer eins. Wren im Vordergrund. Hinter ihr steht eine sichtlich schwangere Jugendliche auf einer Trittleiter, die eine Weihnachtslichterkette an der Decke eines beigen Vorstadtwohnzimmers befestigt, das Gesicht erfüllt von Hoffnung und einem naiven kindlichen Leuchten.

Nummer zwei. Die schwarze Flamme eines entzündeten Streichholzes beleuchtet ein brennendes Haus, davor sitzt eine junge Frau in der riesigen Jacke eines Feuerwehrmanns am Bordstein, die Arme um die Knie geschlungen und die Hände in den Ärmeln versteckt. Am seitlichen Rand sind die Beine und der Gürtel eines uniformierten Polizisten zu sehen, ein Hinweis auf die Schuldigkeit der Frau. In ihrem Gesicht spiegeln sich Verlust, Wut und Einsamkeit.

Nummer drei. Mehrere Bücher bilden die schwarzen Felder eines Schachbretts, und in jedem Feld dazwischen ist eine Szene mit Cath an der Uni zu sehen: wie sie tagträumend im Seminar sitzt, wie sie bei einer Party aus einem Plastikbecher trinkt, wie sie die Arme um den Hals eines anonymen Jungen legt und verführerisch lächelt, wie sie auf einem schmalen, unbequemen Bett im Wohnheim sitzt und ins Leere starrt. Auf jedem Bild ist ihr Blick gehetzt und gequält.

Nummer vier. Ein schwarzes Labyrinth aus verschlungenen Linien rankt sich wie ein Dornengestrüpp über die ganze Leinwand, und dazwischen wandern eine Reihe von Miniaturausgaben ihrer selbst hindurch. Eine kleine Cath in einem Nachthemd versucht, ihre Kleidung von einem Dorn des Labyrinths zu befreien. Eine andere, die in einer Ecke sitzt und den Kopf in den Nacken gelegt hat, betrachtet den Himmel. Eine dritte mit einem Pass in der einen und einer Reisetasche in der anderen Hand marschiert vorwärts, als wüsste sie genau, wohin sie geht. Noch mehr Caths. Alle lebendig, alle verloren. Alle kämpfen tapfer weiter, wenn auch ohne Ziel.

Und in der Mitte, das größte Bild von allen. Nummer fünf.

Nur hier war das Tattoo nicht im Hintergrund. Es ist die zertrümmerte Großstadtskyline auf ihrem nackten Bauch. Ein Mann kniet vor ihr, halb im Rahmen und halb außerhalb, sein Hinterkopf und seine breiten Schultern so vertraut wie ihr eigenes Spiegelbild. Er trägt das rote T-Shirt, wie so oft im Studio, und er hat einen Strich grüne Farbe unter dem Ohr. Sie trägt einen rosa Cowboyhut mit dem Emblem eines Phönix, der aus der Asche aufsteigt. Seine Hände berühren sie, eine liegt auf ihrer Brust, die andere an ihrer Taille. Sein Daumen verdeckt die Stelle, wo das Wort CITY sein sollte, und das Tattoo ist unter seinen Fingern verschmiert, als würde er es abwischen. Sie blickt zu ihm hinunter. Sie lächelt. Ihre Augen leuchten vor Liebe.

Ein kleines Schildchen an der Wand nannte den Namen der Serie: *Mary Catherine. Ein Leben.* Die Bilder waren unglaublich gut. Sie waren unverkäuflich.

Ihre Lungen fühlten sich an wie in einem Schraubstock; sie wurden fest und unerbittlich zusammengedrückt, bis schwarze Punkte vor ihren Augen tanzten.

»Atmen«, befahl Judiths Stimme, und Cath machte den Mund auf und schnappte geräuschvoll nach Luft. Sie legte die Hände auf ihren Bauch, schloss die Augen und atmete, atmete, atmete.

Er hatte sie gemalt. Alles, was sie ihm erzählt hatte, hatte er gemalt. In Ocker und Zinnober, von Nevs Händen dargestellt, sah ihr Leben anders aus. *Sie* sah anders aus. Sie sah aus wie ein Opfer und eine Überlebende, die auf dem letzten Bild erlöst wurde. Er versprach ein Happy End. *Ihr* Happy End.

Ihre Lungen schmerzten noch immer.

»Ausatmen«, sagte Judith, und Cath tat es, und dann atmete sie wieder ein.

»Ich muss hier raus.« Ihre Stimme drang vom Grund des Ozeans herauf.

Doch als sie sich umdrehte, entdeckte sie ihn rechts hinter sich, umringt von Fremden. Er trug einen Smoking mit geöffneter Fliege. Seine Wangen waren gerötet, sein Kragenknopf offen, und er sagte etwas zu einer Frau, die Cath als die Kunstreporterin des *Guardian* erkannte, von der sie eine Woche zuvor selbst interviewt worden war. Er sah absolut umwerfend aus. Wasser in der Wüste. Ein Rettungsring für ihr ertrinkendes Herz. Er war alles auf der Welt, was sie wollte und nicht haben konnte.

Er sah sie. Er sah sie, und dann lächelte er so, wie er sie immer angelächelt hatte, als wären sie beide die einzigen Menschen im Raum und als liebte er sie und als würde er unheimlich gern herausfinden, was sie unter ihrem Kleid anhatte. Das Haifischlächeln. Das Großer-böser-Wolf-Grinsen. Es berührte sie, wie sie noch nie zuvor etwas berührt hatte oder je wieder berühren würde.

Sie brauchte eine Wand, an der sie sich abstützen konnte. Eine Säule. Einen Arm. Irgendwas. Sie streckte die Hand nach Judith aus, aber Judith war verschwunden. Da waren nur Fremde und die Bilder und Nev, der auf sie zukam und aussah wie 007.

Er erreichte sie, und mit ihm sein Geruch, diese Mischung aus Terpentin und Pfefferkörnern und Waldboden und Mann, die ihr Nervensystem mit dem Etikett »Sex« versehen hatte.

Der Raum wurde enger und heißer, voller und leer bis auf alle – außer Nev.

»Hallo Liebling«, sagte er.

*Wehr dich.*

Sie versuchte es. »Ich könnte dich dafür verklagen.«

Sein Grübchen kam zum Vorschein. »Wofür genau?«

»Zum Beispiel die Nacktdarstellung.« Sie sah schnell auf das mittlere Bild, dann wieder weg. In sein Gesicht, dann wieder weg. Schließlich fixierte sie ihren Blick auf seinen Kragen, nicht gerade eine neutrale Position. Nev im Smoking hätte als Waffe klassifiziert werden müssen. So leicht zerzaust war er eine Sexbombe.

»Du könntest mich für alle verklagen. Ich hab dich nicht gebeten, eine Einverständniserklärung zu unterschreiben.«

»Ich hätte Nein gesagt.«

»Eben.«

Seit jenem Morgen in Hertfordshire hatte sie immer wieder Nein gesagt. Nein, sie würde seine Anrufe nicht entgegennehmen. Nein, sie würde nicht am Bahnhof mit ihm sprechen. Nein, sie würde ihn nicht in ihr Büro oder ihre Wohnung lassen. Sie hatte genau das befürchtet – dass er eine Möglichkeit finden würde, ihren Entschluss ins Wanken zu bringen und sie auf der Stelle vergessen zu lassen, warum sie ihn nicht haben konnte. Der Tattookünstler hatte vier Stunden gebraucht, um die Warnung, die sie sich ausgedacht hatte, in das weiche Fleisch ihres Bauches zu stechen, und sie hatte jeden Nadelstich genossen und gehofft, der Schmerz würde einen Panzer erschaffen, mit dem sie sich davor schützen konnte, ihre Fehler zu wiederholen.

Aber er hatte ihr Tattoo gestohlen und es verändert. Er hatte ihre ganze Lebensgeschichte gestohlen und sie umgekehrt, sodass sie schön und tragisch aussah anstatt abscheulich und dumm. Sie besaß keinen Panzer, um ihn von sich fernzuhalten. Nur diesen Körper, der ihn liebte, dieses Herz, das ihn liebte, und dieses Gehirn, das ihr eigentlich helfen sollte, ihn abzuwehren, ihr aber stattdessen nur sagte: *Hey Cath, weißt du was? Du liebst ihn.*

Sie brach in hilflose, verzweifelte Tränen aus.

Er legte die Arme um sie und zog sie dicht an seine Brust. »Nicht weinen, Liebste. Ich hätte dich nicht gemalt, wenn ich gedacht hätte, dass es dich zum Weinen bringt.«

»Das hat nichts mit den Bildern zu tun«, sagte sie schniefend. »Die Bilder sind großartig.«

»Was ist es dann?«

Sie schaute auf, wischte sich die Tränen weg und verschmierte dabei ihre Wimperntusche. »Ich liebe dich.«

Er lächelte. Nein, er strahlte übers ganze Gesicht, mit blitzenden Zähnen und funkelnden grünbraunen Augen. »Das sind wunderbare Neuigkeiten.«

»Oh nein, wir passen überhaupt nicht zusammen, aber ich kann dir nicht widerstehen, und wir werden einander nur immer wieder unglücklich machen.« Sie schluchzte, und er nahm sie noch fester in die Arme und legte das Kinn auf ihren Kopf. Seine Brust vibrierte. Er *lachte.*

»Warum lachst du über mich?«, fragte sie. »Das ist nicht lustig.«

»Ich hab dich vermisst«, sagte er und küsste sie auf den Scheitel. »Gott, ich hab dich so schrecklich vermisst.«

Er trat einen Schritt zurück und legte die Hände auf ihre Schultern, damit er sie ansehen konnte. Er lächelte noch immer, konnte aber die Hände nicht ganz still halten, und seine Wangen waren noch röter als vor einer Minute.

Nervös. So sah Nev also aus, wenn er nervös war. Sie hatte ihn noch nie nervös gesehen, und aus irgendeinem Grund beruhigte sie der Anblick.

»Dreh dich um.« Er führte sie wieder vor die Bilder. »Sag mir, was du siehst.«

Sie gehorchte widerstrebend. »Mein Leben.«

»Was für ein Leben hattest du?«

Sie betrachtete die Bilder, eins nach dem anderen. Sie dachte an ihren verlorenen Vater und ihr verlorenes Baby. Ihre verlorene Unschuld und die verpassten Gelegenheiten. »Ein trauriges. Schweres.« *Hartes.*

»Das siehst du?«

»Ja.«

Das sah sie, und doch nicht. Er hatte ihr Leben irgendwie verändert – es geschrumpft und sie vergrößert. Sie war die Heldin seiner Geschichte. Aus jeder harten Prüfung des Schicksals war sie lebendiger und stärker hervorgegangen. Nevs Mary Catherine war widerstandsfähig. Sie war eine Kämpferin. Diese Cath bat nicht um Vergebung, weil sie gegen niemanden gesündigt hatte außer gegen sich selbst, und sie hatte ihr Bestes getan. »Nein.«

»Das sehe ich auch nicht. Soll ich dir sagen, was ich sehe?«

Sie antwortete nicht. Er strich mit den Händen über ihre Schultern und an ihren Armen hinunter, umfing ihre Handgelenke und kreuzte sie vor ihrem Bauch, sodass sie sich in seiner Umarmung geborgen nach hinten an ihn lehnen konnte.

»Ich wollte dir zeigen, wie dein Leben für mich aussieht. Deine Vergangenheit, das ist keine Serie von Fehlern, Süße. Das bist einfach du. All diese Dinge, die dir passiert sind, haben dich zu dem Menschen gemacht, der du bist. Du hast mich gefragt, ob ich dich hasse für das, was du getan und durchgemacht hast, aber das könnte ich niemals. Ich bewundere dich. Ich liebe dich. Und ich würde nichts davon ändern, nicht einmal das Schlimmste, weil ich an *dir* nichts ändern wollte.«

»Oh«, sagte sie überwältigt, aber auf prickelnde, angenehme Weise. »Ich glaube, das ist das Netteste, was mir je jemand gesagt hat.«

Er küsste sie hinters Ohr. »Schau dir das letzte Bild an.«

Sie tat es. Es war ein erotisches Motiv, leidenschaftlich, ohne obszön zu wirken. Es war eine Erinnerung und ein Versprechen.

»Das sind wir zusammen. Das waren wir von Anfang an. Sehen wir aus, als würden wir einander unglücklich machen?«

»Nein.« Das Wort dafür, wie sie aussahen, war *ekstatisch*.

»Sehen wir aus, als würden wir nicht zusammenpassen?«

»Nein.« Sie waren perfekt. »Aber …« Sie versuchte sich zu erinnern, was sie sagen wollte. Sie bedeutete Chaos – aber vielleicht stimmte das ja gar nicht. Sie machte ihren Job gut, und dieser Mann hinter ihr, dieser Mann, der sie in den Armen hielt, schien zu finden, dass sie ihr Leben gut meisterte.

Er drehte sie um. »Ich war ein kompletter Vollidiot«, sagte er leise und strich mit der Fingerspitze über ihre Schulter. Er sah ihr tief in die Augen. »Ich habe dich enttäuscht, und ich habe mich wie ein elender Feigling benommen, wie du gesagt hast, und das tut mir sehr leid. Ich versuche, mich zu ändern.« Er deutete in den Ausstellungsraum, und sie bemerkte zum ersten Mal, wie groß er war. Dutzende von Nevs Bildern hingen an den Wänden, und Hunderte von Leuten wanderten dazwischen umher und redeten und bestaunten sie. Sie entdeckte Richard, der sich mit Judith und Christopher unterhielt. Und sie stellte leicht beunruhigt fest, dass sich ein Kreis von Leuten um sie und Nev herum versammelt hatte, um sie miteinander zu beobachten – die Muse und den Künstler im Gespräch.

Sie sah wieder zu ihm, und die Entschlossenheit in seinen Augen ließ sie nicht mehr los.

»Ich habe bei der Bank gekündigt. Einen Tag nachdem du in den Bus gestiegen bist. Und ich habe meiner Mutter gesagt, wenn sie jemals wieder versucht, mich zu manipulieren, oder mir auch nur unverlangte Ratschläge gibt, rede ich nie wieder ein Wort mit ihr.« Er blickte auf seinen Jackettärmel und lächelte schüchtern. »Das ist das erste Mal seit fast einem Monat, dass ich einen Anzug trage.«

»Wenn du rückfällig wirst, dann richtig.« Sie fuhr mit einem Finger über die Knöpfe seines Hemds.

Er berührte ihr lächelndes Gesicht und strich mit dem Daumen sanft über ihren Wangenknochen. »Ich tue mein Bestes, um dich zu verdienen, Liebste. Ich weiß, dass wir zusammen glücklich werden können.«

Sie dachte an den Morgen, als sie in seinem Bett aufgewacht war und im Bad eine Zahnbürste und ein Handtuch für sie gefunden hatte. Als sie in sein Studio kam und ihn malen sah, wie ihr Puls gerast und ihre Handflächen feucht geworden waren, wenn er lächelte. Sie erinnerte sich an das Gefühl, als er zum ersten Mal in ihr gewesen war – dass sie beide *mehr* zusammen waren, als sie es je mit einem anderen gewesen war. Zusammen ergaben sie etwas Größeres als die Summe ihrer Teile.

Sie dachte an Nev im Pub nach dem Rugbymatch, wie großartig er war, wenn er tat, was ihn glücklich machte, statt etwas, was er glaubte tun zu müssen.

Vielleicht hatte er recht, dachte sie. Sie könnten zusammen glücklich werden.

Er legte seine starken Hände an ihr Gesicht und küsste sie.

Blitzlichter erfassten sie, so hell, dass sie sie durch ihre geschlossenen Augenlider sah. Seine Lippen waren warm und weich wie immer, und doch wieder fremd nach so vielen Tagen ohne ihn. Genau wie beim ersten Mal, als er sie geküsst hatte, und jedes Mal danach entflammte ihr ganzer Körper, während sie seinen Mund auf ihrem spürte. Aber diesmal war es anders. Diesmal wusste sie, wer er war. Diesmal wusste sie auch, wer sie war.

Als er den Kuss beendete, öffnete sie die Augen. »Was war das eben, Neville?«

Er lächelte. »Sag du's mir, Mary Catherine.«

Sein Lächeln sprach Bände. Sie küsste ihn noch einmal, heftig und leidenschaftlich, und als seine Zunge über ihre Unterlippe glitt und um Einlass bat, ließ sie ihn ein. Sie würde ihn nicht mehr abweisen.

Irgendwann mussten sie Luft holen. Zu dem Zeitpunkt war

ihr Höschen bereits in einem schockierenden Zustand. Nev blickte sich um und sah fünfzig Leute, die sie anstarrten und ihren Versöhnungskuss mit Handys, Kameras und einer sehr großen, sehr unerwünschten Videokamera filmten, die den Schriftzug BBC FOUR an der Seite trug.

»Mist«, sagte er.

»Mist?«

»Ich hatte nicht vor, das vor Publikum zu machen«, murmelte er.

Bevor sie verstand, was das heißen sollte, sank er schon vor ihr auf ein Knie und steckte die Hand in seine Tasche.

»Nev?«, fragte sie und bekam langsam Angst. Es war eine Sache, daran zu glauben, dass sie zusammengehörten, und die Tatsache anzunehmen – wenn auch zögerlich –, dass sie eine Chance hatten, glücklich zu werden. Und es war eine ganz andere, den Mann, den sie liebte, vor ihr knien zu sehen, während er eine Schmuckschachtel aus seinem Smokingjackett zog.

Er öffnete die Schachtel. »Willst du ihn noch mal tragen, Liebste?« Es war der Ring, den er ihr vor über einem Monat gekauft hatte.

»Bitte, bitte steh auf.« Ihr Blick ging hektisch über die Menge. »Bitte, bitte, bitte.« Sie konnte das noch nicht. Nicht heute Abend, nicht vor diesen Leuten.

»Ich will dich heiraten.«

»Das hab ich kapiert. Komm schon, steh auf«, bettelte sie und beugte sich hinunter, um vergeblich an seinem Ellbogen zu ziehen.

»Ich liebe dich.«

»Ich weiß. Ich liebe dich auch. Steh auf.«

»Ich will für immer jeden Morgen neben dir aufwachen, Cath. Sag, dass du das auch willst.«

Extrem angespannt und überempfindlich wegen all der Augen, die auf sie gerichtet waren – von denen acht seinen Eltern und ihren Kollegen gehörten –, funkelte sie ihn an. »Das letzte Mal, als ein Mann mich gebeten hat, ihn zu heiraten, hab ich seine verdammte Bude abgefackelt, Nev. Ich bin noch nicht bereit für so was.«

»Trag ihn einfach. Wir können warten, so lange du willst. Ich will meinen Ring wieder an deinem Finger sehen.«

Ihr schossen Tränen in die Augen, und sie musste blinzeln. »Ehrlich?«

»Ich habe die Ringe ernst gemeint, als ich sie gekauft habe, Liebste. Ich hab Stunden damit verbracht, den perfekten Verlobungsring für dich auszusuchen, und dann hab ich dir die Ringe in den Schoß geworfen und bin weggegangen, als hätten sie nichts bedeutet. Aber sie bedeuten alles. Ich will, dass du meinen Ring trägst.«

Bis er das sagte, hatte sie nicht gewusst, wie sehr sie sich gewünscht hatte, es zu hören.

»Ich werde ihn tragen«, sagte sie. Dann, für den Fall, dass er sie nicht richtig verstanden hatte, fügte sie hinzu: »Aber ich habe nicht Ja gesagt.«

»In Ordnung.«

Sie streckte ihm eine zitternde Hand entgegen, und er streifte ihr den Saphir über den Finger. Er drehte ihre Handfläche um und küsste sie. Dann zog er Cath sanft hinunter auf sein aufgestelltes Knie und küsste sie lange und sinnlich auf den Mund, und sie schloss die Augen und gab sich diesem Mann hin, den sie liebte. Diesem Mann, den sie eines Tages heiraten würde. Irgendwann.

Als der Kuss schließlich endete, Sekunden oder Minuten oder Stunden später, bekamen sie Applaus und Pfiffe von Dutzenden fremder Leute.

Cath beugte sich zu Nevs Ohr. »Frag mich in einem Monat noch mal.«

Er lächelte. »Ich frag dich morgen noch mal, Süße. Und jeden Tag danach, bis du Ja sagst.«

Sie standen Hand in Hand auf, und er zog sie wieder in seine Arme. Als sie mit den Handflächen über seine Schulterblätter strich, spürte sie den ungewohnten Ring an ihrer linken Hand.

Sie würde sich daran gewöhnen. Er gehörte jetzt zu ihr, so selbstverständlich, wie sie zu Nev gehört hatte seit jenem ersten Morgen in seiner Wohnung. Dem Morgen nach ihrem letzten Fehler.

»Cath?«

»Mmm-hmm?« Sie legte den Kopf an seine Brust, verträumt und entspannt nach so viel Aufregung, nach so vielen einsamen Tagen ohne ihn.

Er sprach so leise, dass nur sie ihn hören konnte. »Bleibst du noch ein bisschen, bis ich von hier verschwinden kann?«

»Mmm-hmm.« Aber sie hatte keine Lust zu bleiben. Es würde viel mehr Spaß machen, ihn zu überreden, vorher abzuhauen. Sie strich mit den Händen zu seinem unteren Rücken und zog seine Hüften an ihren Bauch.

»Kommst du mit zu mir?«

»Mmm-hmm. Willst du wissen, welche Farbe mein BH hat?«

»Nein«, sagte er, ohne nachzudenken. »Ich werde den Abend niemals überstehen, wenn du es mir sagst.«

»Es ist der rote.« Er stöhnte. Der rote war sein Lieblings-BH.

»Und da ist noch was«, sagte sie.

»Was denn?« Er klang, als wüsste er genau, dass er sich ins Verderben stürzte, aber er konnte nicht anders.

»Ich werde im Bett den Cowboyhut tragen.«

Sein Rücken versteifte sich, und sein Schwanz an ihrem Bauch ebenfalls. Sie schaute auf und lachte, als sie das unverkennbare Verlangen und den Funken Übermut in seinen Augen sah. »Stehst du auf Cowgirls, City?«

»Ich stehe auf dich, Süße.«

»Ich hoffe, du bist bereit für eine Trainingseinheit. Ich habe es schon vermisst.«

Das war zu viel für Nev, und sein öffentliches Selbst gab den Bedürfnissen des Mannes nach, der Cath so sehr wollte, dass sie ihm wichtiger war als sein Image. Er warf einen Blick in die Menge. Er musste seinen Vater hinter ihr entdeckt haben, denn er sagte ziemlich abrupt: »Dad, wir gehen.«

Ob Richard geantwortet hatte, wusste sie nicht, denn Nev führte sie bereits mit einer Hand auf ihrem Rücken nach draußen. Sie erreichten ein Auto, das vor der Galerie wartete. Er hielt ihr wie ein echter Gentleman die Tür auf.

»Rein mit dir«, sagte er.

»Greenwich«, wies er den Fahrer an.

Und dann drückte er einen Knopf, um die dunkle Trennwand hochzufahren, die die vorderen von den hinteren Sitzen trennte. Er schob ihr Kleid nach oben, bis er ihr rotes Höschen durch das Netz ihrer Strumpfhose sehen konnte, und sagte: »Du freches Luder.«

»Halt die Klappe und küss mich, Neville.«

Er war so klug, es zu tun.

# *Danksagung*

Für meine Mom, die hartnäckig darauf besteht, dass alles, was ich mache, wundervoll ist. Ich bin glücklich, sie auf meiner Seite zu haben.

Danke an Faye, die mich sanft ermutigt hat, die erste Version dieses Buchs komplett neu zu schreiben, und mich anschließend mit Lob überhäuft hat, und an Mom und Dad, Ellen, Jeni, Carrie, Rachel, Gina, Del und Serena, die alle das Manuskript gelesen und mich mit ihrer Kritik und ihrem Beifall unterstützt haben.

Sue Grimshaw, Angela Polidoro und Laura Jorstad von Random House haben alle möglichen merkwürdigen Auslassungen, holprigen Formulierungen und Seltsamkeiten aufgespürt, wofür ich dankbar bin. Alle verbleibenden Fehler sind vermutlich das Ergebnis meiner Sturheit und in jedem Fall mir allein zuzuschreiben.

Danke auch an meine Agentin Emily für ihren anscheinend endlosen Vorrat an Zuversicht und an Sue, dafür, dass sie mich gemeinsam überzeugt haben, den Anfang neu zu schreiben, und für den Titel. Ihr hattet recht. Mal wieder.

# *Über die Autorin*

Ruthie Knox fand in der zweiten Klasse heraus, wie man im Gehen lesen kann, und hat seither nicht mehr aufgeschaut. Sie verbrachte ihre prägenden Jahre damit, Liebesromane in ihrem Schrank zu verstecken, um dem gnadenlosen Spott ihrer Brüder zu entkommen, und sich Geschichten auszudenken, in denen jemand, der eine auffällige Ähnlichkeit mit Daniel Day Lewis hatte, ihren verborgenen Sex-Appeal erkannte und sie aus ihrem trüben Mittelklassedasein im Mittleren Westen rettete.

Nachdem sie ihr Studium mit einem doppelten Diplom in Englisch und Geschichte abgeschlossen hatte, entschied sie sich für eine Promotion in Moderner Britischer Geschichte, die ihr bemerkenswert wenig genutzt hat. Heute schreibt sie zeitgenössische Liebesromane, in denen originelle realistische Figuren einander in ihren Schlafanzügen unwiderstehlich finden, obwohl sie offen zugibt, dass ihr das selbst noch nicht passiert ist. Vielleicht braucht sie aufregendere Schlafanzüge. Ruthie hasst Epiloge und besteht darauf, dass ein anständiger Liebesroman mindestens drei gute Sexszenen haben muss. Sie ist unter www.ruthieknox.com zu finden.

Mehr zu Ihren Lieblingsautoren und –büchern sowie Interviews, Newsletter, Leseproben, Gewinnspiele und Trailer finden Sie unter:

**www.egmont-lyx.de**



CHERRY ADAIR • LARA ADRIAN • TONI ANDERSON • ILONA ANDREWS • ZOE ARCHER • JENNIFER ASHLEY • PHILIPPA BALLANTINE • MAYA BANKS • PAMELA BEASON • SASKIA BERWEIN • ALFRED BEKKER • JOANNA BOURNE • SUZANNE BROCKMANN • MELJEAN BROOK • NINA BRUHNS • MARY BURTON • SHANNON K. BUTCHER • KRISTEN CALLIHAN • PAMELA CALLOW • MIKE CAREY • EILEEN CARR • KENDRA LEIGH CASTLE • KRESLEY COLE • ANDREA CREMER • MARY JANICE DAVIDSON • LENA DIAZ • JOCELYNN DRAKE • MEREDITH DURAN • SARAH BETH DURST • DIANNE DUVALL • CYNTHIA EDEN • JENNIFER FALLON • LORI FOSTER • JACQUELYN FRANK • ELIZABETH GEORGE • CECILIA GRANT • MIRA GRANT • AVA GRAY • ANDREA GUNSCHERA • TATE HALLAWAY • GEMMA HALLIDAY • LORI HANDELAND • MOLLY HARPER • THEA HARRISON • RACHEL HAWKINS • BARB & J. C. HENDEE • WOLFGANG HOHLBEIN • LINDA HOWARD • MADELEINE HUNTER • FAITH HUNTER • LARISSA IONE • ALLYSON JAMES • ELOISA JAMES • JULIE JAMES • SABRINA JEFFRIES • ALISSA JOHNSON • DARYNDA JONES • LISA RENEE JONES • MERETE JUNKER • ERIN KELLISON • JULIE KENNER • OLIVER KERN • KAREN KESKINEN • JEANINE KROCK • OLGA A. KROUK • VICTORIA LAURIE • LORA LEIGH • KIM LENOX • JENS LOSSAU & JENS SCHUMACHER • C. J. LYONS • KATIE MACALISTER • ANNE MARSH • TONI MCGEE CAUSEY • SEANAN MCGUIRE • SHANNON MCKENNA • RICHELLE MEAD • MARLISS MELTON • ELISABETH NAUGHTON • CHLOE NEILL • MARK CHARAN NEWTON • KATE NOBLE • JENS ØSTERGAARD • PAMELA PALMER • LESLIE PARRISH • BERND PERPLIES • MICHELLE RAVEN • LISA MARIE RICE • LINDA ROBERTSON • LIESELOTTE ROLL • STEFANIE ROSS • MADELEINE ROUX • NINA ROWAN • DIANA ROWLAND • LILITH SAINTCROW • LYNSAY SANDS • GESA SCHWARTZ • ULRIKE SCHWEIKERT • ALISON SINCLAIR • LINNEA SINCLAIR • NALINI SINGH • ROXANNE ST. CLAIRE • DRACE STOKER & IAN HOLT • STEPHANIE TYLER • LYNN VIEHL • CHRISTIAN VON ASTER • JULIE ANN WALKER • SHILOH WALKER • DEBRA WEBB • EILEEN WILKS • CAY WINTER • CHERRY ADAIR • LARA ADRIAN • TONI ANDERSON • ILONA ANDREWS • ZOE ARCHER • JENNIFER ASHLEY •

CHERRY ADAIR • LARA ADRIAN • TONI ANDERSON • ILONA ANDREWS • ZOE ARCHER • JENNIFER ASHLEY • PHILIPPA BALLANTINE • MAYA BANKS • PAMELA BEASON • SASKIA BERWEIN • ALFRED BEKKER • JOANNA BOURNE • SUZANNE BROCKMANN • MELJEAN BROOK • NINA BRUHNS • MARY BURTON • SHANNON K. BUTCHER • KRISTEN CALLIHAN • PAMELA CALLOW • MIKE CAREY • EILEEN CARR • KENDRA LEIGH CASTLE • KRESLEY COLE • ANDREA CREMER • MARY JANICE DAVIDSON • LENA DIAZ • JOCELYNN DRAKE • MEREDITH DURAN • SARAH BETH DURST • DIANNE DUVALL • CYNTHIA EDEN • JENNIFER FALLON • LORI FOSTER • JACQUELYN FRANK • ELIZABETH GEORGE • CECILIA GRANT • MIRA GRANT • AVA GRAY • ANDREA GUNSCHERA • TATE HALLAWAY • GEMMA HALLIDAY • LORI HANDELAND • MOLLY HARPER • THEA HARRISON • RACHEL HAWKINS • BARB & J. C. HENDEE • WOLFGANG HOHLBEIN • LINDA HOWARD • MADELEINE HUNTER • FAITH HUNTER • LARISSA IONE • ALLYSON JAMES • ELOISA JAMES • JULIE JAMES • SABRINA JEFFRIES • ALISSA JOHNSON • DARYNDA JONES • LISA RENEE JONES • MERETE JUNKER • ERIN KELLISON • JULIE KENNER • OLIVER KERN • KAREN KESKINEN • JEANINE KROCK • OLGA A. KROUK • VICTORIA LAURIE • LORA LEIGH • KIM LENOX • JENS LOSSAU & JENS SCHUMACHER • C. J. LYONS • KATIE MACALISTER • ANNE MARSH • TONI MCGEE CAUSEY • SEANAN MCGUIRE • SHANNON MCKENNA • RICHELLE MEAD • MARLISS MELTON • ELISABETH NAUGHTON • CHLOE NEILL • MARK CHARAN NEWTON • KATE NOBLE • JENS ØSTERGAARD • PAMELA PALMER • LESLIE PARRISH • BERND PERPLIES • MICHELLE RAVEN • LISA MARIE RICE • LINDA ROBERTSON • LIESELOTTE ROLL • STEFANIE ROSS • MADELEINE ROUX • NINA ROWAN • DIANA ROWLAND • LILITH SAINTCROW • LYNSAY SANDS • GESA SCHWARTZ • ULRIKE SCHWEIKERT • ALISON SINCLAIR • LINNEA SINCLAIR • NALINI SINGH • ROXANNE ST. CLAIRE • DRACE STOKER & IAN HOLT • STEPHANIE TYLER • LYNN VIEHL • CHRISTIAN VON ASTER • JULIE ANN WALKER • SHILOH WALKER • DEBRA WEBB • EILEEN WILKS • CAY WINTER • CHERRY ADAIR • LARA ADRIAN • TONI ANDERSON • ILONA ANDREWS • ZOE ARCHER • JENNIFER ASHLEY •

Nie wieder ohne Liebe!
Ausgabe #97 / Mai 2014
LoveLetter
Sehnsucht & Vorfreude
Frisch verliebt in New Adult
Erin McCarthy
Freundschaft, Loyalität & Emotionen
Hintergrundberichte • Autorenporträts • Interviews • Rezensionen • Neuigkeiten • Exklusive Beiträge beliebter Autoren • Gewinnspiele • u.v.m.
Jeden Monat neu.
/LoveLetterMag
Im Handel und auf www.loveletter-magazin.de